人麦

酒吞北海·著

长江出版社
CHANGJIANGPRESS

目录

267	番外二 一场不被期待的婚礼
261	番外一 孤子可鸣
213	卷五 早休兵甲见丰年
141	卷四 更结人间未了因
081	卷三 百年枯骨恨难消
039	卷二 十年无梦到长安
007	卷一 故人归马踏青晴
001	楔子

人
这一生
最重要的
是什么？

楔子

正月十六，天大雪，白了北平。

程公馆自傍晚开始便人心惶惶，下人们拿着热水毛巾一进一出，厨房里的药味飘到前厅，灯火满堂，没人敢去睡觉。

月巧是三天前招来的丫头，熬了几个钟头，此刻忍不住打了个哈欠，她问旁边人："姑爷可还在外面跪着？"规矩没学全，尖锐的嗓音异常突兀，引来张管家的瞪视。她哆嗦着缩回脖子，赶忙踩着碎步返回厨房。药罐不消一会发出"咕噜咕噜"的冒泡声，月巧瞅准，熄火、端罐、入碗，手脚十分麻利。窗户上惹了层白霜，她取来干布拭去，渐渐清晰后看到雪地里跪着的清俊身影，白絮子落在那人身上，偏是个衣衫单薄的主，连个皮袍都没人帮忙递件。

程翰良坐在雕花红木椅上，双目紧闭，不发一言。张管家瞧瞧屋外，又派人问了里屋情况，左右眉毛拧巴得很，不知如何是好，最终，他试探地问向那位主："四爷，外面雪有一尺深了，要不……"

"小姐怎么样了？"程翰良截断话头，没睁眼，冷峻的脸上裹了一层霜。

"烧退了，只是还没醒。"

"那就让他继续跪，小姐什么时候醒，他就什么时候起。"

得了令，众人不敢吱声。月巧心疼地看向外面，想起村里一句老话——上门的女婿任风吹，也真是可怜。

李琅玉是在一个时辰后才被人扶进了屋子，膝盖没进雪泥，冻得已经不知疼痛。伺候的下人从程兰房里分了一拨出来，忙不停歇，家庭医生开了药，该交代的一字也不落。

程家小姐姑爷相继病倒，这让年轻的小丫头们拿去做饭间谈资，嗑着瓜子什么猜测都有。据说，小姐落水与姑爷有关，所以程四爷才大发雷霆，似真非真，惹得几位还想听下去，年纪较大的则急忙止住讨论，招呼他们做事去。

李琅玉侧卧在床上，褥子叠了两层，棉被添了件加绒的，热水敷过面，嘴唇恢复了血色，看上去被照料得很好。刑罚不致人命，这是程家的原则，至于其他，怎样都好。

正月的北平似只笑面虎，锣鼓喧天里接过寒风长刃，一刀刀尽数割在命脉处。李琅玉不觉得自己会死，因为比死难受的时候多得去了，他也不是没经历过。满屋子皆是匆忙脚步声，闹哄哄充斥在他耳旁，他想唤人，却无任何力气，后来索性放弃，抱着双臂，不住发颤地，强迫自己入睡。

这是北平最冷的时候。李琅玉好几次被冷意驱醒，一只手胡乱扯着被褥，却抓不到边，他冷得半边身子抖个不停，裹着棉被蜷缩成一团，像只冬日里濒死的白鹿。

半梦半醒间，他突然探到一处炙热，仿若枯木逢了甘霖，身子不自觉地靠过去。程翰良将袖炉放在他腰侧，见对方仍然发冷不止，便又握住他的双手，呵着热气。

李琅玉顾不上睁眼，很快温软下来，他分明知道外面应是天寒地冻，一城大雪呼声烈烈，但此刻，这里又是明明朗朗的初春。

"琅玉……"程翰良低声唤他。

声音来得突然，一下子让他坠入冰窟。李琅玉猛睁双目，明明白白看清来人后，一切遐思烟消云散。

"醒了？"程翰良抬眉，也不期待他回答，"知道错了？"

李琅玉煞白着一张脸，眼珠如墨，整个人像绷紧的弓，一触即发，程翰良也不在意，阅历之差让他对这份年轻的抵抗生出足够纵容，他自然有办法让这把"弓"变得张弛有度，但对方这虚张声势模样有些可怜，他难得动了恻隐之心，没继续追究，转身端着烛台作势离开。

"我说过，你对我做什么打算都可以，但是唯独不能危及兰兰。"

屋外风雪渐大，黑暗像泼吹散的墨重新裹到身上。李琅玉咬住下唇，盯着他的后背冷声道："你会后悔的……"程翰良顿住脚步，又听他道，"总有一天，我会让你为自己所做的一切付出代价！"

程翰良露出一丝苦笑，低首吹灭烛苗。新年后的大雪洗去了旧物，一切好的、恶的都因不可知而变得期待。

"好，若有那一日，我必定心甘情愿。"

卷一

故人归马踏青晴

章一

北平程家要办亲事，招了一位上门女婿。消息一出来，城里传得沸沸扬扬。

一说，程小姐是个天生的病秧子，长得不差，可额头上有块烫疤，瞧着怪瘆人。这位新姑爷十之八九是为了攀程家这棵大树。

二说，大名鼎鼎的程四爷是出了名的严苛，抗战那会儿管教下属手段狠辣。所以有哪个浑小子想做程家女婿，先跟阎王爷续上十条命。

众说纷纭。

小老百姓们最喜听到这种事，乐得停不下嘴儿，无非俩字——热闹！

半个月后，农历六月初七，宜嫁娶的好日子。程公馆上下一片喜庆。

程翰良今年三十六，人生得风流样貌，英气非凡，早年随乔司令参军抗日，升到中将，膝下并无子女，程家大小姐程兰是他收留的养女，一直以来视如己出，颇为重视。

前来的宾客都是程家旧识，大部分也是有头有脸的人物。除了旧日战友，还有生意上的往来故交。程中将择婿向来苛求，如今这婚事一办，引得人们对这新姑爷十分好奇。

婚礼走的是中式，绣花锦服与长袍马褂相得益彰，新郎官李琅玉在人群中长身玉立，很是夺目。他模样本来便俊，被灯光和礼服这么一装衬，更是令人惊艳。

张管家笑容可掬："这李少爷家境虽然不好，却天生带有贵气，难怪小姐喜欢。"程翰良远远端详了一会儿，似笑非笑，只做了简简单单的四字评价：皮相不错。

按规矩，新人敬酒得走三圈，程小姐身体不好，便先回房去了，李琅玉一人陪酒，表现得倒是落落大方。几位来客夫人故意提起入赘一事，他谈吐得体，毫不避讳，却也巧妙转移话题。

"看来程家这女婿有两把刷子，能言善道，长得还俊。"

"那有什么用，还不是入赘吃白饭的！听说他比程小姐还小两岁呢！"

"这你就不懂了，女大二，金满罐，小两岁有小两岁的好，现在时兴这种，你看朱家那闺女和她丈夫……"

……

程翰良那一桌都是出生入死的亲信，不用明说，也能看懂程四爷对这新女婿的态度。李琅玉举杯时，没人回应，反而让他先自饮三杯，这借的是程四爷的下马威。

李琅玉心知肚明，只把目光投向程翰良。

"晚辈今日招待不足，先罚三杯，给各位长辈赔个不是。"浓度极高的白酒一饮而尽，没有半分扭捏。其余人见状，才开始行酒。

这些人都是实实在在的北方人，杀过鬼子，吃过枪弹，喝酒如同喝水，李琅玉只得一一奉陪。程翰良在一旁打量他，不阻止，也不劝酒。

大半桌下来，酒意爬上脸庞，李琅玉揉了揉太阳穴，仍然持着得体的笑容，他皮肤偏白，被这酒后微红一渲染，加上黑马褂，在灯下有种说不出的风韵。众人看着程翰良，等他的意思。

程翰良叫人斟了一杯酒，送到李琅玉面前，言简意赅："喝完这杯，你就是程家的人。"

这杯酒后劲极猛，叫人晕晕沉沉，差点不辨东西。周围人拉住李琅玉不放，赶着热闹来劝酒。程翰良给张管家支了个眼神，对方心领神会前去解围，扶着看上去有八九分醉的李琅玉离开了大厅。

出了门，几个下人想将新姑爷扶到程兰房里，却被张管家一手阻止："你们今晚好好照顾小姐，记得煎药，李少爷这边不打紧。"

众人一听，也没怀疑什么。张管家瞟了一眼丧失大半意识的李琅玉，径直带他上了二楼。

二楼，左手第三间。

那既不是客寝，也不是书房，更不是程兰的卧室。

那是程翰良的房间。

程翰良从宴客厅回来时，张管家已经按照他的意思，将李琅玉安排在屋里了。

灯光下的年轻男人侧伏在胡桃漆木方桌旁，染红的面庞遮不住俊秀。程翰良刚进门，便看到他举着空杯对准嘴边，倒腾了半天却没喝到什么。这样子很是天真。

他来到李琅玉身旁，凝视片刻后，一手夺过杯子。

四目相对。

李琅玉睁着迷离的双眼看向他，心里还惦记着被拿走的酒杯。许是大脑还未清醒，他不满地蹙起眉头，像个幼童一样伸手去抓，程翰良轻而易举地握住了他的手腕。他是军人，手劲很大，这一捏有点令人吃痛。李琅玉找回了一点意识："四爷？"

程翰良不急着回应，他坐了下来，凌厉的鹰眼盯在李琅玉身上。"还想喝？"

李琅玉无辜地点了点头，略一停顿后，又摇头。

程翰良随手满上一杯，递予他。李琅玉刚想接过，他却像存心戏弄般故意拿开。

"你是谁？"他问，声音冷冽。

李琅玉愣了愣，木木地报上姓名。

"你与兰兰如何认识？"程翰良食指敲着桌沿，一下一下。

"我们都在央大读书，兰兰是我师姐。"李琅玉答道，幽黑的眼珠里闪着不解。这些事情他很早之前便跟程家说过。

程翰良继续问："令堂令尊又是谁，如今在哪？"

"家母徐桂英，在西街口卖菜为生。"

"那你父亲呢？"

"父亲……"李琅玉眼神微微涣散，仿佛想起了一些往事，他缓缓啜了口酒，脸上流露出悲伤之色，"父亲死了。"

程翰良记得他之前确实提到一点，但是具体未谈。"因为什么逝世？"

李琅玉眼圈泛红，喉结动了动，翕张着嘴巴却发不出声音，等到好久才徐徐说出："被……被日本人杀死的。"

程翰良抬眸凝视他，的确，是有这个可能，可还不能打消他的疑虑，他不是不相信寒门出贵子，才华学识不是问题，只是教养与气质，仅凭一个卖菜妇人很难培养到这种地步，除非……

李琅玉没有注意到对方的心思，自顾自地对着瓷壶饮酒，程翰良也没管他。

"你父亲生前，可有从事……"

话未说完，对方支撑不住醉意，一下子倒在桌上，唤了几声也没醒。

醉得恰是时候。

程翰良皱着眉，只迟疑了片刻，还是吩咐张管家将他挪到床上，并拉好被子。

李琅玉熟睡时，瞧上去十分温顺。程翰良端详着他的脸，看了一阵，心道，最好是个老实规矩的花瓶，不然我一样会废了你。

走出房门，他叫来张管家："找个时间查一下徐桂英这个人，另外再跟央大那边要一份李琅玉的学生档案。"

张管家很快会意："四爷还是不放心？"

程翰良蹙着一双剑眉，看向窗外的那株广玉兰，思绪回到第一次见李琅玉的那天。

四四方方的庭院里，在正中央，在那棵充满生气的玉兰树下，不知是哪来的臭小子笑得一脸无害，他折了程四爷家的花枝，还拈下一片白瓣儿，抿在嘴里，满面春风都是收不住的笑容。

"你叫什么名字？"他当时问道。

"晚辈李琅玉，'君赠金琅玕，报之双玉盘'的琅玉，见过程四爷。"

声音琅琅，人如佩玉。

程翰良闭上眼，良久。"我不能拿兰兰冒险，那小子来得太过蹊跷，纵然兰兰信他，我还是不信。"

程兰，那是他无论如何都要护之周全的人。

与此同时，程中将的房间。

听到大门被关上的声音，原本熟睡的李琅玉忽然睁眼，双目清明，丝毫不见先前的醉态。

翌日清晨，程公馆的庭院里堆了满地阳光，天湛蓝，晴得可人。

李琅玉一醒来便直接去往程兰房间，他现在身为程家女婿，得尽心尽职扮演好丈夫这个角色。

程兰已经起了床，此刻正在对镜梳妆。丫头们帮忙取来新的衣服，里里外外打扫新房，见到李琅玉，毕恭毕敬地喊了声"姑爷好"。程兰听到唤声，回头正好与他对上。

李琅玉含着温情笑容来到她身旁："昨晚实在太闹腾，被四爷叫去见了几个长辈，招架不住便睡过去了，没能过来陪你真的很抱歉。"

程兰摇摇头："既然成婚了，你我之间不必说抱歉，若有难处，大可说出来互相理解。"她说话声音轻柔，俨然大家闺秀的样子。

程兰不是一个骄纵的姑娘，早在央大读书时，她便喜欢安静独处，那会儿战争刚刚爆发，许多学生以进步青年之姿到处宣讲走访，他们激情澎湃，口舌论剑，程兰只是帮忙撰写诗文，李琅玉记得她说，我羡慕那种轰轰烈烈的活法，但我没有那个勇气，逢战场而夺天下，居庙堂而谋天下。一个人的能力有限，如果有什么能做的我也会尽我所能。

他当时第一次认真打量这个女人，纵然接近怀有目的，却不得不承认这番见解与他相合。

丫头帮程兰梳好头，又端上中药，李琅玉亲自喂给她喝。待收拾齐全后，两人一起向正厅出发。

新婚第二天，除了安抚妻子，他还得正式见过他的岳父——程翰良。

路过偏厅时，李琅玉闻见窸窸窣窣的麻将声，循声望去，四人凑成了一桌，其中一位妆容最靓，三十岁出头的样子，嘴里叼着根烟，但看上去有些焦躁，想来今日牌运一般。

"三姨太好。"程兰首先上前打了声招呼，那位衔烟女人看见他们后，也热情了不少。她一边整理牌面，一边假作取笑："这位就是新姑爷吗，长得真俏，这么早就让新娘子起来，也不多休息会儿。"声音似娇滴滴的黄鹂。

李琅玉客气地作了介绍。他记得程翰良纳过两房姨太，但后来因为程兰受了委屈，便将她们赶走了，这第三位叫连曼，还是乔司令介绍的，程翰良不好驳他的面，便留下了，平日也没怎么管她，好在这位三姨太没闹什么幺蛾子，也就喜欢到处花钱玩玩。昨日大婚，李琅玉并没见着她。

"今天运气太差，输给各位太太这么多把，现在都不知道听什么牌好。"三姨太撑着额头，语气沮丧。

李琅玉顺势接道："打了这么久，想必都饿了，回头我让许妈去厨房做八张葱油面饼，填饱肚子再打，说不定运气就来了。"这最后一句是对三姨太说的。

对方先是愣了一下，再抬头看李琅玉，笑得心领神会。

程翰良在正厅里喝茶，赶巧，李琅玉和程兰便来了。他先是问了程兰昨晚睡得如何，有无按时喝药，近来咳嗽可有好转这类的话，再叮嘱了几分，关切之意溢于言表。

李琅玉在旁边听着，没有插嘴，但看得出来，他这位大名远扬的年轻岳父压根不打算理睬他。

半小时过后，气氛有点僵，程兰也觉得尴尬，于是道："琅玉刚来，可能各方面不大适应，有些东西来不及准备，要不找个时间置办下？"

程翰良这才把视线投到他身上："那就交给张管家去办，有什么需要直说。"

李琅玉露出乖顺的样子，敛着眼道谢："一切从简就行，不用麻烦太多。"

程翰良放下手中的茶杯，笑着看他："我喜欢懂事的人，既然如此，还有一件事想跟你说清楚。"

"兰兰身体一直都很差，晚上经常咳嗽，这么多年都是贴身下人照顾她，所以为了方便，你们暂时还是分开睡比较好。房间我让人收拾好了，就在我隔壁，如何？"

这是怀疑的意思。

程兰愣了愣，有点意外，但李琅玉倒是很快回应："好。"只要来了这里，就有机会，要想取得信任就不能着急。他这么想着。

出了门，将程兰送回房，李琅玉一人来到庭院里，穿过一片小花园，正好遇见早上打牌的三姨太。心情很好，看样子是赢钱了。

"谢谢你的八张葱油面饼，听了八筒，自摸清一色。"她将了将长发，很是风情。

李琅玉笑笑，算是承认。"我初来乍到，可能许多事上需要指点，四爷处事严厉，还请三姨太今后能帮一把。"

连曼不是个糊涂人，她当然知道好处不是白收的。她仔细打量了一下李琅玉，从头到脚，眼神轻佻，笑得玩味。

"四爷性情难以捉摸，若只是乖巧懂事都不定入他的眼，不过啊，"她走近一步，以极其暧昧的姿势凑近李琅玉耳边道，"那种太聪明的他是绝对不喜欢的。"

三姨太这人看起来着实轻浮，话里虚虚实实，李琅玉不敢全信。后来他又去了厨房，给干活的几个下人一些新婚赏钱，一来笼络人心，二来摸清为人。程公馆人多口杂，总有几双眼盯着自己。他这个姑爷得要当很长一段时间。

半个月后，沁春园的冯班主摆下一台戏，特邀程四爷等人去看。前不久的雷雨天让各处走了潮，程翰良怕程兰在家待着不舒服，便把她跟李琅玉也带过去了。

沁春园是北平有名的戏园子，现在归冯尚元所有，冯班主与他的一众徒弟发迹于江南，后来辗转到北方，那时日军已经侵华，梨园子弟的生活也不如从前。冯家班是少数几个存活下来的，据说最主要的原因是有乔司令为其作保障。

园子前厅中央放有三十六张八仙桌，台子气派华美，屏风上纺的是沉鱼落雁、闭月羞花。李琅玉挽着程兰，一路跟在程翰良后面，走马观花，兴致足足。冯尚元与程四爷是旧识，说南道北有大半钟头。他已过不惑之年，说话声音倒是挺斯文正派，想来是练嗓的缘故。

后台是演出人员上妆的地方，李琅玉瞥到一人扮成短打武生的模样，旁边还有一张虎皮，估摸着待会儿是要演《武松打虎》。园子看起来不大，但走一圈才发现费的时间也不少。后院主要是冯家班练习的场所，舞枪弄刀者比比皆是，都是二十岁以上的，没有小孩子。冯尚元惋惜说，他也想找点年轻苗子，这一行最怕断代，但是机缘不够。

李琅玉原本还在东瞧西望，突然在院子西角看见了一物，心猛地悬在嗓子眼，整个人都跟着顿了一下。程兰被他挽着，意识到他的僵硬，便侧过头去，一看，发觉他脸上惨白惨白的。

"琅玉，你怎么了？"程兰担忧地问道，连唤几声，才把人拉回来。

李琅玉平复呼吸，只露出个勉强的笑容，表示无碍。程兰循着他的视线望过去，没什么特别的，只有一根红缨银枪放在兵器架上，枪杆雪亮。

冯班主安排的这出戏果然是《武松打虎》，演武松的人手脚利索干净，动作流畅，毫不拖泥带水。台下的几位老板看得不亦乐乎，程兰也很喜欢。冯尚元给程翰良满了一杯茶，随口道："这孩子上台次数不多，台风没有其他人成熟。"

程翰良倒是不以为意，他说："人还年轻，以后有的是机会，武松打虎，本来就是初生牛犊不怕虎。"

这时，有位老板突然开口："我想起来了，程四爷年轻时也曾入过梨园，还是在傅家班。"话毕，冯尚元脸色一沉，也不说话了。李琅玉微微偏头去听。

又有一人说："傅平徽在北平也算是个人物，当年的傅家班可以说是梨园第一，谁知他后来私售鸦片，通敌叛国，勾搭上了日本人。一家被烧也是报应。"

"这种汉奸就该千刀万剐，幸好被乔司令给办了，留着也是祸害国人。"谈到这种话题，人们总是义愤填膺。

程翰良抿了一口茶，面上冷漠："傅平徽曾经是我师父，如今想来，确实世事难料。"他说得很轻，不悲不喜，琢磨不出情绪。

一小时后，戏台上的武松已经将老虎压制身下，动作威武，大快人心。程翰良见李琅玉目不转睛，于是笑着问他："这么好看？"

"嗯，好看。"李琅玉对上他的视线，带着明灿灿的笑，十分耀眼，"不入虎穴，焉得虎子，我喜欢。"

高台上的大戏唱了一出又一出，先前还是紧张激烈的武戏，现在到了凄凄惨惨的文戏，添茶人来了三拨，李琅玉有点乏了，他心里惦记着一件事，想去弄清楚。起身前他跟程兰打了个招呼，说四处走走，很快回来。

一离座，便直接去往后院的方向。冯家班的弟子还未散去，院子里花花绿绿，人来人往，他足下生风，两步、三步，朝兵器架所在处走去。

还好，还在，那根红缨银枪。

他抚上有些老旧的枪身，微微磕绊的触感摩擦着指腹，每一处痕迹都如古道车辙般，清晰又沉重。李琅玉就这样把它握在手心里，沉甸甸的，像是握住了破碎的山河、颓圮的家园。旁边一弟子路过，李琅玉问他，这枪是哪来的。

"什么哪来的，这是我们冯家班的枪，跟了师父好多年。"

哦，竟是这样。

李琅玉痴痴地看了好一阵，舍不得放下。他依着记忆里的模糊路数，耍了个转圈，只五下，便感觉渐渐想起了大半。于是他忍不住又点地直挑，继而行步单劈，还不够，反身连刺！

可就在这时，不过抬眸的工夫，李琅玉便怔住了。他看到了程翰良，在他面前，一双眼酝酿着千尺潭水。

枪头如羽箭，招招向正前方，冲得义无反顾。他来不及收，也在犹豫要不要收。眼看着就要刺到对方面门，程翰良突然一伸手，便稳稳握住了枪的前端，不疾不徐，胜券在握。他顺势一拉，李琅玉因着惯性被他牵制住，枪也从手中脱落，"咣当"一下，掉在地上，伴随着一声

"漂亮"，声音低沉带笑，是程翰良对他说的。

李琅玉浑身一惊，连退三步。程翰良轻轻笑了，像是什么都没发生过一样，捡起那根枪，一抛，一接，转了个花招。

"你学过？"他突然发问。

李琅玉反应很快："小时候陪我妈卖菜时，经常跑到戏台子底下玩，觉得很有趣，照葫芦画瓢地学了几招，图个乐而已。"

程翰良定睛看着他，没说信与不信，只是扬起唇角，悠悠道："那你倒是挺有天赋。"

冯班主邀程翰良来其实是有事相托。这两年，冯家戏班在北平可谓一览众山小，几乎包揽了所有看客。戏班讲究回头率，而来沁春园看戏的都是稳定观众。班子红火，名声在外，冯尚元再辟新路，下了海，干起烟酒生意，赚了个盆满钵满。他与程翰良道："货物在广州那一带时，总要拖个十天八天才能审查结束，有些是急货，还请中将行个方便，以后能否直接通过。"广州是程翰良的管署旧地，只要他发话，没人敢不给面子。

李琅玉仔细瞧着冯尚元，瘦削的脸，有点秀才气，可衣襟下的铜臭味藏着憋着，如阴沟老鼠，一见光，可难看了。

程翰良明了他的意思，但没把话说实："若是没问题，审查就不会耽搁太久。我会跟那边提醒下。"

中午时分，冯尚元请他们留下吃饭。满大桌的山珍海味，诚意满满。好酒好菜都在眼前，只是人不对味。冯尚元的酒量比不上程翰良等人，喝到一半，便开始煽情诉苦。唱戏的老毛病。他说他家大业大，时刻担心后继无人，又说唯一的儿子不学无术，为之操心劳神。最后结了尾，都是年轻时作的孽，终成报应。

一把温儒的好嗓子，说起这些事来，叫人可怜。然而程翰良只是嗤笑了一声，俊朗的脸上带着微微讽刺："冯班主，这里不是你的戏台，戏中恩仇，唱过便是，现实业障，却是难除。"

话冷，人更冷。

李琅玉望着他，视线久久未移开，仿佛要在他身上凿出个窟窿。他在众人欢笑中，饮尽杯中最后一滴清酒，连着心底蔓延开来的恨意。

回来的路上，李琅玉坐在后座，和程兰并肩挨着。程翰良在前座，他说："冯尚元这人不痛快，在唱戏上其实没有多少天赋，得亏年轻时努力，现在看到的都是匠气。"

李琅玉将车窗开了点缝隙，无孔不入的风就钻了进来。窗外是一排排北平老式房屋，随着车速加快倏地被甩在后面，好像再也追不回来的样子。

"刚刚看你耍枪，想起了一些旧事。"程翰良侧头冲他说道，眼底藏着温情，"那杆红缨枪，冯尚元使得不顺，倒是与你很配。"

李琅玉听了，什么也没说，只是笑笑，他看向外面，景色变得有些模糊，被突如其来的水汽笼罩，心底麻麻地痛，一阵一阵。

银枪之所以系红缨，有说法是缨穗吸血，可以阻止血液流下。刚刚差一点就刺上去了，也是可惜得很。冯尚元那种人又怎么能配得上那杆枪呢？他当然使不顺。

李琅玉笑得嘲讽。

那是他父亲生前最爱的枪。

章二

八月匆匆过去，闹腾了一个夏季的燥热总算识了趣，第一阵小秋风刚飞上北平苍穹，泼辣的日头瞬间被打回小媳妇状，就像蔫了吧唧的软红柿子。

这天，程公馆的下人都在除暑，将新拿出的秋褥子晒了一上午，换掉各个房间的薄被凉席。李琅玉把自己房里的一套送到程兰那里，他称自己喜冷不喜热，这么多用不着，程兰拗他不过只好收下。等到了下午，一个丫头给他送来新的，内里还是鹅绒，说四爷特地关照过，怕姑爷着凉。

李琅玉看了眼面上图案，很生动，是一簇簇的白玉兰，绣工精致。既然是特地关照，那他也没必要拒绝。

晚饭时分，许妈煲了碗鸽肉莲子汤，正好应了这易上火的初秋，程兰咳嗽是旧疾，需添些凉性食材去热，李琅玉谈起老家常以南杏降火，建议许妈以后在汤药里可放一两颗，还写了一些在乡下老人中流传的煲汤方法，面面俱到。

三姨太嗑着笑，拿起那张方子，眼神飘向程翰良："琅玉少爷可真细心，字写得也是端正整齐，四爷，你给我说说看。"

程翰良略略看了一眼，唇角上浮："有顿无蹲，法度森严，欧体。"他注视着李琅玉，眉眼里是一水的温和："练了至少十几年吧。"

李琅玉默认，程翰良轻轻笑了一声，道："我曾认识一位故人，尤其擅长欧体，可以说是我见过欧体写得最好的。"

"那故人呢？"李琅玉突然来了这么一句，所有人都未反应过来。

程翰良微昂下颌，脸上有短短一瞬的凝滞，他看向问话的人，看向那双追问的眼睛，接受着它的无情对视。

"他死了。"

很长时间后，他缓缓吐出这三字，容颜更显寡情。空气一度沉默，饭桌上的气氛也变得凝重起来，程兰在桌下握住李琅玉的右手，示意他不可继续下去。

"真遗憾……"李琅玉感慨道，"我本想着若那故人还在，便可以向他讨教一些欧体技巧。"他面露可惜之色，像孩子一样失落起来。

程兰松了一口气，顺势解围道："阿爸那边正好有一本欧阳询的《九成宫醴泉铭》，你若需要，哪天大可借来看看。"程翰良点头表示同意，李琅玉道着谢，拿起手中的小瓷杯向口中灌了一小盅酒，转眼笑意消失殆尽。

吃完饭后，许妈收拾好了桌子，李琅玉正准备和程兰一起上楼，突然被程翰良叫住。

"刚刚听你说起老家，倒让我想起了一件事，我们程家还一直未派人去你母亲那里，虽说你是入赘到这来的，但你母亲常年卖菜为生，想必有许多艰难，这个礼节还是要尽到的。明早我让老张开车，带你和兰兰回去，好好看望她老人家。"

李琅玉闻言愣住，眼中波澜重重。程兰比他更急："这会不会太突然了点，我们还什么都没准备好，要买什么要说什么都没有商计，万一不周到岂不是冒犯了人家。"

程翰良似是早有准备："该买的我都提前置备好了，若是还有需要，明早去店里再买也不迟。"

"可是……"

"明早就明早。"李琅玉拦住她，眼神笃定，他握紧程兰的双手，宽慰道，"别担心，你什么都不用准备，只要人去了就行，我妈看到你一定会很开心的。"

程兰欲言又止，被李琅玉笑着打断："放心，交给我。"他温情脉脉，深情款款，做足了一个好丈夫好女婿的模样。离开时他笑着回望程翰良，眼梢微挑，有一丝不易察觉的挑衅。

程翰良眼中笑意浓重，待李琅玉走后，嘱咐张管家道："明日好好问候一下那位亲家母，我倒要看看，是寒门出贵子，还是太子换狸猫。"

程翰良说早上，还真是大清早。天空蒙蒙亮，一片雪茄烟烬染过的灰，不明朗、挺阴郁。六点左右，程兰房里的丫头就开始敲李琅玉房门，媳妇见婆婆，第一次总是有些紧张。

李琅玉其实也不轻松，他拿着一粒白瓜子，攥在手指间，满怀心事，整个人潜在窗边的光影中，不发一声。程兰拿着一套旗袍到他面前，问好不好看时，被他脸上的冷意给怔住。李琅玉回过神来，意识到失态后，迅速切回平日的温和模样。

"这套秀雅大方，我觉得不错。"他笑着回应程兰，让她安心。

梳妆台上横着一根竹月牌铜壳眉笔，李琅玉随意拣起，歪头道："我给你画眉吧。"说罢，他还真的有模有样描起眉来，程兰仰着脸庞看他："你怎么还会这个？"

"小时候经常看父亲给母亲画，看多了，自然就会了。"他说得很认真，不像有假。

程兰的长相算不上云姿雾秀，但那一双眼睛却极其漂亮，温婉里透着坚定，仿佛让人看到了雪山上盛开的花。这种眼神让李琅玉有种莫名的熟悉感。程兰见他盯着自己，有些不好意思，别过身子将了将额前的刘海，不动声色地遮住那块难看的烫疤。

张管家开车四平八稳，路上只花了一个钟头便到了徐桂英家。李琅玉拎着左一袋右一袋朝里喊了声"妈"，然后里面便走出一个将近五十岁的妇人，灰蓝上衣，外面套着围裙，地地道道的朴实相。李琅玉和她紧紧相抱，母子重逢，十分感动。

张管家在一旁看着，眉是皱着的，心里是纳闷的，并没有传说中的狐狸精现形戏码。

中午，徐桂英准备了一桌饭菜，向程兰和张管家表达了感激之情，她说自己就琅玉这么一个孩子，谢谢四爷高看，让他进了程家门。张管家嘘寒问暖地客套了一番，了解了基本信息。后来，他让李琅玉带着程兰四处转转，自己则留下来继续问徐桂英。

"琅玉少爷这么优秀，你一定费了不少心思吧。"

"他挺懂事，自他爸走后，就一个人扛起家里的大半重任，学习上也很努力，没让我太操心。"

"他是不是喜欢听戏？"

"是啊，他打小就喜欢听，还经常跑去戏台子玩，跟那里的师傅们关系挺好的。"

"琅玉少爷字也写得好看，仿的是欧阳询，是他自己练的吗？"

"字这方面我不是很懂，但我先生还在时，确实有教琅玉练字。"

"请问令先生之前是干什么的？"

"他啊，是名教书匠，对琅玉管教很严，要不是后来打仗，他也不会就……"徐桂英停下手中的活儿，暗灰抹布紧紧攥在一团，有些神伤。

张管家安慰了几句，支开话题。徐桂英没多少文化，话是有一说一，有二说二，与李琅玉之前讲的并无冲突。问得越多，张管家也愈加疑虑，难道真是四爷多心了，这位入赘姑爷也不过是个普通的寒门贵子。

若是这样，自然最好，他希望如此。

李琅玉带着程兰来到小巷外的那条货街，正好看到一群人拢成个圈，不知哪来的杂耍团在表演川剧变脸，程兰平日很少出门，觉得很有意思，于是两人也跟过去看了。

表演者的脸谱由青变红，再由蓝变紫，假动作快得难以察觉。李琅玉一边欣赏，一边给程兰讲解变脸的秘诀，头头是道。然后，一人拿着火把来到正中央，李琅玉看了一眼，便知是秦腔喷火绝技。果然，一条披火长龙翻腾而来，十分得劲，他好久未看过了，不由得拍手叫好。而就在这时，程兰突然露出惊恐的眼神，一张脸惨白如蜡。

"怎么了？"李琅玉关心问道。

"我，我……我怕火。"她的眼睛里盛满了惧怕，像是看到了可怖的梦魇，"不要看了，我们回去吧。"

李琅玉见她不对劲，怕是身体不好，便顺了她的意，一路上说些笑与她听，就这样回到家中。

歇息半天后，张管家没问出什么矛盾来，时间也不早了，遂作了告别。徐桂英给李琅玉做了件外褂，又给程兰包了篮饺子，让他们带回去。

一切再正常不过。

上了车，刚开出不到一分钟，李琅玉想起有东西落了，于是让张管家在原地等他。他沿原路返回，迈着略急的步伐，回到徐桂英那里。徐桂英也在等他，坐在饭桌边上。再见面时，便不是母子情深。

"你刚刚说得很好，这些是你的。"李琅玉拿出几张票子递到她面前，"以后若还有人来，也要这样，记住了吗？"他挂着明亮的笑意，衬得徐桂英束手无策。

"那我儿子什么时候才能出来？"五旬妇人巴巴地瞅着他，像是在看庙里的菩萨。

"他得罪了人，肯定是要被关一段时间的，不过你放心，"李琅玉抬眸，一脸世家公子的温文相，"我会跟我朋友说的，你儿子很快就能跟你见面。"

半年前，国内形势严峻，战争已经爆发。

李琅玉是在这时回的国。从日本。

当时一并归来的还有许多留学生，满怀报国之心的比比皆是。

与李琅玉结伴而行的有一位富家子弟，是在日校友。这位富少爷在经历晕船后，终于将胃里的酸水一吐为快，然后整个人焕发了。他侃侃而谈，指着沿路的商铺车辆谈古论今，宛如一位访华的美国记者，戴着有色眼镜，优越感油然而生。

李琅玉看着精神抖擞的同伴，只是笑笑。他心里有着自己的考量，回来之前想好了一切计划，但是缺一个临时身份——一个普普通通的寒门贵子，无钱无权，只读圣贤书。

巧的是，他找到了。

富少爷全身光鲜亮丽，一看便是有钱人的样子，再加上他太招摇，被盯上也是意料之中。

天黑时，两人路过卖菜的小集市，墙角那块蹲着一群无所事事的小混混，上来便要抢他们的箱子。李琅玉知道这伙人只图财，不想招惹太多，然而富少爷的一身正气却爆发了，他拿着西方的法律来教育地痞流氓，结果可想而知，箱子抢走了，人也挨了揍。

富少爷回到家里，终于想起这里还是思想落后的中国，于是动用了最原始的力量——权钱，揪出了那几个混账，一把票子把他们送进局子。

李琅玉那天去领箱子，正好遇到为儿子求情的徐桂英。徐桂英的儿子，李生，也就是那领头打了富少爷一拳的混混，多年地痞为业，进局子如回老家，偏偏这次惹了太子爷，只要对方不松口，这牢底铁定要坐穿。

徐桂英听说儿子犯了事，特意从外地跑到北平，跪在地上苦苦求情，富少爷不为所动。李琅玉在一旁听她说起家境——无依无靠，丈夫逝世，儿子姓李，没有熟人。这一切很合心意，实在是再好不过了。

他暗地去找徐桂英，拿出帮忙的样子，以李生为筹码，对其循循善诱。徐桂英就是一个地道的农村妇女，什么都不懂，听到儿子有望出来，便感激得落泪，将他当作大善人。李琅玉吃的便是这妇人淳朴老实，他与徐桂英对好口风，从出生到成长小事，一样都不放过，模拟了上百遍，确保一字不落。

他当时看着徐桂英，觉得真是老天都在助他，那么有什么理由不去报仇。

李琅玉与程兰回到家后，张管家到程翰良那里交差，程翰良低垂着眸，只说了句"先这样，徐桂英那里继续盯着"。

自古狡兔有三窟，曹家七十二，若被轻易找到，那才叫怪。

过了几日，李琅玉在家中无事，陪程兰练完字后，准备将笔墨拿到阳台上去，正好见到三姨太在喝闷酒。上次去冯家戏园，程翰良并没带上她，看样子是气着了。她说整个程家就她一个多余人，程四爷也不关心她。

李琅玉用镇纸将书页压平，对这女人的抱怨漫不经心地来了一句："想讨男人喜欢也是有技巧的。"

连曼一听，好奇劲上来了，催他别卖关子。李琅玉有些无奈，他将砚台用旧报纸包好，转身看向三姨太，道："藏巧弄拙。"

见到对方仍旧不明所以，只好继续说道："你得在他面前卖点破绽，似是而非的那种，他就会把注意力放到你身上，想方设法去探究你，观察你，可是还偏偏不能让他抓到关键性证据。这样他就白天想你，晚上也在想你，等到这时，你再示好卖弄讨他欢喜，便成功了大半。"

三姨太愣了愣，"扑哧"一声笑出来："看不出，你懂的还一套一套的，该不会用这招把程小姐骗到手的吧。"

李琅玉摇摇头，一本正经道："这是教我西方戏剧史的一位法国外教说的，更何况，我也是个男人，将心比心。"

连曼抿了口红酒，弯着那双好看的凤眼似有所思，当天晚上，她替程翰良捏肩时，顺便将这番话绘声绘色地描述了一番。

"他当真是这样说的？"程翰良合上双目，棱角分明的冷峻脸庞浸在袅袅而升的炉香中，威严又光华。

"那可不！你这位小女婿啊，也就是看起来一副秀气书生样，实际上心思玲珑，知晓世故。"

"是吗？"程翰良低声笑道，"这就有趣了，那我得好好关照他。"

"什么意思？"

"姜太公钓鱼，愿者上钩。"

章三

孙会长一家来北平办事，特地送了尊玉佛像予程翰良，据说产自南阳的北独山，通体温润，乳白蜿蜒，翠得仿佛能绽开汁来。孙会长还有个五岁儿子，正好这几天留在程家戏耍。李琅玉一进前厅，便看见个矮不溜秋的小团子撞到他身上，模样怪可爱的，程兰笑着将那娃娃抱回来，拿出各式各样好吃的去逗他。

孙会长出自书香门第，孩子虽小，但被教育得甚为乖巧，少了点男孩子皮性。程兰将小团子抱在膝盖上，嘴里哼唱着童谣："四月四，桃花开满寺，小和尚贪玩去酒肆，花猫欺他没本事，偷了木鱼跑闹市，小和尚气呼呼回了寺，师父师父，请一定要教我本事。"她边说边拍手，那娃娃也跟着她咯咯笑。李琅玉见着这一幕，想起一些熟悉的场景，脸上也不由露出笑意。

"你很会哄小孩子。"

程兰咧嘴道："我之前一直想要个弟弟，刚来程家的时候什么都不知道，除了阿爸，也没人陪我说话。"她将额头抵在幼童脑门前，看上去十分好玩。

李琅玉听她讲过，那会儿似乎受了伤，加上发高烧，过去的事情也想不起来了。

"欸，你小时候一定很乖吧？"程兰笑着问他，"第一次见你时，你还是我学弟，文文静静地站在那，没想到现在都是一家人了。"

李琅玉努努嘴，笑道："其实相反，我小时候可皮了，经常闯祸，得亏有位姐……"

"jie什么？"他突然的停顿让程兰好奇看向他。

"得亏有位解决一切的父亲，不然定是招了不少骂。"李琅玉面不改色地搪塞过去，这种绵长旧事一旦想起来，差点放松警惕。贪图安逸，到底人之本性。

程兰还在逗孩子，咯吱咯吱地笑，李琅玉却笑不出来了。他这么想着，心里也懊丧起来，甚至有点谴责的意味，最后磨不住，索性说，出去走走。结果一走，便直接走到了北街外二道，一家洗衣服务店前。

白静秋，他真正的养母，就在这里。

李琅玉还未推门进去，便听到了女人的聒噪声。一个容貌娇俏的妙龄女子正对着白静秋颐指气使，典型的大小姐脾气，或者是，被包养的小姐脾气。她拿着件礼服裙子，不依不饶地大骂，旁边还有位衣冠楚楚的富少爷公子，面庞瘦削苍白，抽着烟，在帮腔。

白静秋四十上下，皮肤白皙也很秀丽，但比之前几年苍老了不少。她原来的那双手干干净净，现今长了不少茧。李琅玉在身后冷言道："你们要干什么？"

年轻女子翻了个白眼："她洗坏了我衣服，我要她赔给我。"

白静秋一边道歉，一边示意李琅玉回去，说："别惹事。"

女子报了个价，狮子大张口："这是巴黎的纯手工定制款，一分钱一分货。"

李琅玉拿过那件裙子，仔细瞧了瞧商标——Bong Street，觉得好笑，上海的"朋街"何时成了法国货。那名富家男子显然没想到被戳穿，他当初就是随便提了件唬唬那些没见过世面的女人，现在面对着两方质问，恼羞成怒，干脆无赖到底，说对方乡巴佬不识货，这就是巴黎货错不了。至于那位白丁女子，本就没什么判断，被他这气势一唬又相信了。两人"同仇敌忾"，认定李琅玉在胡说八道。

"钱我明天就会赔给你，但这裙子不值你报的价。"李琅玉拉着白静秋正准备出门，不打算理睬这俩泼皮。富公子拽着他的衣领，作势便是一拳，李琅玉将将躲过，转过脸来满眼怒意，一提手，将对方摔至地上。

男人打架，女人吓傻。妙龄女子原本站在身后躲得远远的，这会不知发了什么疯，抄起旁边一个刚刚烧开的铁水壶，朝李琅玉后背砸去。李琅玉顾不上身后，只听到一声"琅玉快躲开"，接着便看到白静秋痛苦地伏在他背上。一壶的热水，几乎全泼在了白静秋的身上。水汽腾腾，看着可怕。

年轻女子没料到真会伤人，慌乱得要哭出来。还在地上半趴着的富公子瞥了眼李琅玉神情，像是要杀人似的，于是装腔作势道："你知道我爸是谁吗？我爸是冯尚元，北平第一戏班的冯尚元！"

李琅玉愣了愣，瞳孔一瞬间收缩，铁青的拳头松开了又捏紧，整个人仿佛塑成了玄铁，让人害怕。他突然抬手，按着对方脑袋砸在地上，重重的一下，"咚"声清脆。

"揍的就是你！"

低矮简陋的屋子，朦胧的灯影。李琅玉翻箱倒柜许久，才找出一块即将过期的烫伤膏。白静秋不能平躺在床上，也不能蜷着背，那地方稍一牵扯便得要命，万幸的是，现在是秋天，温度不高。

"白姨，还疼吗？"李琅玉替她涂好药，小心翼翼，喉咙里揪得发涩，像吃下大把黑泥。冯尚元不是个东西，他儿子更不是个东西！

白静秋摇摇头，问："怎么就回来了，学校的事忙不忙？"

李琅玉喉骨向上动了动，说："不用太操心，一切都很顺利。"自始至终，他都未告诉白静秋自己已入赘程家一事，只称自己在北平找了份教书工作。这个日渐苍老的女人已经为他们傅家牺牲太多，他便是拿十辈子也还不清这恩情。报仇一事尚有风险，他可以拿自己的命去拼，但若牵连白姨，他不忍心。

李琅玉不再说话，去厨房挑了些菜，做好一碗粥。周围的墙壁表层脱落了不少，即使用白漆糊了一道道，还是满眼可见的贫困，颓圮在这凹凸不平的墙上。照理说，他应该对此感到稀松平常，在过去漫漫的十年里，从临时避难所到几十个人共居一起的小屋子，哪一处不是逼仄凌乱。可是这些左一块右一块的斑驳疤痕像鞭子似的抽打他，得快点，要更快点。他被抽打了十年，像匹劣马从厩里跑出来，像亡命的死徒从牢里逃出来，等不及，要报仇雪恨，要大快人心。

李琅玉将那碗粥给白静秋喂下，扶她走到里屋。正中央的桌子上供着一些牌位，有他的父母、他的姐姐，还有周大、叶二、李三——这些是他父亲的徒弟，两个死在了那场大火中，一个死在了日军枪下。

炉子里的香灰快要漫出来，李琅玉倒出几许，点上三根香，跪在牌位前磕了响头。"可了了，明书。"白静秋唤他的本名，许久没听人这么叫，都有点恍惚。李琅玉闭上眼，又朝白静秋一拜，傅家欠您太多，大恩大德必以一生偿还。

那场变故之后，北平城也很快失守，白静秋与李三哥带着他一路南下，家败了，国也破了，随处都是逃亡之人。李三哥在途中战死，所有担子都落了白静秋一个女人身上，她原是李琅玉母亲沈知兰家里的一个丫头，跟着来到傅家。沈知兰待她很好，如妹妹一般，教其认字，为她与李三牵线，受了恩情，便记在心里，记了一辈子。

白静秋那时年轻俏丽，可是在战争面前，一个手无缚鸡之力的女人能怎么办，还带着孩子。孩子尚小，应该继续读书，她不能让傅家唯一的儿子毁了前途，所以凭着年轻时的姿色，她给一位富老爷做了姨太。

黄晕晕的灯光下，白静秋抚着一只小绣花鞋："昨晚梦到竹月了，我去追她，可是她不想见我。"

李竹月是她和李三的女儿，比李琅玉小四岁。在一次逃亡时，李琅玉和李竹月被困在小砖房里，外面是炮火连天和巡逻的日军，李三已经死了，灰头土脸的白静秋推了辆茅草车，想将两个孩子先送出去，可是一次只能运一人，她先选择了李琅玉，路上耽搁太久，回来时已找不到李竹月了。

失去亲生的女儿，李三留下来的孩子，她号啕大哭，差点哭瞎眼。李琅玉抱着她，一遍遍地说："阿妈，阿妈，我在这，我会找到她的。"

可是十年过去，人是否在世都说不准。

白静秋的床上只有一条单薄的褥子，李琅玉又铺了几层软衬，不至于让她硌着背。"你是不是还惦记着当年的事情？"白静秋握住他的手，暗淡的眼球像蒙了灰的玻璃，"这世上还有很多重要的事情，你父母只希望你能好好活着，别去犯险。"她养了这个孩子十年，心思如何，怎么会猜不出一二，哪里工作不好，为什么偏偏要回到北平。

李琅玉沉默不言，房间里的空气变得沉甸甸，他最终还是点头宽慰："我知道，您放心，不会有事。"

他离开白静秋的家，西边的苍穹上皱起一褶褶晚霞，像金陵城的歌女，艳丽又苍凉。周怀景、叶仁美、李念辰、程翰良，当年傅平徽门下的得意四弟子，取的是"良辰美景"这样的好寓意，而今美景俱灭，韶光时辰不复，良人不良。

十年前的那日，李琅玉从白静秋家回来，家内已遭逢巨变，满目疮痍，若不是死里逃生的李三告诉他，程翰良吃里爬外，伙同冯尚元陷害他家，他也不会相信那个他平日最喜亲近、一口一个"程四哥哥"叫着的人会背叛他们。

离开北平的最后一天，他与白姨一家坐上逃难的卡车远赴南方，周围都是面如死灰的难民，日军占领故土，他们也是为了逃命。李琅玉坐在车内，透过黑压压的人群，回头看了眼北平，这个生他养他的地方，枪弹声隐隐约约，阴蒙蒙的天空中看不见任何飞鸟。车渐行渐远，傅家，彻底远去了，和北平城一起。十岁的李竹月什么都不知道，问他，我们还会回来吗。

会回来的。他这样说。终有一日，他会回来。

十年流离，凭什么有人枯骨难安，有人功成名就；凭什么有人危墙之下苟余生，有人高宅之上享无忧。

命运如刀，他要一一讨还。

李琅玉前脚刚踏进程家门，许妈便急急拽住了他。"姑爷，你可回来了，出事了！"

"怎么了？"

"你把冯老板儿子打了，现在人家找上门来要交代，四爷也在。"

"四爷看上去怎么样？"

许妈皱着眉寻思，说不清楚，程翰良的心思他们这些下人都不敢猜。

说不清楚表示不算太糟。大赖泼带着小赖泼，早知如此，先前那几拳应该再揍狠点。

李琅玉进了厅，冯氏父子一见他，双眼瞪得如斗大，蹿出一把烈火，烧得眼白泛黄、眼珠发焦。

"就是他！是他打的我，不会错！"冯乾长了个尖嘴猴腮样，脸上颧骨分明，干巴巴，总给人一种戴了层人皮面具的错觉。此刻他眼角乌青，额头已经作了包扎，有些外强中干的意味。

李琅玉睨了眼那根戳向自己的食指，微昂着头，不回应，就看他撒泼。

冯尚元比他儿子冷静多了，虽然他也气到极点。自己的儿子再蛮横无天，也不该被他人教训。

"混账东西，还不嫌丢人！"冯尚元假装责备，一手将冯乾拉了回来。他毕恭毕敬地对程翰良道："现在小孩子火气大，难免会有冲突，是我教子不当，一贯纵容他，先给程中将赔个不是。"

"爸，凭什么！我都被他打成这样了！"冯乾没听懂这其中意思，张嚷着不服。冯尚元狠狠瞪了他一眼，榆木脑袋！

程翰良看着这对父子冤家，轻声笑笑，冯老板言重了。

"放心，冯少爷的医药费程家会负责到底。"

冯尚元心底冷哼，他又不稀罕那点费用。"俗话说，女婿如半个儿子，李少爷也是个读书人，怎么戾气这么重？中将，这你得管管，今天我儿子被打了不要紧，万一以后他对程小姐做出点什么，那就是大事。"

程翰良"嗯"了一声，面向那个沉默不言的当事人："琅玉，你说呢？"

李琅玉微微低首，向冯氏父子道："对不起，今日是我冲动了，给冯老板、冯少爷道歉。"

"你看，他承认错了。"程翰良轻描淡写道，俨然不在意对方的脸色。

"他虽然嘴上承认了，可并不代表心里也承认。"

"冯老板要怎么个证明法？"

冯尚元这次转身面向李琅玉，拿出威严道："按老辈规矩，磕三个头以表认错。你愿不愿意？"

"对，给我和我爸磕头！"冯乾趁机补上一句，脸上得意扬扬。

一股气血涌上脑门，李琅玉狠狠咬着下牙，恨意在眼底翻江倒海。他怎么可能愿意！

程翰良微垂着眸，似在思考。

冯尚元见他没动静，冷笑道："晚辈向长辈磕头，天经地义，你不服吗？"

李琅玉伸长脖子，两眼盯着地板，怵在原地，就是不发话，也不动。

冯乾看不惯他这高傲样子，便直接按着肩膀逼他服从，李琅玉厌恶地甩开他的手，冯乾便又跟狗皮膏药似的不罢休，直接上脚踢他膝盖骨。

"你跪不跪，跪不跪！"活脱脱的刁皮。

冯尚元怕他儿子做得太过，刚想出声制止，便听到"砰"的一声，枪响，书架上的唐三彩花瓶迸裂开来，碎片四溅。

三人同时愣住。冯乾右手还抓着李琅玉衣服，尚没反应过来，便又听到"砰砰砰"，三个枪弹打在他脚边，吓得他尖叫高呼，七魄失了六魄，逃窜回冯尚元身后，战战兢兢。

"啪"的一声，程翰良将手枪倒扣在桌上，似笑非笑地看向冯乾："你算什么东西，我程翰良的人凭什么给你下跪？"

冯乾眨着对鱼眼，脸上半红半白，像小姑娘没抹匀胭脂，涂成个丑角模样。他又气又羞，可也不敢说什么。

"冯老板，男儿膝下有黄金，为了这点小事，犯不着你那些规矩。琅玉入赘我程家，便是程家的人，你护子心切，我也一样。"

"那中将的交代呢？"冯尚元不冷不热反问道。

"你在广州的货我给你一年通行。"程翰良做出承诺，算是双方让步。

这确实是个很好的条件，冯尚元只权衡了几秒，便答应了，小孩子再闹也比不过真钞实币，至少这趟出门有收获。他也不多待，随意撂下一句"打扰了"，便拖着满肚子气的冯乾走出了程公馆。

屋子里只剩下李琅玉和程翰良，两人互相对视了一眼，似乎都在酝酿。

"谢谢四爷，给您添麻烦了。"李琅玉颇为诚恳地开口，不知道对方有没有后招。他做好了受罚的准备。

程翰良没回应，带他上了二楼，自己的房间。

"把上衣脱了，去床上趴着。"

李琅玉一时怔住，整个身子都是僵的，直到对方又说了一遍："发什么愣，不想上药想留疤？"

说的是他被烫伤一事，李琅玉明白过来，松了一口气，复又觉得自己想太多。

"我自己可以涂。"他不习惯地争辩道。然后被程翰良一个命令性的"去"字堵了回来。

李琅玉解了衬衫，微微迟疑，脱下半边袖子来到床上。这是他第二次来程翰良的房间，第一次是新婚那晚，假装喝醉。

张管家送来一盒崭新的兰香玉脂烫伤膏，程翰良蘸了一点，顺手将他的另外半边袖子也脱了，李琅玉蹙着眉，略微不满这粗俗动作，对方倒是笑得开怀："又不是小姑娘，你怕什么。"声音爽朗，特别得理。

他将药膏抹在腰上泛红的地方，两根手指揉成一个旋："几年前打战时，大家伙儿一个个袒胸露肚，搁你这细皮嫩肉薄脸面，不得羞愤死。"

"时代差异造成局限性的两种事物不能做对比。"李琅玉振振有词。

"你还犟上了？"程翰良打趣道，顺便问起今天的起因，"怎么惹上冯乾了？"

"看不惯他欺压别人。"

"听上去你还觉得自己挺光荣。"程翰良置之一笑，"小人勿犯没听过吗？"

"难道要由着他？"李琅玉抬眼看他，初生牛犊的倔强。

程翰良凝视着那双眼睛，仿佛在寻找什么："报仇有很多种，你为什么选了最蠢的一种。"

心跳瞬间漏了半拍，胸里压过一座五指山。李琅玉怔住，手心里握出了一拳的冷汗。程翰良按住他的后脑，在他耳边低声道："下次遇到这种事，跟我说，我帮你解决。"

心跳如擂，李琅玉神色复杂地看着近在咫尺的那张面孔，躲也不是，不躲也不是。兔崽子到底太嫩。程翰良总算放开了他，道："兰兰带着孙家那孩子出去了，这事我不会跟她说。"

李琅玉低头沉默了一阵，开口道："四爷是不是一直对我有意见？"

"怎么说？"

"我身份低微，入赘过来，你觉得我配不上兰兰，所以也不相信我。"

"我确实对你有意见。"程翰良说得轻松，李琅玉睁着明目仰起头，等待下文，"我女儿对你死心塌地，我这个当父亲的的确不喜欢你。"

虚晃一枪。

程翰良看着他错愕的眼神，轻轻笑出声，问："饿了吗，想吃什么？"

"芝麻汤圆。"李琅玉懊丧地答道。

程翰良叫来张管家，吩咐他去做。张管家看了眼李琅玉，道："这元宵节还早着呢，哪来的汤圆。"

"那就让许妈现做。"程翰良打发道，转头问李琅玉，"大少爷满意了？"满满的调侃。

张管家这回彻底摸不着头脑了，前段日子程四爷还让他各种盘查新姑爷，这回怎么亲密如父子。"四爷，我想了想，冯老板那边还是要做点额外补偿为好。"

"是要这么办。"程翰良早有此意，"老张，你把孙会长带来的那尊玉佛像送到冯家去。"

李琅玉在旁边随意来了一句："哪天我还是登门道歉吧，仅一尊佛像估计也不能让冯乾心服消气。"

程翰良略一思索，对张管家道："琅玉说得对。这样，佛像照送，如果冯家小子还想让人给他赔罪，你就把佛像砸他脑门上，看他服不服。"

卷二

十年无梦到长安

章四

秋气酷烈萧索，院子里的玉兰树叶显露出苍老趋势，这就跟女人上了三十一般，脸蛋日复一日地塌下来，原来的红彤彤要多可爱，现在的黄恹恹便有多可恨。岁月天杀挡不住。

李琅玉这段时间倒是过得水润清闲，自打上次冯乾大闹一场后，程翰良似乎对他特别关照，几乎把他当成半个儿子来养。每日饭点让许妈熬些补汤，但凡合他胃口的便多做一份，有时在书房与他聊尽古今，偶尔为了某一话题针锋相对，孰胜孰负难说，但都喜欢给对方下定论，一个是"黄毛小儿，不知世故"，另一个则是"中年莽夫，老气横秋"。三姨太揶揄他，这是好事，男人到了一定岁数都想要个儿子，女婿也是儿，不要白不要。

李琅玉对这转变不是很清楚，他觉得其中有点微妙，置身事中的自己也不痛快，是温水煮青蛙，还是养羊待宰，不好说。程翰良在他心里就是个恶人形象，若他不作恶，那便是准备作恶。这么一想，通体舒畅。

程兰拿着纸笔过来找他，再等几个月就是新年了，她想给徐桂英做件旗袍，但又不知道尺寸。李琅玉也不知道，所以写的是白静秋的。程兰看了眼数字，犯了嘀咕："我怎么觉得不对，比如腰这里，你是不是写小了？"女人在这种事情上总是格外聪明。

"我妈受不了寒，一入秋总要里三套外三套。"他打着马虎眼，总算让程兰信以为真。

因为这件事，李琅玉又想起了白静秋，上次程翰良给他的药膏效果很好，他后来私底下送了一盒给白静秋，也不知伤势恢复得如何，遂出了门想去看看。可是快走到目的地时，他又停住脚步——太犯险。在外人眼里，他与白静秋非亲非故，三番两次见面总会落下话柄。当初与徐桂英合计时，他曾多次叮嘱那妇人不要去警察局看李生，如今自己却走了险招。

智勇多困于所溺。

想清楚后，脑海天朗云清，他折回原路。

北大街这条路上有家"万有书屋"，麻雀虽小，五脏俱全，难得的是可以找到一些海外文籍译本。李琅玉在书架上看到一本艾略特的《荒原》，赵萝蕤翻译，语感很好。他翻了几页，津津有味，连身边有人走近也未察觉。

"艾略特这人有着强烈的死亡情结，一生都沉沦在荒原意识里，程家姑爷一表人才，不如去看《欧游心影录》。"话里笑谑十足。

李琅玉抬起头，看清面前身着驼色风衣的年轻男子后，惊喜跃于眼中。"怀川！你什么时候回来的？"

贺怀川，他曾经的发小，也是为数不多知晓他家事的人。大学期间无意相遇，后来去了英国。

"也就这个月初，我爸催我回来继承家业。"贺怀川耸耸肩，说得轻松。两人走出书店，找了个地方叙旧。

贺怀川学医，祖上三代都是这一行，现在国内打战，他本想去东北战场那块，当个战地军医，可是他爸不同意，让他待在实验室里做科研。一腔豪心壮志憋屈在金屋笼里。

李琅玉笑着摇摇头："伯父说的未尝不是道理，高等人才培养不易，如今国家缺人，缺的便是你这样的知识分子，英雄主义虽痛快，却不是长远之计。人生可贵，大好前途，理当珍惜。"

他说完这番话，舌头不自觉磕绊了一下，不久前程翰良与他谈起舍身成仁，也是这般说的，可那时的他与贺怀川一样，认为生命当热烈，宁为玉碎，不为瓦全。

脱口而出，最是从心。意识到这点，李琅玉半合双眼，眉宇间染上浓密的愁绪。不知是赌气还是从少年时期带来的固执，他决定坚持当初的看法。

"你仇人找到了吗？"贺怀川压低声音询问他。

李琅玉抬眸，淡淡道："找到了。"

"在哪，你准备怎么办？"

"就在北平，已经接触了。"咬字用力，仿佛能听到喔喔的磨刀声。

贺怀川大惊："是谁？"

李琅玉不说话，这让贺怀川忍不住猜想："我这次回来，意外得知你给程家当了女婿，可是据我对你的了解，你并不是一个很想早日成家的人。"他顿了顿，眼底染上困惑，李琅玉慢悠悠地喝茶，没有否认。

"难道在程家？"他喃喃自语，"程家，程……四，程四……爷？"他突然想起幼时李琅玉常常提起的那位"程四哥哥"，却不承想过那便是如今北平赫赫有名的程四爷。

李琅玉注视着他，耐人寻味。

"这、这……"，贺怀川苦笑了一声，竟不知说什么好，"你这英雄主义比我更甚。"他与面前这人少时相识，曾一起攀树折桂花，也曾一起下水捉鱼虾，都是无忧无虑少年郎。

"没有路了。这么多年，那些逃难的日子，九死一生，若不是仇恨撑着我，我都回不了北平。我若不报仇，对不起那些为傅家而死的人，更对不起我父母。"窗外的半边日光投在李琅玉的脸上，将另一半阴影衬得凄风苦雨。

"你是要学赵氏孤儿？"

"只有接近才有机会。"

贺怀川抿下口中茶水，眼角深处是起伏的山峦："《赵氏孤儿》不是个好故事。"

"或许我运气比他好。"李琅玉轻松地笑了笑，安慰对方，也安慰自己。

"大概吧。"贺怀川停顿了半晌，话锋一转，"我在国外听说过关于《赵氏孤儿》的另一个版本，当年赵武认屠岸贾做养父，真相大白之时，屠岸贾虽知对方身份，却因十六年父子之情，没有杀赵武，最后是自愿死在赵武手下。"

"野史之所以为野史，便是因为不可信。"从进程家大门那一天起，他便做好了最坏打算。

贺怀川无奈笑笑，万语千言到底亡于腹中。他举起茶杯，道："那我以茶代酒，祝你心愿早日实现。"

"借你吉言。"

回来以后，李琅玉正巧撞见一个丫头在修剪大厅高脚凳上的那盆文竹，这是张管家早些时候买回来的，平日都由他亲自负责。

"怎么没瞧见张管家？"李琅玉本是随便问问，丫头却回他："他去南京了。"

南京？"是有什么事吗？"

"据说老家有个亲戚病了，想去看看。"

李琅玉拧起眉头，眼底浮现出一丝不安。张管家是地地道道的四川人，老家怎么在南京，而且昨日也没听他提起相关的事。南京，南京……他反复咀嚼着这个词，突然心脏传来一声雷鸣，央大就在南京！

"他几时走的？"李琅玉猛地质问，声音拔高了好几个度。

丫头吓了一跳，以为哪里做得不好，迅速道："早上，大概八点多。"

还有时间。

周遭的警报全部响起，李琅玉立刻走到电话前，拨通了号码。他与南京的关系，只能是唯一的央大，而若想去央大查他，最大的可能便是找档案，可是有一样东西，他决不能让程家知道。

　　"你好，帮我转接到央大档案室的宋清同学。"

　　半分钟过后，话筒里传来熟悉的声音。宋清是他的同系学弟，现在留校工作，大学时他曾经提供给对方不少帮助。李琅玉报上姓名后，先是询问今日可有人查他档案，那边说暂时没有，他松了半口气。

　　"宋清，劳你帮个忙，档案袋里有一份我的出国申请表和资助人信息，若有人来调档，暂时帮我把这两份收起来。"

　　"好，放心学长，我会记住的。"

　　总算及时。匆匆挂断电话后，李琅玉站在原地，头皮仍是酥麻麻的，仿佛有一头的火苗子在乱窜。幸好，幸好，赶上了。他像个死里逃生的战士，额头沁出细小的冷汗滴，脸上也浮现出劫后余生的倦意。他合上眼复又睁开，缓冲了一会儿，刚转过身去，可还未压下急速的心跳，便再次感觉心脏将从口中跳出。

　　他撞见了程翰良，在二楼，居高临下地看着他。

　　"你刚刚在跟谁打电话？"

　　这一声落地，犹如雷电从天外破云而来，戏台上铜钹相击，妖魔现形。李琅玉喉结大动，颈窝里骨碌着一圈冷汗，右腿靠在沙发脚边，渐渐生起僵硬的感觉。

　　"一个朋友。"他稳定心神，想赌一把，"最近他回国了，所以想约个时间见一面。"

　　"那你上来，有样东西给你。"程翰良轻轻道，没有追究，听上去刚刚也只是随便问问。李琅玉等了五秒，确定对方不会再问什么了，才迟疑地上了二楼。

　　程翰良给他的是一套深蓝暗条纹西装，双排扣，配上马甲衬衫和领带。"穿上试试。"

李琅玉接过，没多问，径直去了卧室。料是好料，版型也俏，他身材匀称，线条修长，腰部窄得精致，像木匠大师用刻刀一笔一笔雕出来似的，这一套穿上便是兰草生芳的俊气，夺眼得很。

"不错。"程翰良嘴角撑起笑意，似乎在预想之中。他走过去替李琅玉重新系好领带，掖在马甲里，"下个月我要去趟广州，前几年都是老张与我一同，这次想要个新面孔，所以我想带你去。"

李琅玉将腰板挺得笔直，听到这一消息问道："四爷要去干什么？"

"见一些旧部，然后海关和税局那里要我去看看，还有出头占地的得去管管。"

"那……我要具体做什么？"

程翰良从黑色小盒里掏出一副无度数的金丝框眼镜，用质地柔软的纤维布料擦了擦，给李琅玉亲自戴上。"这下更有模样了。"他端详了一阵，眼中闪过光，颇为满意，"不用做太多，当我的秘书就行。"

程翰良几乎是每年回一趟广州，那里一直在他管署之中。程兰听说这次李琅玉也一起去，便织了个香囊当作护身符送他。

"又不是去打仗，还怕我丢胳膊断腿？"他打趣说道，小女儿的细腻心思常常让男人无法理解。

"别瞎说。"程兰嗔怪道，"你这次跟去要好好听爸的话，遇到什么事别自己拿主意，他的旧部有些看起来很凶，但实际上人很好，为人处世上放乖巧点，知道了吗？"

"知道了，程师姐。"李琅玉笑容明豁，带着鼓囊囊的少年气。程兰本来还想再叮嘱几句，被他这样子逗弄得无可奈何，于是作罢。

出发的那天秋光极好，大早上的太阳催熟了漫山红叶，像成亲时的鞭炮纸末从山顶洒至山脚。李琅玉上车后发现司机是个年轻小伙，额头饱满的五方脸，笑起来能看见一颗虎牙，十八岁左右样子，憨厚直爽。男孩说他叫小叶，身无长技，就会点拳脚，承蒙四爷看中，当了个半吊子司机兼保镖。小叶没读过书，对李琅玉很是尊敬，开始管他叫"姑爷"，后来聊开了，就改叫"少爷"，觉得这样更显亲切。

一辆车，三个人，路上花费了两天时间，终于到了广州。李琅玉先下车，走到另一边替程翰良打开车门，拿了行李和公文包。他们早已定好房间，"威斯汀"酒店五层，一套总统间，程翰良在主卧，李琅玉在偏卧，正好是面对面。小叶见他拎着重箱子，忙赶过去搭手："少爷，这种事我来就行了。"

程翰良回头笑道："小叶啊，你记得，出门在外得喊他李秘书。"

"啊？怎么能当秘书，秘书不是经常那什么什么的吗……"小叶含糊不清地将后面一句咕隆回肚子里，他见过的世面不多，平日里也就听那些七大姑八大姨在一起聊东扯西。

李琅玉一下会意，轻戳了下他脑门："想什么呢你，小小年纪道听途说，得让人教你多读点书。"

小叶受了训，立马贴在他身旁伏乖："那李秘书你教我呗！"

"好啊，先把《论语》背了。"他笑着将箱子拿回来，至于身后那位丈二和尚，则一个劲地琢磨《论语》是什么玩意。

在广州的头一周，程翰良带着李琅玉拜访了几位老友，如程兰所说，刁难古怪的凶神性子，见到小年轻先要训诫一番，等相识熟了又洒脱地成了忘年交。李琅玉听到他们讲起山东战事。旧友旁敲侧击程翰良，试图询问他的立场，然而什么都没问出来，这个男人早年从戏班出来，说话论事都戴上了脸谱。

他说，乔司令还在。这似乎是个答复。

人事部的书橱里堆积了一年的人才档案，手一碰全是灰，边边角角像是镶了层毛状保护套。还有杂乱无章的货物通行记录，只分了几个大文件夹，若有事情查找起来得费上一整天。部长是个五十岁的中年男人，头发稀少，大腹便便，一脸的纵欲过度模样。他见了程翰良，像豚鼠似的胆战心惊，恨不得拿出一年的精神劲，让几个属下从各窝里滚出来干活。

程翰良只是坐在那，翻着文件，也不开口，却如一口大钟般罩住了整个办公室，一窝蛇鼠乖顺得不像话。

通行记录的分类是个细致活，程翰良不打算等他们，而是把文件全部交给李琅玉，让他去干，将新秘书资源利用得十分到位。一下午，加小半个夜晚，李琅玉就窝在房里埋头于这些陈年资料，且不说部分纸张都返了潮，碳素字糊成个大麻球，光是各种潦草手写备注就叫人难以辨认。他觉得自己再过不久就得需要一副真眼镜。

而就在这些密密麻麻的文字里，李琅玉突然撞到了"冯尚元"这一字眼，他家做烟酒生意，又从海外进的货，每次量都很多，而且交易频繁。李琅玉往下看去，觉得有些奇怪，烟酒都是一个发货地，但却是分不同线路进入广州，运烟的那一条绕了七八个拐，而且那么多的烟货每次装箱都没满，像是故意留出空间，徒然增加成本。他一时不懂这中间曲折，只是留了个心眼。等到全部结束，已是晚上十点多。

李琅玉想把文件拿去给程翰良过目，快走到门前时听到里面有人唱曲，非常清亮温柔的年轻声线："不夸万户公侯贵，只羡鸳鸯戏绿丛。爱阳春，迷烟景，秉烛夜游，不让那古人，情纵。流连花国，飞觞醉月，倚翠，偎红。"

还有偶尔传来的低笑声，如金玉撞击，李琅玉知道这笑声是程翰良。卧室门虚掩，他小心地推门而入。

一位穿着素白衫子的清秀之人坐在程翰良对面，不过二十余五的样子，白皙的手指间夹了块打拍的红牙板。见了李琅玉，大方地起了身，毫无做作羞涩之态，端的是温润风情。

程翰良问李琅玉："怎么了，有事吗？"

"没什么，四爷早点休息。"扰了人家的雅兴当然得赶紧走，李琅玉急急离去。

蝶生徐徐展开一柄精致扇子，在程翰良身旁摇扇道："刚刚那是谁？"

"我家女婿。"

"哟，让我开了眼，我以为四爷你会招那种上阵杀敌的野汉子。"

程翰良摇头笑道："那兰兰肯定看不上，爱美人之心，人皆有之。"

蝶生眯起眼，打趣说："可你家这人也是奇怪。"

"说说。"

"都给你当女婿了，却还是喊你'四爷'，不喊你爸。"

"那你知道怎么回事吗？"程翰良英俊的面庞上有了探究的笑意，像竹林里的微风拂进人心里。

蝶生身子凑前道："肯定是四爷做了什么过分的事，把人惹毛了。"

程翰良眉眼笑得更开了："我猜也是。"

章五

十月的广州，秋色还未长开，相较于北方各地漫山朱红钩心斗角，这里的秋天倒像个晚熟的小姑娘。"威斯汀"酒店坐落在市中心以北，顶层有一块贵宾观景区，适合看夜景，白天则能眺望到天边的黛色山脉。这几日公事不多，李琅玉和程翰良一般待在酒店里，有时去去顶层，不怎么常出去，上次撞见的那个人也来了三四次，李琅玉从小叶口中得知名叫蝶生，曾经唱过戏，名字还是那时的艺名。两人逢面时话都不多，不过点头之交。

小叶扒着门沿说："你看他，从头到脚都是脂粉气。唱戏的十之八九都有点那啥。"

李琅玉把他撵回屋，抵了一句："别整天嚼舌根，那是人家一行的讲究，上次教你的诗背完了？"小叶有点不好意思，吐吐舌头赶紧溜走。

吃过午饭，李琅玉回到房里，刚巧有人这个时候来找程翰良，穿得挺考究，戴着副圆框眼镜，有点夫子味。来人叫汪富珏，是广州"万祥翠"玉石店的老板。李琅玉过来递茶时正好听到他们在说赌石的事情。

"程四爷，今年秋会的'坐阵'还得劳烦您再帮一次忙。"

"今年不想了。"程翰良从李琅玉手里接过茶水。

"是……价钱不够吗，我可以加的。"汪富珏诧异道。

"不是价钱，是乏了。"

汪富珏不知道怎么接这茬，想了想，诚恳道："我今年看中了一块好毛料，百分之八十肯定，机会难得，求四爷赏个脸出面。玉石这行业竞争激烈，小店生意也不如以前，我打算参加完今年的赌石大会就金盆洗手。"

汪富珏巴着深陷的眼窝看向程翰良，像跪地长拜虔诚求雨的农民，躬着背，十分为难的样子。缄默了一分钟，程翰良终于大发慈悲："那好吧，不过我还是不坐阵，我替你找别人。"

"找谁？"

"让他去。"程翰良朝李琅玉努了努下颌。

"这位……先生？"汪富珏小心地选择称呼，不知该用什么来称这位小辈。李琅玉尚在状况外，也是满脸错愕，这话题何时转到他身上了，他从不了解赌石这一行，更不知他们讨论的"坐阵"是什么。他下意识地去看程翰良，正好撞见对方的视线，有狡黠的笑意自那静水无波的眼底荡出。

"会不会太年轻了，这种事不能开玩笑，据说那边请的人是钱虎，钱虎是什么人你也知道……"

"汪老板，你何时见过我开玩笑。"程翰良笃定道，言语中是不容置疑的自信，"我说他可以就一定可以，不信你睁大眼睛等着瞧。"

"祥月苑"是广州最大的赌石会场，其中月字与玉谐音，意为吉祥美玉，行家里手。每年春秋分会都能吸引市内外的大批富商及品玉专家，各大报纸也会作专门报道，许多人在这里一夜暴富，也有人倾家荡产，万金散尽。然而来的人如过江之鲫，只多不少，贪得无厌是天性，盛产金饽饽的地方就是一片浑水江湖，人人都在厮杀，人人都以为自己是最后赢家。

李琅玉随程翰良来秋会场是在一星期后，他这次终于不用戴那副徒有其表的绅士眼镜，鼻梁上卸了重负，轻松自在得像朵随时来去的云彩。

"祥月苑"分了十六个厅间，每一个厅间即代表一个原石场口，越往里，场口越有名，产出高档翡翠的概率也愈大。李琅玉他们去的便是这藏龙卧虎的一厅。俗话说，赌场之中窥百态，百态背后见人间。由南至北，大红灯笼高高挂起，走马廊上结了一轮轮初阳，满室光辉乍泄，所有人，不管男的女的老的少的，不管三等六等或九等，都接受着这光辉的沐浴，他们褪去了阶层分化的互相偏见，君子小人同桌相会，富商贱民三番较量。进了"祥月苑"，人人都是赤裸的、平凡的，全部身家系于运气。

程翰良带着李琅玉于一厅东北角暂时落座，点了两盏信阳毛尖，不急不慢喝着，正戏还没开场，两人先看热闹。李琅玉注意到一厅里多为身份尊贵的有钱人，也有不少玩命赌徒，正中央是张西式方形长桌，最右侧抬上了一架大铜锣，面无表情的老叟立在那里，活像尊石像。

桌上摆了一排石头，除了最靠近铜锣那端的两处座，其他几乎都满了。李琅玉不懂这赌石门道，就看见有人绷着眼珠子，直溜溜地看庄家一刀切下原石某部分，两眼差点一黑，仿佛要送命。

程翰良告诉他，那准是切毁了。赌石之所以有意思便是从败絮中择出金玉，天下石头奇形怪状，人皆肉眼凡胎，欲取美玉，必担其险，这本身就是一种刺激。

"那块毛料倒是不错，应该能切出好货。"

李琅玉顺着程翰良的目光望去，一个左眼戴着黑眼罩的中年男人将原石从水中取出，他身形偏瘦，下巴锋利，颧骨也极高，身上带着匪气，最可怕的是那只眼睛，像蛇眼一样，歹毒又精明。

"为何要沾水？"李琅玉问。

"验石的常用方法，水若散得快，说明毛料内部结构松散，孔隙多，这种出不了好玉。"

那眼罩男人拿着放大镜，埋着脑袋仔细观察石头表面，又伸手擦了几下："切这里！"他对庄家说道，声音阴冷。

周围人纷纷被他这一声吸引过去。这速度太快了，切石是整个赌石中最关键的一部分，一刀穷，一刀富，剖开多少、从哪剖都非同小可。然而他只用了不到一分钟的时间就下了决定。

"确实是那里。"程翰良说道。

玉石切割机顺着中间偏右的那道裂纹下了刀，机械声冷酷无情，所有人都翘首以待。

"有了，有了！"

"刚好，不偏不倚，还是红的！"

人群沸腾，仿佛穷乡僻壤里出了个状元郎。羡慕的有，嫉妒的也有。

"居然是红翡。"程翰良也来了点兴趣，"这么多年我也只遇过一次，还是七年前，当时想着做对血凤凰，可惜差了半边。"

李琅玉对这屋里的异样兴奋表示不解："为什么喜欢这种投机取巧的事情？明明知道输多赢少，还是抱着侥幸心理。"他修的是理科，主张回报与代价的平衡性，无法认同这种赌博是划算的。

程翰良无声地笑了笑，他没有选择说服，而是轻飘飘地来了一句："这世上有些事情值得你去冒险，即便血本无归。"赌石赌石，赌的不是石头，是人心。

说这话时，李琅玉正好偏头与他双目相对，那两只黑白分明的眼睛里仿佛生起了巨大漩涡，将他吞没进去。李琅玉突然颤了颤，手中茶水轻晃。他莫名感觉到一种敬畏，这让他不由记起他的父亲傅平徽，也有这样的力量，满怀慈悲，看破不说破。

"那你输过吗？"良久，他听见自己的喉咙里蹦出这么一句。

程翰良摇了摇头："我运气向来很好，从来不曾输过。"

这确实是实话。

半小时后，汪富珏过来找他俩，程翰良看看手表，时间到了。三人来到长桌右侧，会场众人见到程翰良都是意想不到的样子，让开位子，表现得很恭敬，唯有刚刚那位押中红翡的男人坐在位上，冷眉冷眼看着他。汪富珏告诉李琅玉，他就是钱虎。

"汪老板好大的面子，又请来程中将哩！"

"四爷今年还坐阵吗？"人们边说边请他到那处保留的位子。

程翰良也不兜圈子，直接招手让李琅玉走近点："坐在这里。"

李琅玉刚一坐下，周围声音瞬间低了下去，仿佛他这一坐犯了不得了的大忌，众人窃窃私语，都在议论。他蹙了蹙眉头，睃视现场一整圈，所有人的神情都难以言述，唯有钱虎从鼻内哼出一声冷笑："程中将，你拿个娃娃来，会不会太狂妄了。"

程翰良拉过一把椅子坐在李琅玉旁边，回道："我带他出来见见世面，你尽管让他开眼。"

"那我就不客气了！"

钱虎起身跨步，坐到了李琅玉对面，拿出一柄左轮手枪，一颗子弹，"啪"声清脆扣在桌上，道："诸位做个见证，也别说我以大欺小，既是程中将发的话，我便让这位少爷尽尽兴。坐阵不论身份，还是老规矩！"

人群又一下子欢腾起来，两三个地痞赌徒吹了好几声口哨，似乎在等待着一场压轴节目，有些富人眼里也蹿出看热闹的神色。李琅玉越发觉得接下来发生的不是什么好事。

钱虎将那颗子弹装进枪里，随意转了几圈弹轮。他把阴笑从脸上刮下来，换成颐指气使的轻蔑："小子，'俄罗斯轮盘'，你敢玩吗？"

俄罗斯轮盘是近几年兴起来的赌博游戏，源于国外，李琅玉或多或少听说过一点，以命相赌，血腥残忍。

"六次机会，咱们一人一发，看谁先抽中这'鬼弹'。抽中了，那便是自杀。"钱虎鼻头撅得老高，狠毒劲咪溜咪溜地游于两个大鼻孔间，冲天雷似的蹦出来。

"我若不赌，你能如何？"李琅玉昂起漂亮的下颌，轻轻松松靠在椅背上，搭起二郎腿，他就不信这群赌徒还能强迫人。

周围爆出哄笑，程翰良也露出好笑的神情。钱虎阴沉地说："程中将没告诉你，坐了这把椅子，就不能反悔吗？要么赌下去，要么砍手砍脚，留下身体一物，这就是坐阵的规矩！"

程翰良确确实实没告诉他，他被坑了。李琅玉发根作痒，有电流爬过整个脑袋。他瞥了眼身旁优哉游哉的始作俑者，那人心安理得地喝茶，反倒是汪富珏，不停地抹着额头上的汗，李琅玉若是输了，他不仅拿不到想要的毛料，还得承包庄家的赔损。

山穷水尽，只能单刀辟出一条路来。

"怎么开始？"

"猜先。"

起初那位站在桌子右侧的老叟让人搬来一副骰子，两个白亮的小立方块躺在瓷碟里，李琅玉随意猜了个小，钱虎一掷，竟是个大，他嘴角扬起，好整以暇看向李琅玉。

失了第一局，轮到他了。李琅玉拿起骰子，摸上手发现不似想象中光滑，有几面稍显粗糙，边缘起了微小的毛，应该是用过很多次的。钱虎闭上眼睛，冥思一阵，突然睁眼，猜大。

李琅玉将骰子抛在碟里，一个四，一个五。输了先手。开局不利，这对赌博的人来说是个风向，大部分赌徒很信这个。

老叟敲了一声铜锣，所有人都端着一颗心。钱虎将枪对准太阳穴，两指搭上枪栓，周围人屏住了呼吸，李琅玉也紧张地看向他，这是他第一次目睹这种杀人游戏。钱虎嘴里不知在念叨着什么，有人说他是在向老天借气，运气这种玄学谁也说不准，信则灵，不信则不灵。

过了好长时间，忽然，"咔嚓"一声，清清脆脆猝不及防地从枪管里跳出来，围观者发出惊叫，几个女人吓得捂住了耳朵。

结果是——空弹！

李琅玉倒吸一口凉气。钱虎眉头舒展开来，睁开眼，将枪支滑向对方。

"该你了。"冷酷得像在宣读遗言。

黑色的枪身像条粗壮的大麻蛇，李琅玉抓过去后手上仿佛被咬了一般，数不清的湿汗伴着燥热从手心里流出来。他缓缓举到头顶，闭上眼，却迟迟没有开枪。四周的催促声愈来愈大，他心跳得也愈来愈快，大有雨夜山洪暴发之势。千思万绪也在这时冒了出来，二十多年只一瞬，他想到了许多模糊面孔，一个个倒成尸骸，最后是满脸血迹的父亲，在火光里看着他。

喉咙里已成窒息的水潭，李琅玉胸闷得想要作呕，可是如雷的人声在耳边络绎不绝，似乎要将他推向死路。就在他举棋不定的时候，突然伸出来的一只手搭在他的左手背上，也不嫌弃那上面都是汗。

李琅玉没有睁眼，他知道那是谁的。所有人都在逼他送死，只有一人为他舍了屠刀。偏巧这人就是下套的罪魁祸首。也是奇怪，他突然卸下了所有心防与负担，拉开枪环。

是空弹!

李琅玉如释重负，脸上浮起微红的晕儿，眼睛久未见光，一下子有些晕眩。

人群里有惊有叹，每年的赌石坐阵总是全场高潮，要的就是这样的刺激。钱虎接下第三轮，单指扣响枪门，依然有惊无险，还是空的。李琅玉迟疑地开了第四枪，也是空的。就剩下两次机会了，肯定会有一发子弹，不是钱虎就是他。

每个人瞪大铜铃眼，等待着这决定性的一局结果。钱虎面色严肃，五官僵硬，黑黝黝的脸颊此时更加可怖。李琅玉提着一颗心不敢眨眼，仿佛下一秒就可能瞬息万变。

他不喜欢这种生死被攥在别人手里的感觉，现在只能坐观其变。

钱虎忽然睁眼，大喝一声，其声如雷，旁边众人像见到炸弹似的纷纷退开，伴随着女人的尖叫。他手指向内一扣，拉开了栓。

"咔嚓。"

空的。

是空的……

过了几秒，会场里爆出欢呼声。"钱老板赢了！""钱老板赢了！"……

李琅玉怔怔地看着那把枪，嘴唇颤了颤，不可置信。汪富珏撑着额头，摇摇头，一片痛苦之色。

钱虎在众人追捧中亮出话来："小子，你若还想继续下去，便是自寻死路，当然，你也可以认输，只不过，后半生可能就此残废了。"

烟土泡过的嗓子十分难听，还带着嚣张，跟黑驴踢人有的一拼。

"愿赌服输！"人们大声喊道，仿佛要替天行道。

李琅玉握紧拳头，垂下眼睑，喉结来回滚动，颈窝里盛了半匙湿汗。程兰临走前给他秀了护身香囊，他打趣说丢胳膊断腿，没想到一语成谶。

"唉，算了算了吧，还是个俊模俊样的小伙，真砍手砍腿还不得破相！"有女人半真半假地打着圆场。

"怕破相的话就砍看不见的地方呗！"又是一阵哄笑，说的是哪不言而喻。

李琅玉充耳不闻，眼睛热得发疼，赌场自古以来便是吃人之地，庄家已经抬上刀具，十八般样样齐全，泛着森森寒光。

"别磨蹭了，痛过一时就好了！"

长呼一口气，李琅玉面色冷淡，选了把刀，高高抬起，突然落下。就在这兔起鹘落之际，程翰良伸手按住他的手腕，将将十公分的距离。李琅玉抬起眼眸，异常冷静地对他说："四爷，你错信了。"

程翰良不言，转身面向众人说："人是我带来的，我得负责。这个赌债我替他还。"

钱虎冷哼一声："程中将，自古以来愿赌服输，我们不会因为你的身份就坏了这里的规矩。"

"我没说要坏规矩。"程翰良拿起那把枪，将他交到李琅玉手里，枪头却是对准自己的胸口，"要么继续下去，要么认输，我的人怎么能随便认输。"

坚定的语气让李琅玉为之一震，钱虎抢道："这不符规矩！"

"如何不符？"程翰良反问道。

哑口无言。

"来，开枪吧。"

"里面有子弹。"李琅玉复杂地看着他，对方的面孔在他眼前不断放大，他从未如此清晰地去观察过程翰良，饶是这种时候依然能保持八风不动，这个男人当得起他的威名。

"我知道。"程翰良笑笑，"开吧。"

见李琅玉没有动作，他又温言道："下不了决心的话，就把我当作你的仇人，只要砰的一声，一切就能结束。"

他当然是他的仇人！李琅玉睁大漆黑的瞳孔，内里郁色浮沉涌动。只要一枪，就能结束他这十年的煎熬。只要一枪，黄泉之下所有亲人得以安息。他想到这里，一种迫切的渴望从手指尖上传出。

"琅玉，开枪。"

"开！"

李琅玉深吸一口气，乌黑发亮的双目与他对视，像冰一样冷冽。"这世界上有绝境吗？"他突然开口问了一个不相关的问题。

程翰良眸光一闪，认真答道："没有，只要敢走下去，就不是绝境。"

"真巧，我也是这么想的。"李琅玉眼梢上挑，露出好看的笑意，"我一人做事一人当。"

话毕，他收回枪，对着自己脑门，开了枪。

章六

意料之中的枪声并未响起，仍然是空的一发。李琅玉喘着短促的气息，眼眸清亮，程翰良笑问："吓着了？"

"我赢了。"答非所问，却是真心。

四周的看客们瞠目结舌，诧异不止，钱虎脸色更是好不到哪去，一摊粪青色。

"钱老板，给个交代吧。"程翰良拆开枪膛，朝桌上一扔，让所有人瞧个清楚，里面压根没有子弹。

人群瞬间躁动起来，局势逆转，还是先前的那拨，现在异口同声地指责钱虎，赌场不是没有作弊，但若是被当场抓包，那后果是极其严重。

钱虎阴沉着脸，猛地站起身，一把踢掉椅子，他瞪着眼巡视了现场一圈，然后抓过一柄尖刀，立于手腕处，眉头骤锁，张着血红大嘴，不知是杀人还是杀己。挣扎良久，钱虎闭上眼，五官狰狞，像是从地狱里爬出来的鬼。他发出骇人的吼声，作势要砍。

"等等！"李琅玉忽地出声阻止。

钱虎淌着满脸的冷汗，目光森森看向他。李琅玉走到他面前，凝视片刻后，道："钱老板，我给你一个机会。"他拿起那柄枪，要了一颗子弹，和钱虎先前一样，装了进去。李琅玉举着枪，对准钱虎仅剩的那只右眼："是生是死，让它来做决定。"

"你！"钱虎咬牙切齿，手上握紧拳头，李琅玉直接将枪眼堵了上去，冷声道："坐阵不论身份，你说的。还有一句，我且告你——宁欺白须公，莫欺少年穷。

"我数三声，三声过后即开枪，钱老板，你准备好了吗？"明明是威胁性十足的话语，却被他融在温润的笑意里。

钱虎默不作声，似乎已经放弃求生，他目光涣散，身子颤颤悠悠，整个人虚脱得只剩一张皮。

"三。"

"二。"

"一！"

"咔——"钱虎倏地跪了下来，如同一具浮尸。

没有枪响，只有子弹从枪的下面掉落下来，滚在他的脚边。周围鸦雀无声。

"你，你这是……"

李琅玉居高临下望着他："钱老板，这将死的感觉可有好好记住？你让我之前胆战心惊如履薄冰，现在我以其人之道，还治其人之身，很公平。"从一开始就是个骗人的小把戏，终于把始作俑者骗到了，也是挺有趣的。

李琅玉将枪支扔给庄家，然后上前迈了两步，俊眉修眼在会场中熠熠生辉，他面向在场群众，朗声开口道："今日承四爷所托，第一次来这，听说赌石盛行，可惜我不懂，对广州也无多少了解，唯一的认识还是读书那会儿看历史书，知道这里素来出名人——林则徐、康有为、孙中山、梁启超……"李琅玉报出一串名字，嘴角翘起，很是认真。

程翰良在远处打量他，眉毛轻抬，起了兴致听他讲下去。

"那个时候，列强犯我边境，日本侵我国土，也是因为这些前人，念着国家存亡，才为诸君楷模。

"今天的各位，都是赌石方面的行家，眼能观得石中玉，耳能听得琳琅响，一身的好本领，更有无惧性命之徒，真枪实弹都不怕。"说到这里，他顿住，轻笑地瞥了眼钱虎，"既然能观能闻，诸位可有看到西北西南的人们在战争的阴影下惶恐度日，可有听到华中平原的枪响？"

程翰良终于忍不住笑了，这倔强固执的学生气到底是谁教出来的？又傻又可爱。

"以赌谋财不是长久之计，沉溺赌博只会削弱意志，更何况现在国家缺人缺钱，理应好好经商，不做投机取巧之事。"李琅玉一锤定音，做了陈词总结，打小他便厌恶赌徒，今日被骗让他更加反感至极。他扯出这么一段冠冕堂皇的漂亮话，也不全是做绣花功夫，到底是少年稚气未脱，血气方刚。

几位富太太像听戏本子一样看着他，觉得稀奇又古怪，听不懂，莫名其妙，反正不当真。

程翰良示意他回来，等他一落座，小声问："耍够威风了？"

"嗯。"李琅玉咕哝道，老老实实承认，心里却有点乐。

"别得意了，回去把眼镜给我戴上。"

汪富珏得偿所愿，拿到心心念念的那块毛料，很是感激地送了一套青玉茶具给李琅玉，过了不久，小叶也将车开到了"祥月苑"门口，二人没做过多停留，匆匆告别即回酒店。半途路上，李琅玉从口袋里掏出一团坎蓝布包的硬物，递予程翰良，打开后竟是之前的那块红翡。

"怎么在你这？"

"虽然我在大伙面前放了钱虎，但是总得讨点利息吧。"他弯起眉毛答道。

"那你还挺记仇的。"程翰良笑说。

李琅玉眼神微微凝滞，复又抬起，亮了亮："其实还有一个原因。"

程翰良撇过头，静等下文。

"四爷你不是说想做对血凤凰，可惜差了半边吗，所以我当时就想着趁这机会跟钱虎讨要下，他必定不好意思不给我。"

"顺水人情做得不错。"程翰良露出畅意，伸手接过那块红翡，半开玩笑道，"这仇记得好。"

红翡只被切开一个很小的平整滑面，大部分还被风化皮壳包着，程翰良掂了掂，又道："你之前将枪对准钱虎的右眼，实际上触到他的大忌了。"

"是因为他仅剩一只了吗？"

"不全是。"程翰良漫不经心言，"他的那只左眼，是很多年前与我相赌时输掉的，你今天被我带过来，他怎么会不对你怨气相加？"

"难怪。所以说啊，赌博害人不浅。"李琅玉朝后一仰，将脖颈靠在松软车椅背上，渐渐生出一丝倦意，因之前的大喜大悲，胃里也是饥肠辘辘，想吃点甜的。

"头发翘了。"程翰良示意道，李琅玉察觉后有些羞赧，他抚平那段软发，为防被衣领弄皱，又伸手在脖子后面划了一道，带出几许发丝，仿佛是弯弯曲曲的清水浸到指缝里，每一处都鲜活。

"你是什么时候知道那是把空枪？"程翰良问他。

"掷骰子时有点怀疑。"李琅玉道，"起初那副骰子明明是很新的，后来我拿到手上时发现1点、2点这些面有磨痕，应该是经常触地的缘故，我听说过赌场作弊的一大手法就是往骰子里灌铅，这样点数概率就能改变。想来钱虎那里应该有两副骰子，一副大，一副小，我猜小的时候他便换上了容易出大的骰子。"

"观察倒是挺细致，但不足以成为充分证据。"

"确实。"李琅玉赞同道，"之后开枪时，我记得钱虎第一枪是两根指头搭上扳机，我自己试的时候觉得很不顺手，空间太小，然后他的第二枪又换上了单指，若是出于偶然，不符合一个经常玩枪的人的习惯。"

"所以另有玄机？"

李琅玉点了点头："我在第二轮时用的是双指，结果发现将扳机往上压的时候，枪座下方有一个小槽会被打开，应该是出弹口。然后我再联想到掷骰子，他为了保证最后一枪在我这里必须得拿先手，用双指也是为了掩护开槽这个动作。"

他有板有眼地分析着，眼底淌了片星河，整个人神采奕奕，跟古时骑马看尽长安花的探花郎一样骄傲。

"有理有据，可还是不够。"

过了半晌，李琅玉低声说道："其实还有一点。"却迟迟未再开口。良久，他睁着一双单纯明澈的眸子，将这单纯明澈全部赠给程翰良，大大方方，好似真诚地不求对方报以琼琚。

"还有一点，我相信你。"他说道。

程翰良脸色微微一滞，眼中墨色云诡波谲，有探究的精光、赏识的犹疑，就不知是哪种占了上风。他不露声色："既然你知道没有子弹，为何最后不当场戳穿，还要拿刀自惩？"

李琅玉正过身子，低眉笑笑："我虽讨厌赌博，但今天，也想赌一件事情。"

程翰良心领神会，抬起那对阅人无数的眉眼，唇角扬了扬："你赌赢了。"他过去拿捏他人心，为权为财假作真情，如今却被小儿拿捏了一会儿，还是如此简单。风水轮流转。

片刻后，他想到了什么，复又看向那张年轻面孔，问："可你有没有想过赌输的后果？"

李琅玉认真答道："你说的，有些事情值得以命相赌。"

程中将摇头大笑，无奈中自成风流："琅玉啊琅玉，你可真是个宝。"

小叶在前面开着车，也不由得跟着乐起来，他家少爷不是宝，谁还是宝？

李琅玉这时赶巧瞥到车外的一家"食锦记"，连忙让小叶停下。

"肚子有些饿了，想去买点芝麻糖吃。"

"去吧，在这等你。"程翰良看着他一路小跑到店里，有雾茫茫的白色水汽从旁边的包子铺中飘出，隔开了他的视线，人一多，竟马上找不到那个孩子了。他又张望了会儿，直到那身影重新出现，才放下心来。

被布包着的红翡原石还握在手心里，程翰良低头看了看，脸色却不似先前愉悦。小叶从后视镜里看到这一幕，难得开窍地问了一句怎么了。

程翰良缓声道："买回一只花瓶，里面藏了只小狐狸。"

"这么神奇，养着呗？"小叶惊诧道。

养着？程翰良合上眼，双眉微锁，什么都没说。

回酒店的三天后，程中将的几位旧部邀请他们共聚，席间杯酒交错，满瓶下肚，跟开闸放水一样豪气冲天。李琅玉勉强招架，被灌了几杯后胃里一阵火烧，程翰良为他拦住接下来的全部："这孩子酒力不行，别太为难他。"

有人埋怨说，秘书还是得招个能喝的，这么点酒量怎么行！

"他不是我秘书。"程翰良解释道。

"那是谁？"

没有再答了。

结果，这顿饭吃下来，饶是酒量甚好的程四爷也有了醉意，李琅玉叫来小叶帮忙，一路磕磕绊绊，将程翰良扶回卧室。他打来清水，匆匆洗去脸上汗渍，帮程翰良解了外套。

程翰良一只手搭在床柜上，狭长的双眼半合半开，浮着跌跌撞撞的醉意。他低声笑问："你怎么在这？"嗓音如同金玉琳琅一般雍容。

李琅玉抬头看他，平心而论，这个男人面相确实极佳，十多年前是少年英才、傲气逼人，像把寒光匕首，现在倒是敛了许多锋芒，活得更有人情味，但风流韵致仍在，变成了无懈可击的护盾。李琅玉只当是醉话，道：“四爷你喝多了，我陪你回来的。”

程翰良不移视线，只看他，目光也凝住了，仿佛是踏遍千山后的游子，看到了故乡，有执念，也有情怯：“回来了怎么不告诉我一声？”

闷头闷脑的一句冒了出来，李琅玉还在思索如何回答，程翰良就已拉他到自己身侧坐下。

“四爷……”低低的唤声只开了个梢儿，剩下的尚不及抖落，程翰良便比了个噤声动作，示意他听自己说。

“这么多年不见，你长高了不少，模样好像也变了，之前你每次来梦里，还总是闹腾，永远都长不大似的，现在倒是挺乖。”

李琅玉不知他说的是谁，可还未细细回想，程翰良忽地伸手，李琅玉正欲推开，却无意瞥到床柜上自己那副眼镜，一瞬间停了动作。

程翰良难得没有防备，而且现在醉得不轻，这于李琅玉而言是个好时机，今后很难再有，他着实被诱惑到了。于是，他缓缓吸了一口气，一面顺着程翰良的话假意回应着，一面小心折断眼镜支脚，悄悄逼近男人的颈部。

房里的灯光又昏又暗，但依然能清晰看见皮肤下筋脉跳动，李琅玉有些紧张，强行稳住想要发抖的左手，定了定心神。折了半截的支脚露出尖锐的铁丝头，就是这个铁丝头，他对着程翰良的脖子狠狠扎了下去。

然而，也是在这个当口，卧室门把突然被人拧开。李琅玉吓得收回行凶势头，细长铁丝捏在手中又弯了大半。

开门的是前几日那位唱戏的蝶生，程翰良微微回头，李琅玉惊魂甫定，趁机推开他，夺门而出。蝶生左瞅瞅，右瞅瞅，纳闷刚刚发生了什么。

程翰良捡起残缺眼镜架子，问：“你来干什么？”声音似有不悦。

“上次我落了把扇子在这，拿完就走。”

找到物件后，小心翼翼问道：“四爷，今晚还要我给您唱上一出吗？"

"出去。"冷冰冰的气音下了赶客令，那人眼底暗淡，垮着脸带上了门。

接下来的几日，李琅玉虽与程翰良照旧见面，但他心有忐忑，不知那晚的反常有没有被程翰良识破，而程翰良一字未提，似乎并不记得，这让他也渐渐安心。只是，广州最近天气骤变，冷了好几分，原本晴美的阳光忽地黄浊浊，看得人眼花。

李琅玉这日在酒店一层吃完早餐，正巧碰上了蝶生。他原本不打算打招呼，但对方倒是自然而然地在他对面落了座。伸手不打笑脸人，他只得假作寒暄。

"之前见过你几次，但一直没机会说上话，想认识一下。"蝶生笑意盈盈说道，手上把玩着一把折扇，"听说你是程家姑爷？"

李琅玉点头默认。

"那你肯定很受器重，往年都是张管家陪四爷来广州。那会儿每晚我都与他唱上一段戏，他也喜欢听。"

李琅玉叫来两杯茶，一杯给他，一杯与己，不紧不慢品着，心里却了然了，看来那天晚上的风波扰了这位主的雅兴，于是故意奉承道："我听四爷提起过你，你唱的《风流梦》他很喜欢，柔情百转，回味无穷。"

蝶生一愣，脸上也不再是端着的笑容，摇了摇扇子，有几分轻松流露。李琅玉这才注意到扇尾悬着一只塑编蜻蜓，栩栩如生，就是跟扇子不大配。蝶生告诉他，这是自己跟四爷学的，他很擅长编这个。

程翰良会这个？李琅玉有点记不清，几乎没印象，但想了想两人一起编蜻蜓的画面，倒是很有趣味。蝶生又说："四爷特别喜欢会唱戏的人，我当年在的那个戏班没落了，班主没钱，我也没地方去，幸亏遇到他，他问我可会唱《夜奔》，我就唱了几句，然后他便带我回来了。"

望家乡，去路遥。去路遥，望家乡。这《夜奔》，被人唱过无数次，唯此一句最难唱，当年他稀里糊涂地跟着自己父亲学，始终不得奥义，如今虽然领悟了几分，却唱不出了。

李琅玉低敛着眉，看茶水表面上浮着的几片叶沫，一个个水圈互相碰撞，瓷杯在手中滞了许久，最后还是放下，不喝，走了。

他回到房间，拉上窗户准备再躺会儿，敲门声便"砰砰砰"地响起来，打开门发现是程翰良。程翰良拿着那副坏了的眼镜在他面前摇了摇，摇得他心里七上八下。

"不打算做个解释吗？"

李琅玉抓着门把手，沉默地凝视他，然而这僵持并未持续太久，年轻的一方先开了口，还有点赌气味道："不想戴那眼镜，太丑。"他一本正经给出这个解释，眼角尽是可爱的孩子气。

"小兔崽子……"程翰良低声闷笑，忽地轻轻拍了拍对方的后脑，"不戴就不戴，晚上带你去看场好戏。"

客房服务人员送来一套换洗衣物，李琅玉拣了件衬衫重新换上，程翰良让他今天穿得不用太过正式，花俏点更好，还给了他一条新领带，黑底带刺绣。李琅玉对着镜子整理领结，粉光油面的让他很不舒服，他心里也有数，身在曹营百忍成金，这种小事犯不着计较，就不知今天晚上，程翰良带他去的又是什么刀山火海。

出发前，小叶意外地不在酒店，似乎被差去干事了，程翰良提前叫了车，朝"特若侬"舞厅的方向开去。在车里，程翰良拿出一个精巧礼盒，拆开后是枚男式胸针，他给李琅玉别在领带上，意味深长道："晚上不管发生什么，不要冲动，只需信我。"李琅玉抚上那枚藏蓝镶钻胸针，若有所思。

"特若侬"是一座建在水上的娱乐舞厅，背后老板是个叫"秦佰"的人，据说跟黑道有点联系。程翰良很多年不在广州，猴子虾蟹全都爬出头来，水至清则无鱼，他睁只眼闭只眼，只要不触及底线暂可不管，但这个秦佰以经营舞厅为名，实际上干的是暗娼卖淫。放眼下环境，此类业务比比皆是，官商之间明严暗松，各让一步，李琅玉不知他为何这时打起这出头鸟。

"其实是受冯尚元所托。"程翰良似猜出他心中所想。

李琅玉好奇地问："跟冯家有什么关系？"

"是他儿子。冯家在广州这边的货运监管是交给冯乾来办的，我前几日接了个电话，冯乾惹了点事情，被那秦佰扣下了，让我帮帮忙。"

"有了新恩忘旧仇，他们有求于人倒是热情得紧。"李琅玉歪头轻笑。

程翰良不置可否："别人看你不顺眼，却又不得不欠你人情，这叫技高一筹。学着点。"

二人下车后来到舞厅三层，秦佰已经在那等待多时。门口楼梯上都是穿黑服戴墨镜的保镖打手，屋里也有几个。李琅玉一进门便闻见吞云吐雾带来的刺鼻味，冯乾被两人按趴在地上，鼻青脸肿，受了点教训，一见到程翰良，便急声大喊："程叔叔，救我！救我！"

程翰良在秦佰对面坐下，悠闲道："我可不记得我有什么侄子，冯少爷别乱认亲。"

秦佰笑了笑，他这人看上去四十有五，穿着件暗枣色中式大襟衫，倒没有凶神恶煞，只是面露阴"善"，让人不适。他客客气气地与程翰良打招呼，表达点欣赏意味，就是不知真假。

程翰良长话短说，身份在那，不用虚与委蛇，直接点明来意。秦佰抬眉抽了一口烟，似是叹息道："虽然我一向久仰四爷风采，但这要求却是很难办啊……"程翰良点头，表示理解，但没退让。

"他在我这边打死了一个男孩，闹得人尽皆知，对我家生意很是不好。"

"报个数字。"

"不是钱的事。"秦佰故作嫌弃地喷了一声，"那男孩是我干儿子之一，能说会道，我到现在都还为这事心痛，想了想，欠钱还钱，欠人还人，他只能留在这还债了。"

李琅玉听人说，秦佰一向思路诡谲，不按常理出牌，让这冯乾留下不怕赶客？而另一边，冯乾慌神嚷道："我不要！"声音刺耳，秦佰不耐地让人给他堵上嘴。

"我也不想，小子别太抬举自己！"他转过头与程翰良继续道，"前日你差人跟我谈这件事，我便说了，放人可以，你得给我送个人来，否则免谈。"

程翰良微微低头，轻松地掸了掸衣角："秦老板办事很有意思。冯乾，你放了，人，我给你，绝对比之前的好。"

"那人呢？"

"就在这。"程翰良朝后靠去，一缕发丝随意搭在眼角边，潇洒的笑意抽丝般渗出来，"琅玉，还不上前给秦老板瞧瞧？"

李琅玉突觉耳尖刺痛，跟针扎一样，他僵硬地将头转向程翰良，没听错，不是开玩笑。房间里烟味浓重，充满了一股子牛头马面煮着人肉锅的腐烂气息。李琅玉朝秦佰方向走过去，带着戒备的神气。

他把侧脸留给程翰良，去凌秦佰的视线，黑眼睫毛在暗沉沉的灯光下眨了眨。秦佰将烟蒂夹在手指间，送出左手来，狠狠捏住他的下颌，左右摆弄，像在观察一件白釉瓷器。两颊生出红色指印，他皱着眉别开目光，秦佰又将烟杆嘴部点在下颌的几个穴位上，一指一指度量，像极了算命先生在摸骨，直到最后，秦佰放开了他，道："还不错，看样子是个能说会道的。"

"人给你看了，我要的呢？"程翰良问道。

秦佰挥了挥手，让那两个保镖解下冯乾身上的捆绳。程翰良指着其中一人道："你带他下去。"秦佰这时也叫了一个人上来："程中将介不介意我当面对他检查下？"程翰良比了个请的姿势，一场狼狈为奸的交易就达成了。

新上来的是个年轻男人，端着一盘酒，个挺高，瘦长的脸上带着痞笑。他坐到李琅玉的身边，一阵俗艳的香调扑了过来。"先喝点酒，放松下。"男人轻佻道。

李琅玉将冷漠的目光投向程翰良，对方冲他露出一个笑容，难以捉摸的笑容，需要你去猜、去揣摩、去体会，将之化于腹中。其实还是赌博，李琅玉只觉五感闭塞，他喝下了那杯酒。

很快，男人有了动作，他检查李琅玉的衣袋，被李琅玉立马捏住，问做什么。"我们这只要干净的人，秦叔让我好好检查下你，省得你带了什么麻烦进来。"李琅玉忍下不耐，仿佛有一地的烂泥灰土全溅上身来似的。

秦佰和程翰良开始说起生意，气氛甚好如老友。男人打趣他说："别撇不下脸面，一回生，二回熟，你长得不赖。"说这话时，男人正好在检查他的领带，也就是程翰良送的那根，弃之如敝屣般丢在沙发上，那枚宝石胸针还在，发出幽幽蓝光冷冷瞪着他，李琅玉把它抓在手心里，开口道："可惜，我并不想二回熟。"

"什么？"

也是这时，楼下一声枪响，所有人脸上一滞，秦、程两人双双抬头，一个保安闯进来惊慌道："秦叔，有人扮成我们的人，底层都被控制了！"

电光石火间，李琅玉将胸针的刺端扎进男人的颈肉里，对方惨痛地叫出声，秦佰反应过来，眼里冒出阴鸷的毒光，作势要擒住他，程翰良极快地抓住秦佰的手臂，忽地，房里一片漆黑，有人将灯关了。

霎时，大门被人冲开，然后就是一阵混乱的干架声，谁也不知道是谁，一层砰砰砰的枪响络绎不绝地传到楼上，整个舞厅在黑夜里晃动起来。李琅玉陷在沙发里，脑袋是天摇地动的眩晕，无法感知具体方向，手臂上似乎被什么划了一道，热辣的疼痛又让他清醒了几分。突然，一双手将他拽了过去，黑暗里，四面八方的声音妖魔般猖獗起来，玻璃破碎，酒瓶迸裂，断了脚的椅子，棍棒相击啪啪作响……可是唯有他这里是战乱中的避难堡垒，安静得出奇。

他被那人半拖半拽，走了一小段距离，不长，却异常艰难，周围都是阻挠，但最后都被那人隔开了。他不自觉地抓紧了对方的衣角。

又忽地，房间里闪了闪，灯重新亮了起来。程翰良带着李琅玉来到窗台边，秦佰也毫不示弱地掏出枪支对准程翰良的脑门，周围人摆出鼎立之势。李琅玉扫了几圈，有几个身影很熟悉。

"叫你的人先撤。"秦佰将手向上抬高一段，表情狠厉。

程翰良不慌不忙，低声对李琅玉道："一会儿我说跳，你就自己从这里跳下去。"李琅玉向后一瞥，下面是一片死水湖，大概十米的距离，跳下去不会出人命，留在这里反而会成为累赘。

不到一分钟的时间里，地上已是一片狼藉。每个人都绷紧神经，耗在这场恶斗里。程翰良迎向枪头，不怒反笑："我专程送来这些，秦老板太不给我面子了。"

秦佰冷哼道："你的大礼我确实担待不起。"

两人剑拔弩张，互为牵制，无形的僵持张力在空气里结下一张巨大的蛛网。程翰良突然瞥向秦佰身后的一个保镖，目光微动，只见那保镖举起手中棍子，向前砸去，秦佰即刻便察觉到，迅速侧身。就是这个时候，程翰良发出指令："跳！"

然而，他到底没注意到李琅玉的不对劲。李琅玉铆起积蓄的狠劲，用身体压着他，双双从窗边跳了出去。

章七

"咚"！巨大的一声，湖面上掀起不小的水花。

黑色鱼鳞般的水面上凹陷出一个深邃窟窿眼，又在瞬间之内合上，一湖的夜色被搅得支离破碎。李琅玉失去了所有借力，匍匐往下沉。周围的湖水化作一根粗长冰冷的铁链，捆着他、拽着他、拖着他朝更黑的地方沉去。他被呛得正着，四肢无力，那些生猛的水就趁乱侵入喉咙，直达腹中。慢慢地，他像被钉在一口棺材中，只觉空气越发稀薄。

他九岁时溺过水，至今还记得那种濒临死亡的不适，有了后怕。最后谁把他救起来的？一个他不想记起的人。咕噜咕噜的水泡从口中溢出，这一刻，他突然觉得人生空荡荡，什么复仇、前途、亲缘，竟都渺小起来，他只是有点难受，有点想流泪，想活下去，痛苦点也行。

忽然，眼前即将一片抹黑的时候，从前方而来的一股力量环住了他，这力量凶狠又安心，紧紧地拉着他不放，似乎在与整湖水角力，那种不想记起的熟悉感又回来了。求生的欲望就像伊甸园里的毒蛇劝说，李琅玉接受了，他回应着这股力量，紧紧拽着对方，任其掌控。

程翰良带着他浮出水面，湖水冰凉入骨，一阵冷风突然袭来，像下冰雹一样砸在头上，李琅玉睁开水雾蒙眬的双眼，看清救自己的人后，一时恍惚。

"怕一个人跳？"过了好久，程翰良问他。

"我不会游泳，一个人必死无疑。"

"我若也不会呢？"

"那……咱们就同归于尽吧。"

李琅玉眨了眨眼，轻轻道出这句，仿佛在陈述一件再普通不过的事实，平淡到近乎凉薄。程翰良凝视他，突然伸过手去，将他的脑袋按在水里，看他奋力挣扎，看他穷途末路，等他受不了了，又将他拉出来，缓了几秒，再一次按了下去。来来回回重复三四次，程翰良冷眼瞧他，什么都没说，拉着他朝岸边游去，湖水又深又冷。

晕黄的车灯扫到湖面上，喇叭声呜呜作响。小叶下了车，兴奋地朝他们挥手示意。两人上岸后，李琅玉咳出几口冷水，胃里舒服了许多："里面怎么样了？"

"放心吧四爷，兄弟们都解决了，现在是警察局在管。"

程翰良又问："冯乾呢？"

小叶发动车子，得意道："在后备厢扔着呢，绳子捆得老老实实，不会乱动。"

程翰良点点头，忽而让他把外套脱下来。小叶照做后，程翰良将衣服一扔，盖住了旁边那个蜷缩起来的身影。

回到住处已是凌晨。李琅玉一头扎进浴室内，湿透的衣物像灌了铅似的缚在身上，紧巴巴，十分不如意。他打开喷头，脱下全身重物，直接躺进浴缸中，湖水的冰冷还未散去，此时被热水一激，他有点晕乎乎的困意。

程翰良这时敲响了门，想看看他是否发烧。李琅玉踉跄地爬起来，随手拉了件浴衣披上，一身的水都没擦干，他仿佛是刚从汤里捞出的虾，躬着背，脸上通红。

"我没事……"话未说完，李琅玉接连打了两个喷嚏，这一举动毫不留情拆穿了他。程翰良抚上他额头，果然是烫的，他紧蹙双眉，拉住对方，直接带到床边："我找医生过来。"

不得不说，在广州，程翰良的名声确实好使，医生接到电话后不到半小时便赶来了，他给李琅玉挂好水，留下好几份速效药，寒暄了大半天才离去。

李琅玉躺在床上，因着发烧也无多少精神，程翰良便守在床边，中途还为他换了几次湿毛巾，许是怕对方闷，他便讲起了一些从前的故事："七年前，我带兵路过江西的一个村子，正好遇到位大婶，她站在村头左顾右望，挺着急的样子。后来她看见我，不管三七二十一，便直接把我拉到她家。我挺纳闷的，问你要做什么，你猜她怎么说？"

李琅玉没理他，他也不在意，便自己接道："她告诉我，她家母羊难产，要我帮忙一起接生。我当时没反应过来，要一个大男人去接生也是稀奇。"说到这里，笑意更甚，"不过，我后来见着那只羊，蛮可怜的，一副随时要死的样子，所以就赶鸭子上架。那大婶边给母羊缓气，边在旁边指导，我就按她的照做，在羊肚里扶正胎位，最后费了好大功夫抱出一只半臂长的羊崽，站都站不稳。"

他目光微微发散，道："入伍那会儿，教官告诉我，战场上每打死一个敌人就相当于救了中国一条命，但当我抱着那只羊时，才觉得自己救了一个人的一辈子。"

沉默半晌，李琅玉终于开了口，闷声问："然后呢？"

程翰良似是回忆起什么，嘴角上扬一个幅度："大婶让我给小羊取名，我记得那个村庄是在玉山县，所以我把它取名叫'小玉'。"他看着李琅玉，说完便不由自主笑了，满面春风。

可是程中将的故事显然没讨到年轻人欢心，说是解闷，却是拿自己打趣，李琅玉不再说话。程翰良摸了摸他额头，发觉烧退了不少，可是等他拿开手时，对方睁着一双明眸看他，泛着亮晶晶的水光，没有刻意的焦距对准，就是虚脱脱的，真跟那只羊崽一样，在平地上颤悠悠地站起，向前蹒跚而行，走走撞撞，躲都躲不了。

程翰良眼神凝滞了几秒，缓声道："出来这么长时间，兰兰肯定惦记你，我们下周就回去。"

李琅玉不知他为何这时提起程兰，但他已经累到极点，没有任何脑力去思考，只是随意合上眼皮，睡着了。

一个多月说长不长，说短不短，李琅玉翻动日历，纸张薄而透，厚度将将一厘，这便是他来广州的时间。酒店前种有两排异木棉，团团簇簇的紫花如抹了口红的美人唇，妖娆热烈，完全不知冬日到来，这般没心没肺的脾性倒是自在。

秦佰被请去局子有一周了，程翰良没打算真的拿他，只是杀杀这地头蛇的威风，也让一些有心者掂量掂量，但警察局那边有了新进展，"特若侬"不仅涉及卖淫，还贩毒，秦佰脱不了干系。自鸦片打开国门后，烟土毒品这玩意便是猛兽毒蛇，人人喊打，深恶痛绝，然而毒利相依，还是有许多黑商暗暗干起这勾当。可秦佰对此坚决不认，这才在局子里一待数日。

但总归，事情圆满解决，舞厅关门大吉，程中将带着李秘书得胜而归。

最后几日，李琅玉向程翰良提出想去海关和货运总局看看，程中将派了专车和人陪他，场面撑得隆重，人人都以为他是从上面来的私访人员。

李琅玉主要查的是冯家那些货，海关那边跟他汇报了进口地和货物详情，重量大小批次都十分详尽，还给了他物流路线信息。货运局的职员帮他拆了份样品，倒没检查出什么毛病，他比对了一下最初那张信息单子，却发现有几箱重量变化很大，值班人告诉他这些都是折返品，从海关派出去再回到广州，中间可能会经过其他地方，要查的话得找当地货运局。李琅玉记下几个地名，准备回去后找贺怀川帮忙，他家行医，父辈认识的人也多。

到了傍晚，天色暗青，云层也密集起来，估计得下雨，李琅玉便提前回到酒店，却只看到小叶，于是问程翰良去哪了，小叶说这会儿兴许在公墓。

李琅玉倒了杯茶站在窗边，红日收起大半娇艳，高楼染上失眠倦态，街上行人神色匆匆，汽笛声聒噪冗长，这个城市一向擅长浓妆尽现，如今总算看到点市井气。他啜了一口杯中茶，舌尖处尝了点苦味，低头一看才发现茶叶放多了，涩到心坎里。

李琅玉想起小时候，傅平徽好茶，尤好苦茶，乌墨得跟中药似的茶水，硬是被他品成了千日醉。可李琅玉不爱吃苦，所以他每次都偷偷在茶里加白糖，被傅平徽骂糟蹋好东西。他那时想，这苦一不如硬糖好吃，二不如辣子够味，三不如陈醋下饭，有什么好尝的，还不如白水。

人在少时喜欢的都是红烛昏罗帐，漂亮光鲜浮在面上总是千好万好，那样的快活日子啊，就像小马驹载着你，"驾驾"向前奔，你只管哈哈笑，哪里会知道日后还有江阔云低，断雁叫西风。

李琅玉将那杯茶喝完，他到底还是不喜欢，但也不讨厌了，多尝点不坏，这是个好东西，人生百味，苦字当头。

半个钟头过去，天幕里抛下小豆粒，下雨了，窗户上不一会儿便布满小疙瘩，像青春期出的水疹，一抠就破。李琅玉发了小会儿呆，忽然转身找出一把黑伞，叫上小叶："去公墓。"

通往公墓的路平坦畅通，年年都要翻修，林荫道两旁风景怡人，郁郁葱葱的树叶拢成天然屏障，很有生命力。李琅玉下车，打伞，锃亮光滑的皮鞋踩过碎石小路，他遥遥地望见程翰良背影，在一墓碑前，深色立领风衣后摆翻飞。

他走了过去，黑色大伞举过两人头顶。程翰良侧过头来，看着他，李琅玉瞧见他脸上沾了湿冷的雨水，下意识将伞偏向对面。他注意到面前那块墓碑，没有字，生卒不详。

"这是谁？"李琅玉问。

程翰良挪回视线，目光里浸着悲凉，被雨水冲得很淡，他道："是我此生唯一敬重之人。"

李琅玉心头一动，轻轻踢走脚边石子："那为什么不刻字？"

程翰良暗了整个眼珠，胸膛微微起伏："不能刻，世人不容。"

世人不容，这四个字掀起飘风骤雨，周围草木竟也瑟瑟起来。李琅玉喉咙发紧，一团气从心脏翻滚至嗓子眼，消停不得。

"他怎么死的？"

"枪决，火葬。"

"他……可有妻儿？"

"有，龙凤成双。"

"他、他……他是哪里人士？"

"生于皖南，长于北平。"

李琅玉鼻头一阵酸涩，手心里混了不少冰冷雨水，触着冰冷伞柄，冷得让他几近握不住，他直视着那块石碑，问："那他死时是什么样的？"

程翰良望向远方，很久之后缓声道："很从容。"

很从容，这个答案竟得不到半点安慰，反而加剧了凄苦感。

程翰良低头看他，问怎么了。李琅玉吸了口气，掩饰掉那点悲楚："刚刚听你说北平，想到来这也一个多月了，有点想回家，想兰兰，想许妈做的汤，想院子里那棵玉兰树。"

程翰良露出淡淡笑容，和声道："快了，咱们回去吧，陪我走走。"白石砖路曲曲折折向前延伸，李琅玉恋恋不舍回头，像即将远游的学子回望倚门双亲，周围是树欲静而风不止，他是子欲养而亲不待。

二人走得很慢，程翰良起初问他海关那边如何，后来话锋一转："我今天去看望你们央大的吴校长，他跟我说了许多事。"

李琅玉脚步一顿，略有僵硬地问道："吴校长身体还好吗？"

"挺好的，他卸任后就潜心科研，我与他谈起你和兰兰，他把你夸了一通。"

李琅玉笑了笑，内心却是七上八下。程翰良忽然道："吴校长提起一件有趣的事，让我有些想不到，他说你去日本留学了，怎么没听你提起过？"

李琅玉张口无言，怕处有鬼，他担心的还是被挖出来了。

"留学的费用是怎么解决的？"程翰良漫不经心问，他芒刺在背听，脑海中涌出一堆借口搪塞，但最后全部打消，程翰良一定从吴校长那里知道真相，他不能撒谎，愈加掩饰愈加心虚。

"当时有位富商给我们学校赞助项目，我赶上了，就去了，公费出国。"

"上海人？"

李琅玉点点头，他果然知道。两人继续向前走，雨渐渐小了。"怎么想到去日本？"程翰良问得很平和。

"想去了解，看看这个跟我们对立多年的国家是什么样的。知己知彼，百战不殆，人总是会被自我意识蒙蔽双眼，纸上之言、他人之口，终究停于浅层，只有入局，才能接触到真实，看清敌人，也看清自己。"

程翰良中肯道："确实，有时候敌人的存在反而能让我们跨出局限、活得更久。"他朝前走了几步，忽然想到什么，"上次看戏时，你有句话说得挺有意思。不入虎穴，焉得虎子，你说你喜欢。"

李琅玉睫毛眨了眨，扫下一片雨水："随口说的而已。"

程翰良却停了下来，与他面对面，冷冽开口："那你现在深入虎穴了吗？"

李琅玉眼中寒光浮动，他定定地望向程翰良，黑伞笼罩的阴影投在二人脸上："人生处处穷山恶水，我一直都在虎穴之中，从未离开。"

声音落在灰沉沉的墓园里。

程翰良生来一对鹰眼，正中漆黑微带褐黄，打量人时显得尤其锐利，而现在，他把这种目光投向李琅玉，过了好久才道："我竟不知你对人生如此消极。"

他转身正欲离去，李琅玉却突然抓住他的手臂："我也有个问题想问你。"

程翰良等他下文。雨又大了起来。

"你，你这辈子，可有为某事后悔过？"

风声大作，树叶擦出"沙沙"的呜咽，淅沥淅沥的雨声打在伞面，像炮弹一样。李琅玉攥紧他的袖口，目光大胆直接。指缝里渗出雨水，爬过平坦手背。

程翰良微昂头颅，眼睛却是更加冷冽地俯视他。

"没有。"

这是他的答复，干脆利落。

李琅玉听到嗡嗡的声音，是从心脏里发出的，他呼出几口气，慢慢松开手，垂了下来。刚刚如同梦里走了一遭，这个答案让他清醒了。

小叶将车开了过来，距离他们一百米，他按响车鸣，嚷道，雨下大了，得赶快回去。

李琅玉头也不回，一个人奔向雨里。

无穷无尽的雨幕，像牢房里的一根根铁筋。他迈开腿，一洼水洼被踩得沙泥俱飞，西裤上斑斑点点。他抬起头，望向那遥远的天空，灰色密布，乌云背后还是乌云。一个世纪的风雨仿佛都泼在他一个人身上，他顾不上脸上的水渍竖流，眼里挤满了湿热的液体，鞋底浸入大把泥水，每跑一步都陷在沼泽似的。

他跑了很久，一百米，明明很短的路程，却好像跑了十年。可还是跑不出这漫天雨牢。

小叶早早将车门打开，他冲了进去，坐在位上，良久露出一个凄惨的笑容。

他竟然对那人抱有一丝侥幸的期盼。

愚蠢至极。

卷三 百年枯骨恨难消

章八

　　广州一行结束时，北平正好立冬，屋外皆是丧气的阴灰，小胡同敝旧得如口枯井，大风刮过时总能掀起两斤黄沙，吃得人哑摸哑摸嘴，嚼树皮一样磨得牙齿恨切切。李琅玉带回一件广州盛行的牙雕工艺，给程兰的是瓶双妹牌香水，三姨太专门要了条三炮台香烟，她喜欢收集里面的画片，光《水浒》这一套就收了八十枚左右，至于其他的小点心则给下人那儿捎了些。

　　程兰闻着香水，脸上一片粉光，李琅玉告诉她，之前你说想要块端砚，但那东西实在不好带，路上易碎，后来我想想，女孩子总喜欢点打扮，还是香水好些。三姨太故意拆台："程小姐，你可别当他真心，他定是忘了才最后买这作补偿，男人的话要是能靠得住，那母猪都能上树。"

　　程兰翘起嘴角，把他招呼到房里，拿出件围巾，给他套上："这是你走时我织的，不好的话别嫌弃。"

　　"傻丫头，我怎么会嫌弃，挺好看的。"

　　程兰目光明亮，带有羞色，李琅玉在校时称她师姐，后来唤她兰兰，虽是亲昵叫法，但总觉得少了什么，这一句"傻丫头"倒是可爱得多。

　　李琅玉没注意到她的心思，又听她道："央行最近在招经理，你文理成绩和英语都不错，若去应招一定没问题，要不这几天试试？"

李琅玉随口应好，见程兰低头欲言又止，便问怎么了。

她半吞半吐道："等你应招成功，我就跟阿爸说，让你搬回来一起住，到时他定就同意了，之前许是看你没立业所以才有顾忌。"

如此周全细致的一番话，李琅玉不由神情顿住。他在广州那段时间过得可谓惊心动魄，一门心思盘算在程翰良身上，若非程兰提起，他差点把这茬给忘了。无论如何，他到底是程家女婿，夫妻一事还是不好躲的。程兰身体不好纵然是个借口，但时间一长，总会落点闲话。

还需从长计议。

程兰见他半天不语，便有些不安，李琅玉先稳住她，让她莫急，招考不是问题，他定会全力以赴，一切还是水到渠成为好。他说完自己也定了定心神。

程翰良一回来便有事情找他，这不，他带着张管家又出了北平，据说华北形势不好，乔司令召集一干人商讨，算算日子估摸三天后才回来。李琅玉将整件事串起来，思前想后。依程翰良性子，他肯定会让人去查那位资助他出国的上海富商，只要稍稍刨下根，他真正身份便瞒不住了。而程兰那边若是敷衍多次，也会生疑。再者，徐桂英他儿子不可能永远关着，不久后就能出来，等到那时，便失了最佳时机。

三座大山封住后路，他是困死的马骡，消极待命只会成为鱼肉。当天晚上他躺在床上，愈想愈忡忡，结果一夜未睡。

凌晨五点，晨光熹微，李琅玉从床上坐起，他掀开被子，窗外一打白亮自树杈间照了过来，身下的玉兰花图案床褥冷幽幽，星星点点的亮斑像雪一样落在上面。李琅玉一动不动，半支膝靠在床头，仿佛在演默片，见人不见声。

不行，不能等。即是一着险棋，他也得走。

他抖了抖手肘，下床，来到书桌前，找出一袋信封与一张信纸，思索片刻后下笔，随后又将手指上的那枚婚戒取了下来，放在信封里，密封上胶。等到早上，大家差不多都起来了，他将信交给小叶，叮嘱他等程翰良一回来便亲手给他。然后，敲响程兰房门："北平庆安园里的银杏正在落叶，那里的银杏大道是一年一次的好景色，明日咱们一起去看看？"程兰自然说好。接着，出门去北大医学院找贺怀川，以失眠为由要了瓶安眠药，另拜托他帮忙联系一下江浙川沪等地货运局，他需要冯家的货检记录以及售出目的地。最后，回来路上去车站买了张离京车票。前前后后花费不到五个小时。而这，也不过是一夜思量后的结果。

李琅玉回到卧室，拣了几件轻便衣物放在包里，又从来时的行李中拿出一个药瓶，里面装有氰化物，这是他提前准备好的，原本想着作为下下之策，现在如矢在弦，不得不发。他捏着那瓶药，手背上浮出微不可查的苍白，心脏提前预见似的狂跳，那瓶药仿佛异化成一条响尾蛇，歹毒地朝他吐信。

李琅玉握紧手心，将一切掷于包中，拉上拉链。窗外乌鸦站在梢上，发出刺人的呱叫，李琅玉心头一惊，连忙拉上布帘，挡住那只漆黑的监视者，然后背过身靠在窗边，整个人如出壳游魂，两眼空荡荡，什么都没想，又好像什么都有想。

他听见钟摆走动的声音，听见屋外匆忙的脚步声音，听见各种臆想的声音，它们都在传达一个共同的声音，给他的。

"过了河的卒子，走的都是不归路。"

隔日早饭过后，李琅玉叫了辆车，跟下人打好招呼，便带着程兰出了门。外边红日灿灿，虽有冷意，却看得人心情舒畅。

程兰问他为何不直接用家里司机，他道当地拉客的知道怎么逛才是最好路线。

庆安园在北平外三区广渠门附近，开车司机热心快肠，是个能侃的伙计，从华北战事谈到小年轻的风花雪月，市井段子信手拈来，似茶馆说书先生，也无怪乎他是拉客的，嘴皮子功夫着实到家。程兰觉得十分有意思，抖机灵的大粗话对她来说很新鲜。

铁皮车开了一个小时，在岔口时司机绕向右边，这与李琅玉事先查的路线不符，遂问缘故。

"左边那条路有家工厂，昨日突然爆炸，油罐全倒了，火灾闹得挺大，现在还没收拾干净，右边虽然绕点远路但是安全。"

李琅玉探头去看，确实没有车辆走左边。

到达庆安园是在下午一点，李琅玉不知从哪弄来一辆自行车，载着程兰逛了两圈，最后一同坐在银杏叶铺就的大地上，谈起以前的事来。

"四爷十年前是什么样的，你还记得吗？"李琅玉折下身边的一根碎草，随意衔在嘴里。

"我那时生了场大病，醒来看到的第一个人便是他，面相貌似比现在冷清许多，但也没变多少。"

"那你觉得他为人如何？"

"自然很好。"程兰补充道，"阿爸对手下虽然严苛，但重情重义，不曾亏待过别人。"

重情重义？李琅玉冷笑："他有提过入伍以前干什么吗？"

程兰从他头上摘下一片叶子，道："你是说唱戏吗？我初听这事也很吃惊，印象里他在我面前唱过几次，为什么唱就记不清了，好像有《林冲夜奔》，大家说，阿爸以前跟的是位姓傅的班主，可惜那位傅师父误入歧途，国难当头给日军做了汉奸，整个戏班子都不在了。"

李琅玉突然幽幽地注视她，不言不语好一阵，把程兰看得心里发毛。

"你……为什么这么看我？"

"没什么。看得出来，四爷对你确实不错。"他扔下这么一句不明不白的话，拉着程兰回到车里。

路上，李琅玉递过来一杯水，给她解渴。程兰喝下没多久，便觉睡意上头，努力撑了小会儿还是招架不住，最后靠着李琅玉的肩膀睡过去了，李琅玉关切地喊了几声，没应。也是这个时候，他蓦地卸下那副温柔面孔，转过头对司机冷声道："师傅，下个路口左拐，去长安饭店。"

当日晚上，天津。程翰良刚从酒席中离身，几位将军就北方战事做了商谈，乔司令话里有话，句句藏刀，无一不是试探。临到末尾，饭店经理正好送来几盒糕点，甜的。程翰良不喜甜食，程兰也不喜欢，其他人纷纷表示不要，程翰良略一思索，最后还是收下了。

回北平的路上，张管家开车，估计得要凌晨两点才能到家，程中将合目休息，神色凝重，这次来津，乔司令给他暗中下了警示，一言一行都被那人收在眼里。张管家也瞧明白了，斟酌再三后还是将心里憋的事说出来："四爷，你还记得上次让我一直盯着的徐妇人吗？"

"徐桂英她怎么了？"

"我查出一件很蹊跷的事，跟李少爷有关。"

"说。"程翰良受不得他想讲又卖关的样子。

"我们派出的人发现徐桂英经常在警察局附近逗留，还每次托人送东西进去，后来找了个人去问，得知她想送东西给一个叫李生的地痞无赖，而这李生据说又是她儿子。这可就奇怪了，她儿子不是李琅玉吗，而且也没听李少爷说有什么兄弟。"张管家疑惑重重，"四爷，你说这是怎么回事？"

程翰良发出一声微不可闻的嗤笑，他懒洋洋抬起眼皮，有路灯光亮揉进眼底，声音略乏道："还能怎样，狐狸尾巴露出来了呗。"

"那……要抓吗？"张管家还有疑虑，他现在有点弄不清程翰良的想法，照理说，他应该大发雷霆，可是他没有。

入冬后的风随着汽车疾行刮得喧嚣，夜色稀稀疏疏投进车里，仿佛打了霜，身上浮起一层冷意。等到很久，终于进了北平城内，张管家听到那位久久不言的男人这么道："我只是好奇，他到底是谁派来的？"

深夜，车子开进程公馆大门，张管家望见屋内仍然灯火通明，不由心生纳闷："大晚上的这些人怎么不关灯？"程翰良眉头紧拧，催促下车。他阔步入屋，站在大厅中央，张管家亮了声嗓子，一众下人便立马赶到他面前，个个脸色难看，成了一排长霉的茄子。

"怎么回事？"他微眯双眼，睃视所有人。

下人们面面相觑，不敢作出头鸟，脑袋恨不得扎进地砖里，磨磨唧唧的样子令人不耐。程翰良突然转头瞪向程兰房里的一个丫头："出来！"他厉声喝道。

那小丫头差点被这一声吓破胆，颤着两条绵软的腿向前挪了几步，五官皱巴巴的，眼看下一秒就得哭出来了。

"我……我不知道，小姐，找不到了。"

程翰良心底一惊，瞋着眼，瞳孔里闪过厉色："说清楚！"

"姑爷说带小姐出去玩，结果两人到现在都没回来。"

"去哪了！"

"不知道，我们找了好久都没找到……"

张管家在一旁将程翰良的神情瞧得清清楚楚，这铁定是动大怒了，还是几年来没见过的阴狠模样，刚刚还在讨论那位身份成谜的姑爷，现在就出了这种事，他不禁也提心吊胆起来，扯开嗓子骂站着的一干人。程翰良沉下脸，表情冷漠，叫人不敢直视，他忽然道："把小叶给我喊出来。"小叶迷迷糊糊地眨着睡眼，被撵到大厅，见到脸色不善的程翰良后站得跟电线杆一样笔直。

"李琅玉去哪了？"

"啊？我不知道啊。"他摸了摸脑袋，左瞧右瞧，再看向程翰良时，便发现对方狠狠瞪着他，那样子简直要将他一枪崩了似的。小叶一个寒战，脑袋迅速恢复清明："我，我想起来了，姑爷有信给你。"

他三步两步奔回屋子，拿来李琅玉交代给他的信件，程翰良劈手夺过，无情地撕开封口，一只婚戒滚落出来，响叮叮地在地面上绕了三圈，边缘亮晃到刺眼。程翰良展开信件，眼底迅速凝了一泼墨，那信中内容十分简洁，不过一个时间，一个地点，分明是早有准备。他敛下眼睑，轻轻地冷笑，将那封信揉成一团，跨步走向书房。

大门合上，人人皆惊。

张管家巴巴地等了一宿，直到早上七点才被叫了进去。程翰良坐在书桌后面，案上摊着地图，整个人伏在破败的光线中。

"派两拨人，一拨把来今茶馆附近的饭店旅馆酒楼都盘查一遍，另一拨守住所有离京站口。"张管家点头应声，不经意向上一看时，发觉有血丝布在程翰良的眼中。唉，这李少爷只能自求多福咯。

"还有一件事。"程翰良顿了顿声，"你赶快去趟上海，查一下我上次跟你说的那位富商。"刨根挖底，他倒要看看，这小狼崽子到底是谁家养的。

交代完后，张管家小心离开屋子，就在他走到门边时，突然发现垃圾桶里躺着天津那盒糕点，外包装上是位当红女星，如今被蹂躏得惨兮兮，至于里面可想而知。他愣了愣，只一秒，心底便突然明了，慢悠悠地下楼去。

还能是什么道理。纵我有心惜玉，你却一心向亡。那位小狼崽子也是挺能耐的。

小叶不久后接到一同外出的命令，仍处于半糊涂之中，遂问即将赴沪的张管家："姑爷到底怎么了？"

张管家登上车子，意味深长看他一眼，戳了戳他脑袋，似笑非笑道："小叶啊，你可长点心，都这个时候了还叫什么姑爷。"

李琅玉将程兰安顿在长安饭店客房里，她睡得很平稳，昨日那杯水中掺了点安眠药，半途他又喂了一次，挨到午后应是没问题的。现在是九点，差不多该走了，他收拾好行李，又转头看一眼床上的程兰，微微沉思后，替她掖好被角，然后将脖子上的围巾取下来，放在枕头边。浅灰色针织毛线料，很暖和，他确实喜欢，可是喜欢也不能带走。

来今茶馆是李琅玉与程翰良约定碰面的地方，他专门在饭店和车站之间选了个折中点，以便迅速离开。这家茶馆在北平小有名气，一共两层，李琅玉在二楼择了处隔间，叫了点心与茶。

这个位置观感很好，正巧能将下面的情况尽收眼底，来今茶馆以雅致闻名，一楼正中央搭了个小台子，一把木椅，一张红案，俏美人转轴拨弦，琵琶声铮铮鸣脆，唱的是李叔同先生的《忆儿时》。

李琅玉轻轻扣动小指，伴着节奏敲打黄木桌面，"嗒嗒"声缓慢有序，黏着悠扬曲调浮在半空中，他看上去愉悦放松，脸颊撑在左手上，脑袋半歪，轻声跟着歌女哼唱起来，完全不像是与仇人会面的样子。

程翰良不动声色地坐在了他对面。

"岁月如流，游子伤漂泊。"

"家居嬉戏，光景宛如昨。"

这两句被俏美人唱得柔情入骨，任是铁石心肠者也不由为之一动，李琅玉浮起嘴角，转过头，眼里明光一片："好听吗？"他问程翰良。

程翰良端详他，一眉一目皆是无邪，几秒过后，他答道："好听。"

李琅玉仰起鼻尖，眉毛可爱地扬了扬："说起来，咱们在某些事上还挺一致的，广州那会儿，我曾问你，这世上可有绝境，你说没有，只要敢走下去就不是绝境。这句我现在还记得。"

程翰良露出不可察觉的笑容，道："所以你是打算走下去了吗？"

李琅玉看着他，眼底掠过一丝锋锐："不然呢？"

程翰良笑出声，侧过身子正对他："可你有没有想过，你走的这条路也是绝境？"他注视着这个骄傲无畏但又蠢到家的年轻人，说不出是同情还是嘲讽。

李琅玉耸耸肩，用一种轻松的语气答道："那就试试看。"

良久，程翰良将审视的目光挪了回来，一楼小台子上已经换成说书老叟，街亭失守，诸葛亮挥泪斩马谡，从风声鹤唳到悲愁垂涕，经由那老叟的演绎全都历历在目起来。

"兰兰在哪？"他压低气息问道。

李琅玉正在给盘子里的一只水煮虾剥壳，颇为细致，他随口道：

"程师姐目前很好。""目前"俩字咬音略重。

程翰良眼底冰冷，五指紧紧蜷在一块儿："琅玉，我自认自己算不得什么好人，脾气向来暴戾，也就这些年稍稍收敛了点。你告诉我，兰兰在哪，我可以放了你，既往不咎。"这是他能做的最大让步。

那只虾已经被剥得干干净净，鲜嫩肥软的白肉像玉一样剔透，李琅玉钳着虾尾，蘸了蘸醋，递到程翰良面前，一双眼笑得单纯。

程翰良皱着眉，似在思量。

"怎么，你不敢吗，怕我下毒？"他作势收回去给自己吃，程翰良在这时抓住他的手腕，就着那骨节修长的手指咬了下去。

浸了酸的虾肉尝起来倒是酥嫩，只是那半碟醋蘸得过多，舌头有些发涩。李琅玉往两盏杯里倒满茶，饮了一口，程翰良稍稍迟疑，也做了同样动作。

楼下传来看客的掌声，李琅玉不慌不忙道："我第一次与师姐说话是在图书馆，当时她一个人看书，外面下大雨，所以我故意拿走她的伞，等到时间差不多了再回去，谎称一时急用，她对我的说辞毫不怀疑，然后为表歉意我就送她到宿舍门外。当然，我没跟她说过，其实我很早就知道她每天何时去图书馆，也知道她每次都很晚离开，更知道她教养甚好，不会拒绝人。"

程翰良闻言，冷冷开了口："你真是够忍心的。"

李琅玉眯了眯眼，将狠绝的目光迎向他："这话你应该对自己说。"

他继续回忆与程兰有关的事，丝毫不在意揭露过去那些带有目的的相处，或者说，他觉得将这些事说给程翰良听更有一种报复快感，他无所畏惧，即使恶毒。

事实上，程翰良脸色突变，不仅仅是恨穷发极的那种，还有痛苦漫上面庞，他捂住胸口，阴冷地盯着李琅玉，喉骨大动，连声说了三个"你"字。

李琅玉迅速拉上隔间布帘，窄小的空间一下子暗起来。这便是了，虾没毒，醋没毒，毒在茶里，那是他不喜欢的东西。桌上的茶壶是他特地准备的，"两心壶"，用在这里最好不过。

他看着面前男人垂死挣扎，踉踉跄跄想站起来，身姿摇晃。可是这都没有用，不过是时间的问题。他不断退后，保证自己处在安全距离中，两眼像入木的铁钉一样，死死揪着对方。

终于，一阵过后，没了动作。帘幕外是热闹的吆喝声，帘幕里一片死寂。李琅玉僵在原地，竟有种恍惚，他甚至忘记了该如何迈动双腿，肩膀微微起伏，窒息感梗在胸腔中。他向前一步，腿都不是自己似的，然后两步、三步，来到程翰良身边。男人伏在桌上，确实不动了。

所以，程翰良是死了吗？他终于一解心头大恨了吗？李琅玉不由得颤了颤，急促地喘气吸气，仿佛自己也中了毒。

过了很长时间，还是没有动作。他终于放开胆子，伸出手去碰程翰良的脸，还是温热的。尽管难以置信，但他有点踏实了，气也顺过来了。

就在他准备撤回手的时候，无意低头一瞥，地面上一摊水渍，突兀得灼眼。他猛提心脏，脑袋里闪过白光，暗叫糟糕时，那"死掉"的男人忽然睁开双眼，一个迅速的暴发，将他压在桌子上。茶壶碟杯滚落满地，碎得极其彻底。

程翰良扼住他的喉咙，拿枪抵着他的脑门，恶狠狠道："你这遭瘟的小东西！"

小叶候在车里足足两个小时，外面冬风盛气凌人，他忍不住将双手缩回袖子里，眼睛不时瞅向茶馆店面。车窗渐渐蒙上白雾，不一会儿便糊浊浊的无法视物，小叶攥着袖口胡乱擦拭，擦得差不多了，竟看见等待的人影了。

程翰良与李琅玉一左一右，身子贴得很近，神情奇怪，姿势也奇怪，感觉两人都揣着炸弹，一副提防紧张的样子。待人走近，小叶才看到程翰良抓着李琅玉的胳膊，一把枪抵在腰上。他吃惊地张嘴，像被鱼刺卡住似的。

"她在哪？"程翰良将李琅玉推进车内，枪口仍然对着他。

李琅玉斜眼一瞥，整理好打褶的衣服："地偏，路名忘了。"

"名字忘了总该记得怎么走吧。"程翰良让他指路，小叶已经握好方向盘。

李琅玉道："我来开吧。"小叶向程翰良征求意见，得到同意后与李琅玉交换位置。

后面是枪眼堵着，右边是人眼盯着，李琅玉闷头开车，抬头看了眼后视镜，正好撞上程翰良的视线，漠视冷淡，似乎只要他弄出点么蛾子，程翰良便会立刻解决他。但李琅玉心知，为了程兰，他暂时不会对自己做什么。一旁的小叶有些不自在，车里闷闷的气氛搅得他很尴尬，里外不是人，到底在闹啥子他还没看清楚，这事情说变就变跟女孩子一样。

李琅玉开了一路，脑袋里回忆着路线，到了去庆安园途中的那个岔口，一个拐弯，进了左边。按昨日那司机的描述，这里应该有座工厂。他垂下眼睑，睨向身旁的车门把，心里默默排练动作，和跑步冲刺一样，他需要一个很好的感觉。

车子在上坡，大概到了中间位置，李琅玉终于瞧见那工厂，黑色烧焦痕迹爬上白色砖墙，还有烟雾从管口排出。愈往前，便愈窥见全貌，工厂外面毫无章法地摆放着许多油桶，有的倒了一地，油味顺着风，只要有一条缝便能乘隙而入。

李琅玉装作不适，咳嗽了几声，又腾出左手捂住鼻子。到了平路，离工厂就差一千米，他让小叶喷点芳香剂。小叶将手伸向车前座，就这么一个动作，李琅玉瞅准时间，突然加大油门，所有人身体后倾，他急转方向盘到最大，任凭汽车脱离正常轨迹，同时左手开车门，在一片天旋地转中纵身跃下。

"四爷，姑爷跳下去了！"

"稳住车！"

小叶眼疾手快蹿到主驾驶位，试图控制方向，然而路面打滑，车身已经撞入那一堆集装箱和油桶中，"霍拉"一声，整个山崩似的倾塌而下，将前后左右堵得严严实实，小叶努力发动车子，却一直处于熄火状态。而就在这时，程翰良命他不要再动，一股烟焦味进到车内，刚刚的急转弯让车胎在油铺路面上擦出火花，温度立马高了起来。小叶去推车门，完全打不开。程翰良忍下一口气，当机立断，砸上面！

李琅玉从地面上爬起来后，半边衣服蹭得破烂不堪，胳膊、膝盖和腿上硬生生刮下一块皮，露出血红的表面，混着砂砾石子粘在伤口处，而右脚踝似乎扭到了筋骨，一时无法快跑，只能忍着痛走路。他跌跌撞撞走到岔口处，正巧有辆车停在他面前，戴着黑色毡帽的司机问他："先生要帮忙吗？"

"去车站！"李琅玉奔进车里，司机压低帽檐，一脚踩开好远。

此时，身后发出轰隆的爆炸声，西边天空上黑烟蒸腾，路上行人纷纷举目而望。是工厂的方向。李琅玉靠在车窗上，满脸都是汗，心脏跳个不停，喉咙里吸入冷风后瑟瑟地发抖。司机与他侃话，他也只是搭了几句便闭上眼，觉得一切都不真实。

大抵是太累了，精力消磨殆尽，他原本只想小憩稍稍，却很快睡着了。他做了个短梦，很多景象走马灯似的闪回，所有人看不清面容，只剩下鲜艳张扬的色调。有新年红、胭脂粉、翡翠青、明月白、钗钏金……他在院子里放风筝，风筝飞到了玉兰树上，旁边有人将他抱了起来。他伸手去够风筝，就在即将拿到时，李琅玉突然惊醒，吸入半口冷气。

车还在行驶，从后面只能瞧见司机的黑色帽子。他迟钝地去看窗外，嘴里喃喃问道："还有多久。"

"快了。"司机淡淡道。他木木地对着车外发了小会儿呆,突然一个激灵弹起来——这路,压根就不是去车站的方向!

"你要带我去哪,这不是去车站!"

司机加快速度,不做理睬。李琅玉蓦地生出彻骨寒意,仿佛步入了冰山雪地。车门紧锁,车窗严密,他无路可逃。

司机将车开进了一处小洋楼大院,铁门徐徐拉开,两排军装打扮的人站得笔直,便是一只苍蝇也插翅难飞。车子停下来,那司机缓缓脱下帽子,露出面容。

"程姑爷,对不住了。"

李琅玉记得他,是程翰良的手下,在新婚那天,他见过的。

章九

　　李琅玉醒来时，已经被绑在椅子上有一夜了，他在一间类似书房的地方，但这里不是程家，许是平时很少使用，有些地方积了灰尘，呼吸都不顺畅。屋子里摆有一面镜子，窗帘挡住透过来的光，他在死寂的空气里，抬起头，瞧见自己镜中模样，一只颓败的落水狗。

　　门是紧锁的，有声音从外面传来，虽然很小，但李琅玉听得清清楚楚，是徐桂英的声音。徐桂英定是怕极了，她话都说不清，颠三倒四，漏洞百出，声音颤得跟风烛残年的老妇一样。旁边有人呵斥她，拿各种可怕描述去威吓，毫无半点可怜之心。她还在极力辩解，卡在一句说词上始终绕不出来。

　　李琅玉突然有些心酸，她还在强辩什么，磕磕绊绊地还要说什么，他知道这妇人其实记性不好，当初串词时说两句忘三句，一段话背了十几天，到最后一次通顺地说出来简直是奇迹。他给她买鞋，给她熬药，给她送点吃的，只是这么些微不足道的事情都能让她受宠若惊，图的无非就是那个不成器的儿子。

　　可那李生又有哪点待她好。算了，她还是全部交代吧，至少不会受苦。这时，程翰良开了口，和声和气问道："你想要哪个儿子。"徐桂英一下子沉默住，下唇打着哆嗦。

　　"你想要哪个，我就把他还给你。"

　　李琅玉知道，徐桂英现在是再也说不下去了，正如她喊出那个名字时，他心中的石头也落下了。程翰良派人把李生带上来，母子团聚，热泪盈眶，至于后来所说的，一切顺理成章，简直一出人间喜剧。他在门后听着，有灰尘伏在眼皮下，他没有挫败感，只有出奇平静。

程翰良进来时是一小时后，他看到一个耷下去的脑袋，头顶有小旋涡，被绑着显然老实多了。他走了过去，站在对方面前，双手捧起那张脸，好好地端详。这真的是一张心不甘情不愿的脸孔，眉间撑开一片骄傲，更有意思的是，还很漂亮。

"谁派你来的？"程翰良按压着他的脸，从鼻梁到颧骨，用拇指摩挲光滑的皮层，他要把那点不甘不愿彻底抚平，"是江叔齐、陈为林、董成礼……还是那个人？"

这一长串名字李琅玉从未听说过，他觉得好笑，眼底可怜地望向程翰良："既然你仇人这么多，多我一个又有何妨？"

程翰良伸了伸脖子。是啊，多一个又有何妨，那少一个也不要紧。

墙边竖着的全身镜使二人仿佛在另一个世界中，这造成了一种假象，似乎镜外的对峙都是不真实的，程翰良微微撇头，看向镜子里的李琅玉，不知在想什么。

"好，最后一个问题。"他突然出声，嗓音里焕发出古董味，沉闷闷的。

"你对兰兰，可曾存过半点真心？"

李琅玉将视线转向正前方，过了好久，表盘上的指针被盯着快要静止一样，他才虚飘飘道了一句："没有。"

房间里的光线暗了下去，窗帘轻轻晃荡，程翰良闭上眼，手指紧紧抓着椅背，十分用力。那些木头几乎要被捏断了。其实他刚刚可以选择撒谎，他能说会道，反正也骗了那么久，再说一句也不困难，然后说不定他就一时心软，顾及一下这段日子的旧情。

可是他蠢透了。他放弃了这最后的生机。

程翰良睁开双眼，一脚踹倒凳子，冷酷无情地抽出了皮带。

北平的大风鞭打在一排欧式拱形窗上，一只倒垂的蜘蛛在冬日里冻死，悬吊在玻璃外。一切阴沉沉的。小洋楼是几年前造的，不常有人，投向屋里的光线都跟着过了期，没有一点鲜活力，仿佛只要往里看那么一眼，整个精神力都被吸掉了。

单这点来说，是很可怕的。但也不是最可怕的。

李琅玉躺在大红雕花地毯中央，脊背蜷成防备姿态，像片枯死的秋叶卷儿。刚刚那十几下鞭子"嚯嚯"抽来，抽得他骨头都要断了，程翰良是照死里使劲，跟对待孽畜似的，就差挫骨扬灰。

起初是刺痛，后来是火辣辣的灼痛，李琅玉全身被绑无法动弹，那些鞭子如同撒在蛇身上的雄黄粉，到最后他觉得无处不在蜕皮腐烂。程翰良单手掐住他的脖子，逼迫他抬头："谁派你来的？"

他铆着劲瞪过去，愤懑、怨怒、仇视积攒而出，就是不答。程翰良知道他在挑衅，也不准备干耗下去，只是对这蚍蜉撼树的斗争露出不屑的冷笑。犟性子的人他见多了，但脾气越犟越易被人拿捏弱点，比如说，尊严。

在脖子被皮带勒住的一瞬间，李琅玉感觉到窒息，他原本被绳子捆得扎扎实实，但此时，程翰良将他提起来，故意在地上拖了几遭，然后直直拖到镜子前，让他跪着。

李琅玉用仅存的活动空间去挣扎。他不怕死，死不就是疼一阵，然后结束得干干净净，甚至这样也好，他早点去地下随了家人。他觉得自己抛弃了一切来报仇，无所畏惧，但程翰良要折他，便瞅准他心高气傲，叫他生不如死。

"琅玉。"程翰良捕捉到他脸上全部神情，最后唤了一声他的名字，"晚了。"

不是没打算放过你，是你自取灭亡、自断后路。

鞭子如暴雨一样落在皮肤上，李琅玉倒吸一口冷气，脸上血色尽褪。程翰良一把揪住他头发，逼他直视镜子中的自己。李琅玉只看了一眼，便觉得全身血液倒流，太阳穴鼓鼓跳动。

太难看了，太难看了！

这个人，不是他。

枣红色丝绒窗帘一动不动，像中世纪冷漠的贵族妇人，外面冬风狂啸，打在窗户上是骇人的撞击声，可它不闻不问，只是冷眼旁观。

被抽打的一刹那，李琅玉疼得上身一软，慢慢躬了下去，几近无法说话，明明声音堵在里面，却如同老人爬坡，使不出力气，只有不断干呕的酸水从嘴里溢出。回来多日，却是第一次感受到冬天气息，骤然降温也只是这一瞬，可他从里而外都被冻住了，像窗外那只僵死的蜘蛛。

程翰良看到他的痛苦，但无动于衷。其实，第一次见他，程翰良凭直觉便认为是个不错的年轻人。他记得对方在玉兰树下与他打着招呼，满面春风乱桃花，琅玉啊，真是个漂亮名字。而后婚礼上，搁下怀疑，他毫不吝啬给予"皮相不错"这四字评价，确实是由衷之言。再到广州，赌石桌上得胜归来，这个年轻人神采奕奕地向自己展示如何识破骗局，一脸自信，朝气蓬发。他那时是真有点欣赏的。

然而，就是这样漂亮、骄傲、得意的面孔，现在只能惨白地流着冷汗。他不该骗程兰，无论如何，都不该欺她。

李琅玉咬着唇，促使自己不喊出来，这是他最后的底线。他一阵阵颤动着，嘴唇哆嗦着，被牙齿咬破的唇瓣上都是不断外淌的鲜血。他两眼发昏，眼前是大片白光黑光交错，身躯由最开始的疼痛转到麻木的冰冷。

屋子最上方是绘有西洋花卉的墙顶，颜色端庄传统。李琅玉却觉得那些图案乱糟糟，它们在眼前不断旋转，仿佛没有尽头似的。

在这种真假错乱的意识中，他忽然看到悬挂在墙壁上的一幅书法，笔走龙蛇，斗大的飞墨快要溅出来了，他看着看着，心里复苏出麻麻的疼痛。是梁启超的题字。

那是多少年前，北平还是春天，沈知兰在树下绣玉兰花，阿姐明画帮忙缠线，傅平徽在院子中央使那根红缨银枪，他正学习欧阳询书法，不得其领，缠着父亲教他练字。傅平徽拿他没法，问他要写什么，他前日刚背完梁启超的文章，想起里面一句话，便说："我要'前途似海'。"傅平徽笑着握住他的手，提笔而书："好，我们家明书要前途似海。"

春光十里，少年中国，前途似海。

你看，他还记得。

李琅玉随手摸上脸庞，一触竟是大片滚烫的泪水，什么时候流的，他完全不知。他用手臂盖住双眼，那些恼人的液体却不停往外冒，口中发出轻轻的颤音。

程翰良突然停了下来。他的脸上终于浮现出一丝人情味，他触上那只手臂，想挪开去看下面的情形，但最终又没有这么做。他看到对方在喊着什么，声音很小，于是俯下去贴在李琅玉脑袋旁，听见的是一串颤抖的气音，在喊："爸……爸……爸……"

喊得他心慌意乱，最后浑然不觉地为这个可怜人拭去那咸热的泪水。

两名警卫在午休过后来敲门，里面许久没有动静，应该差不多了。一地混乱，碎片纸屑到处都是，那位姑爷气息奄奄地躺在地上，成了具人偶，仿佛被抽掉了生命。

他们只是瞟了一眼，并无多少惊讶，军姿站得挺拔，脸上甚至没有表情。他们一丝不苟地向程翰良汇报，声音洪亮，程兰已经被送回到主宅，只是吃了点安眠药，其他并无大碍。程翰良一直背对着他们，简单"嗯"了一声，闷哑闷哑的，就再没开口。

等了半晌，其中一名警卫问："人要解决吗？"解决的意思有很多种，但在这里，只有一种。程翰良目光一闪，微微涣散地投到眼前书架上，李琅玉就躺在他的后侧方，只要稍稍偏头便能看到，他僵直了脖子，不回头，眼底闪过多种琢磨不透的意味，瞳孔渐渐缩小，像退潮一样缓慢，最后成了一点陈年墨迹落在眼珠中央。

"找个地方，扔了。"最终，他这样说道。

张管家回到程宅是在傍晚，天上下了雨，其实他中午之前就能回来，但那位上海富商听说他是程四爷的人，便留他吃了早茶，端上来的几盘点心到底不同北方，更何况他素来喜辣，不好下口，为避尴尬便胡天海地与人聊了起来。这会儿进了家门，他问一个丫头："小姐找到了吗？"

"找到了，不过姑爷没回来。"

看样子是解决了。那调查的事情还有必要吗，虽然他认为并没有什么重要线索。张管家把毡帽抓在手心里，来回踱步想了想，最后还是打算去找程翰良。

程翰良从抽屉里拿出一团块状物，是从广州带回来的那块红翡，色泽鲜明艳丽，他摸上那些尖硬的棱角，一遍又一遍地摩挲着。脱离风化层的原料都是这样子，然后被送去打磨加工，但比起那些放在柜中的玉器，程翰良更喜欢收集现在这种，从头到尾都是尖锐的，虽然很容易头破血流。

世上美玉千千万，或艳丽玲珑，或光滑圆润，都不是他要的那块顽石。

张管家进来时看到的便是这番景象。程翰良收回神思，问他可查到什么。声音倦倦的，似乎很累。张管家一五一十托出那位富商的底，说了大半天，与李琅玉也没多大干系，只不过是赞助了央大的留学项目，登上当地的报纸，还被《新潮》杂志采访了一次。人嘛，有钱了就想谋名。

程翰良撑着太阳穴，也不知道有没有认真在听，张管家给他倒了一杯茶，端过去时又想到一点："那老板的话不像有假，他确实不认识李琅玉，不过他说赞助这个想法是他曾经的一位姨太建议的。"

程翰良捏着杯柄，喝下一口也没接茬，张管家瞧这样子多半是没兴趣了，便准备离开。就在他转身时，忽然听到程翰良问道："那姨太是什么人？"

这一问让他立马回忆，奈何白天侃得太多，关于这姨太也不过随口一提："是北方人，叫白……白，白什么来着。"他记得那名字怪秀气的，好像是春还是秋什么的，这年纪一大果真记不住事了。

程翰良蹙着眉头看他，张管家冥思苦想，突然脑内一下疏通，忙道："白静秋！"

听到这个名字，程翰良神情一僵，握着杯柄的手指好像也粘住了，心底猛地"咯噔"了一声，仿佛鼓缶震响，一种呼之欲出的悸动在胸腔里来回奔走，扎进血肉中，他坐直身，左手紧紧攥着石头，眼中是少有的错愕："谁？"声音竟有些颤抖。

"白静秋。"张管家以为他没听清，又重复了一遍。

程翰良身子震了震，漆黑的瞳孔陡然睁大，这样子饶是张管家也从未见过，他担心地想询问，还未开口，程翰良霍然起身而出。所有人都胆战心惊，唯恐遭殃，程四爷一回来便接连大发雷霆，可是小姐已经找到了呀。

张管家走出书房，不多会儿，便听到大厅里程翰良对两名警卫的怒吼："人呢！你把人给我扔哪了！"

章十

李琅玉醒来时，半个身体泡在水中，小石子颗粒黏在脸上，刺骨的冷从脚底往上涌，河水一样哗哗扑上来，伸手便是一个耳刮子。他嘴唇干得发紧，上下一圈起了层皱裂的薄膜，也是天见可怜，幸好下了雨，他像株荒漠野草，接灯漏似的竭力汲水。那俩警卫把他从上面扔下来，顺着石块铺就的斜坡，让他滚到河畔边，任其自生自灭。

李琅玉抬头望去，随处可见的花岗岩嵌在土里，凸出扎人的一端。离地面看似不远，但这距离也不算短。他弓起身子，从河中缓缓爬上来，然后鞋底撑地，铆了口劲想站起来，只是用力的一刹那，骨架子立马找到了酸软的感觉，他结结实实地扎到地上。

没有死，但结果惨烈。

李琅玉抠了一抔土，指甲里都是黑泥，他贴着地面咽下几声喘息，每一声都是蓄势的水坝，在等着大坝决堤。愈来愈急的雨水冲走了脸上的脏渍，视线被浇得一片模糊，诸多过往混着雨声像瓷罐一样摔了开来，他的人生被碎片划得破烂不堪。

他又想起来了，那段丑陋记忆。

那是十年前，逃难途中发生的一件事。白静秋刚刚丧夫，带着他和李竹月暂住在避难房里，四十多个人挤在一屋，天南地北，三教九流，打架的小流氓，听不懂的地方口音，热烘烘的汗臭，俨然就是个浓缩的小社会。那半年，李琅玉鲜少与人说话，见谁都是一副冷冰冰模样，到了晚上，怕白姨发现，就默默躲在被子里哭，哭到梦里，也就回家了。

避难房人多脏乱，天气稍有温度便带来各种病症。李竹月发了高烧，许久不退，李琅玉也染上感冒，而外面打仗，药品稀缺，价格狠命上涨，一时手头有些紧。起初他们向周围借钱，但那些难民表示你们是北方来的有钱人，穿的用的明显就跟大家子不一样，有什么资格哭穷。白静秋没法，把能当的都拿出来，带着李琅玉去当铺。

那当铺老板随口给了个低价，便不再更改，白静秋恳求他，他才用双淫眼打量过去，一脸的猥琐气息。李琅玉站在一旁，看得清清楚楚。

白静秋让他在门外等，这一等，便从骄阳热烈等到了日落西山，天际是稀烂的蛋黄色。她颤颤巍巍地从里面走出来时，李琅玉怔了怔，鼻头酸得发紧，他上前去扶她，接过那沓可观的票子，烫得他手心疼，疼到肉里。

他们买了药，走在狭长的空巷中，白静秋嘴上念着竹月，说这下有指望了，又问李琅玉可还想吃点什么，衣服够不够，洋溢着一脸幸福。李琅玉背脊一阵抽痛，问了句，白姨，你疼吗。那个极力扯出笑容的女人呆愣了几秒，蓦地泣不成声，身体一耸一耸蹲下去。

他站在墙边，巷子中吹过春末暖风，热得他发慌，人心不古，他想，这世上的人怎么能这么可恶？仇恨滋长如蔓草，疯狂地在每个夜晚繁殖。他睡不着时就会打开那扇破旧的窗户，看着黑漆漆的天空，想问父亲，这是不是苦的滋味？

他一定得回去，回到北平。

李琅玉再次睁开眼，在冷风冷雨中。他把一切杂念抛之脑后，抹尽脸上水珠。遭遇的不过是折体之痛，既然没有死，就不能躺在这。便是爬，也得一步步爬出去。

他想到这里，便觉得什么都不可怕了，反而有种力量在支撑他，人是活的，就没有绝境。他支起膝盖，枕着那些潮湿的泥土，磕在大大小小的石块上，一点一点朝上爬去，踩空了，又重新开始，身上的痛感也全部消失了，他只记得要从这里出去。

两个小时过去，指腹蹭破了皮，还有最后十米，他看到了坡顶，就在他还差几步时，脚下的一块石头突然松动，他心一慌，手指来不及抓稳，身子猛地下滑。

然后，一只手及时拉住了他。

李琅玉被拉到平地上，两手紧紧拽着对方胳膊，雨水顺着脸庞簌簌往下流，他一抬眼，看清来人后，覆盆大雨从头而下。

程翰良握着他的肩膀，捧过那张爬满狼狈的脸，对上一双瑟瑟凄寒的眼珠，嘴唇微张欲言又止，他犹疑半晌最终轻轻唤道："明书？"

大风将声音吹得零落，李琅玉听到这个名字，从这个人的口中，浑身便是冷战的愤恨，他打着哆嗦，手上青筋暴起，抓起一把混着沙泥的石子，朝程翰良砸去。

程翰良不躲，噼啪作响的石粒打在身上，溅到脸上，生疼。李琅玉又抓了一把、两把、三把，悉数扔过去。他满心满肺的怒，眼下却只能通过这种方式发泄出来。

程翰良按住他的手臂，搂着他，想把他拉起来。他挣扎反抗，不听使唤，顿了顿，直接抡起拳头，程翰良侧头一歪，重重的一拳便落在了肩头。

不够，远远不够。

雨水进到视网膜中，浇红了眼眶，他什么都无法分辨，理智意识被冲走大半，唯有怨恨在不断膨胀，从一口蒸腾过往记忆的热锅中，叫嚣个不停。他忍了这么多年，被仇恨捆着、扎着、鞭打着、十大酷刑轮番盘问着，他早就身陷囹圄，许多事情、许多故人，一想起来便是意难平。

两人扭结在一起，在滂沱大雨中，如解不开的绳链，滚到湿漉漉的地上。程翰良只守不攻，接住落下来的一个个拳头，任凭对方发泄，李琅玉红着眼圈，眼中鼓涨着泪水和雨水，这个人，这个人……都是这个人！

他们是虎与狼的搏斗，年幼的狼，稳健的虎，一个在撕咬，一个在控制。谁也不放过谁。

李琅玉被他压到身下，用光力气，再大的劲也发不出来了，他悲切地看着程翰良，五官扭曲，最后失声大哭，为自己失败结局的丧气，为黔驴技穷、折辱一身的不甘，为昨日种种转头空、今日故园难再回的追念。都有，以及，他只是想好好哭出来。

程翰良将他抱起来，即使如此，对方还在用软弱无力的拳头去打他。真是太要强了，程翰良心想，可他不能还手，他怎么能还手，这都是他该受的。

"好了，琅玉，我这就带你回去。"

回到程宅，张管家立刻请了家庭医生过来，李琅玉在中途昏了过去，受冷受惊，加上外伤，支撑到现在已经不易。程翰良替他清洗了部分伤口，守在床边，眼睛不眨，就这样挨到半夜。

张管家关切道："四爷，你要不要先处理一下伤？"

程翰良的手臂和脖子后面被刮出几道血痕，他挥挥手，表示不用，让他去厨房准备几样吃的，以备不时之需。

他看着床上的人，看那鼻子、嘴巴和脸庞，一点一点与过去那个小小的身影对了起来。十年不见，人的成长速度真快，竟令他没有认出来。他这半辈子树敌众多，原以为是那些人派过来的，却没想到是这孩子。也是该了，他确实是来寻仇的。

"四爷，关于李少爷这件事，知情的几个手下我都提前打好招呼了，保证不会乱说。"

程翰良"嗯"了一声，又听他道："小姐那里我也编排好了，只是这日后该如何是好？"

是啊，程兰那里该怎么办，终于把人寻回来了，可一切都乱了。程翰良叹了口气，脑袋隐隐作痛。

凌晨两点，程翰良从房里出来，正好看见往回走的连曼，不由警觉道："你来这里干什么？"

连曼靠在楼梯边，吐了一口烟雾，笑着说："听说姑爷车祸受伤，我就来看看。"

程翰良从她身旁走过，冷淡道："不该管的事别管，你只要记得这句便行。"

连曼弯起眼角，冲着他的背影说："那我好心提个醒，要记住这句的不只是我。"她扭着水蛇腰，徐徐下楼："得早些睡了，明日还得跟林太太他们打牌呢。"

李琅玉睡了两天，终于从床上醒来。睁眼的一瞬间看到了熟悉的天花板，再看到熟悉的摆设，眼珠由惺忪转为暗淡。

他又回来了，回到程翰良的住处。

屋子里没人，他靠在床头，两眼放空地望向前方，脑海中快速闪过一些事情，不怒也不哀，冷静得有些可怕。小洋楼内的惊惧、河边的愤恨、雨中的缠斗——也就是这几天发生的，折腾到伤筋动骨，他好似生生被耗去大半寿命。疼过痛过，精气神被抽离躯壳，现在更多的是恍惚。

一个丫头端着脸盆推开房门，见他醒了，兴奋道："我去叫四爷来。"李琅玉微微僵硬，手指不由抓紧被单。

程翰良是迈着疾步赶来的，进门的刹那脸上有隐约的喜悦，但在踏入时又吝啬地收起。李琅玉木然地看着他步步走近。

"好点了？"程翰良坐在床边，先将他看了一阵，后垂下眼睑轻声询问。

李琅玉淡淡应道："如何才称得上好？"活着便是好了吗？

程翰良嘴角浮起一丝苦笑，无话可说。李琅玉将目光转向那座实木落地钟，钟摆摇晃得缓慢而无聊："你既然一切都知道了，还留我干什么？"

107

程翰良侧过脸，食指搭在床沿，眼中增了些许随意和落拓："你到底是师父的孩子，旧日相识一场，于情于理我也不会对你赶尽杀绝。"

"那你当初怎么不念情理二字？"冷淡的声音向他抛来，说的是十年前。

程翰良怔了怔，复而轻笑一声："这就是你回来的原因。难怪，先前不知你身份时，我就说你怎么不肯喊我'爸'，但我也不图个称呼，你爱怎样便怎样，现在说得通了。"

他望向李琅玉，寡情的面孔中仿佛藏了许多未语之言，但说出来的却都是凉薄："不过，比起'爸'，我更喜欢你像小时一样，喊我'程四哥哥'。"

李琅玉提上一口气，狠厉地瞪着他。程翰良不以为然，下嘴唇努了努，在对方看来都是嘲讽。

"那天，白姨一家带我离开北平，一路辗转到南方，李三哥中途不幸逝世，他们的亲生女儿也弄丢了，可是，我还活着，活得好好的。"李琅玉喉结颤动，声音在沙粒中滚过似的，几近哽咽，他盯着程翰良，继续道，"其实回头想想，这么多年，我最应该感谢你，一想到你还风风光光、功成名就在这世上，无论如何，我都得活着回来找你。"

程翰良目光僵硬，慢慢变得灰暗，他哀哀地笑着："你费了九牛二虎之力，不顾后路，就是为了杀我，倒有勇气。"

"不过，我跟你说过，我运气向来很好，不是那么容易死的。"

李琅玉目光冷冽："这次是我输了，但既然你留我，我也不会浪费这机会。"他斩钉截铁撂下这句，仿佛从穷山恶水中辟出了新路，他仍然坚定如一。

程翰良突然朗声大笑："好，那你就好好活、用力活，我倒要看看是否会有我输的那一天。"

这时，外面响起了叩门声，丫头端进来一碗汤圆，刚刚煮好，是程翰良吩咐过的。程翰良拿起汤匙，在碗里舀了几下，捞出一个团子，放在嘴边吹了吹。汤匙递过来时，李琅玉不为所动，无言的冷漠即是拒绝。程翰良道："你要是打算饿死，倒也省了我的心。"

李琅玉昂起下颌，然后连勺带碗一起夺了过来。热气腾腾的汤汁还是有点烫的，可他好像封闭了所有感官，埋下头大口吃起来，他确实很饿，许久未进食，同时又为了某种决心，他吃得很用力，也很痛苦，明明是喜欢的食物，却仿佛长满了刺，刺得他体内都是模糊血肉。

忽然，他一阵猛地咳嗽，眼里呛出泪水，大概吃得太急，哽得喉咙难受。程翰良紧张地想替他抚胸顺气，却在伸手的一刹那被他推开。没有用多少力，可他连退好几步。然后他便看着对方自己捂胸，努力灌下汤汁，将所有不适生硬地压了下去。最后，碗底吃得干干净净。

也是这一瞬间，程翰良才恍然发觉，当初那个孩子果然长大了不少。

章十一

李琅玉在床上养了一周，程兰每日都来看他，瞧见他病恹恹的很是心疼，与他说话也不似以往明快。李琅玉低垂着眼，偶尔随意搭了几句，像是敷衍。真相败露后，他也无心摆出之前做戏的样子，即使程兰不知，他心里硌硬，都是程家的人，琴瑟和谐深情款款全是假象，骗人骗己，挺累的。程兰说着说着见他不作声了，欲言又止，那种奇怪的生疏感又回来了。她想着，或许等病好了，兴许人便能像以前那样了。她只能这样聊以自慰。

冬天的气温降得很快，一夜寒风，不过两三天时间，穿的衣服都得翻个样。程家烧起了汽炉，李琅玉闷在屋里，程翰良来看他几次，并让人给他送去暖手暖脚的，衣服和被褥都换了一拨，吃的饭菜也是叫人送上去。李琅玉自个儿想了几天，针锋相对无用也可笑，倒不如休整好从头再来，两人相处不冷不热，总归让旁人瞧不出端倪。

这日，天气转好，阳光晴美。李琅玉出了房，身体调整得差不多，只是精神气不佳。屋子里暖烘烘的，极易生起人的睡意，他在大厅坐了会儿，无所事事，便练起了字。一求心静，二求心明。等到中午，程兰和她房里的丫头从外面回来，买了几篮瓜果。她见着李琅玉有了起色，脸上都是喜意，洗了些苹果切成块与他吃。

这本是一番好心，可事情就怪在那碍眼的银镯上。程兰递给他苹果丁，刚好露出一段白皙手腕，抛得银光灼灼的镯子顺着手骨滚下来，勾花雕叶盘成圈，精美得刺眼。李琅玉乍一看，眼皮子猛跳，不是惊，是怒。那是他傅家的东西，是他母亲沈知兰的随身嫁妆之一。

李琅玉登时抓住程兰手腕，目光又凶又狠："谁让你戴这个的！"

程兰被他吼声吓了一跳，愣了愣才问道："这镯子怎么了吗，是阿爸送我的呀。"

不听还好，一听便是怒火攻心。"你、你们……你凭什么戴它！"他气极，也委屈极，毁人家门，夺人家财，还有什么更无耻的。

打扫卫生的丫头被他突然发怒震得不敢靠近，见程兰手足无措，壮了壮胆子："姑爷你怎么能欺负小姐！镯子是小姐的，一直都是！"

李琅玉狠狠瞪过去，直接让她闭上嘴。程兰倒在理智中，遂劝道："你若不喜欢我戴，那我不戴便是了。"说罢便想将镯子取下来。

可李琅玉却是死命抓着她，紧得发疼，不肯退让一分，桌上那沓宣纸被丢至一旁的湿笔刷浸出个拳头大的墨点，一页行书付东流，什么心静心明，都是放屁！他们程家，从上到下，从里到外，没一个好东西！

程兰被他拧得难受，挣脱了几下没成功："琅玉，你到底怎么了，你放手。"

李琅玉红着眼圈，不知是怒极生哀，还是哀极生怒，他浑身发抖，倔强地伸长脖子，眼珠子恨不得巴在那镯子上，声音几乎是甩出来的："这东西，你们不配……都不配！"

"她若是不配，那也没人配了。"

程翰良的声音在背后响起。

李琅玉僵硬回头，缓缓松手，还是用那双眼，那双浇了冷雨、燃了热火的眼睛，瞪着走近的男人。程翰良问他："你做什么，身体刚好就开始吼人吗？"程兰连忙解释，打着圆场，万一事情真闹大了，依程翰良的脾性，吃亏的定是李琅玉。

李琅玉侧过脸，沉默不言，他垂下眼睑，只是盯着桌上那几页越看越糟的字，扭扭曲曲，全都失了主心骨。程翰良见状，摆摆手让程兰先回房去，自己有话跟他说。

他把人带到房里，锁上门，伸手解下外出时穿的风衣外套，还未坐下，对方劈头盖脸来了一句："那是我家东西！"

"我知道。"程翰良轻笑一声，走到李琅玉身边，"还没进门就听到你发脾气，看来是全恢复了。本以为你能把性子收收，伤疤一好就忘了旧痛吗？"他把大衣挂在黄木衣架上，微微侧身，解开衬衫最顶端的扣子。

李琅玉见他如此坦然，更是义愤填膺，称他是丧尽天良的窃贼、厚颜无耻的叛徒。程翰良不置可否，现在的学生骂起人，都是一坨稀烂的软柿子，还不如狠狠打一顿。

"你一心想要报仇，可所作所为实在荒唐幼稚。"羊入虎口，只凭孤胆，怎么会不失败，幸好是落在他手上，"别说杀我不易，就算成了，那还有冯尚元呢，做贼的可不止我。"

"我自有打算！"

"好，就照你的打算，最终大仇得报，可你爸还顶着汉奸名，你也不在意？"

他当然在意。明明是这群人害了他家，却反过来质问他。

程翰良转身看他，原本好看的眉眼十分不得快地皱缩着，仿佛怎么都捋不平。他伸出手搭在对方头上，嘴上依旧笑着，和颜悦色道："气出这么多汗，不痛快给谁看？"

李琅玉挥开他的手，厉声道："费不着你虚情假意，不用你管！"

"不用我管？"他眯起双眼，"可有一件事，我今天必须得管。"

李琅玉被他按住双肩，卡在正中央，动弹不了半分。程翰良靠近他耳畔，声音压得极低："你要复仇，对我做什么打算都行，生死由命成败在天，我这条命是师父救回来的，理该还给你傅家，若是死在你手上也无可厚非。

"但是，你不许将这份怨恨牵扯到兰兰身上。"

"你是男人，她是女人，除此之外，她名义上是你妻子，情义上是你同门，你跟她置什么气。"

"我留你下来，在外人眼里，你还是我程家女婿，所以你给我好好待她，不准再发生今天这样的事。"

三言两语一席话，李琅玉心有不甘，却也无话可说，只是固执地将头别向一边，装作充耳不闻的样子。程翰良扳过他的脸，半凶半哄道："听话，小兔崽子！"

他干瞪着眼，往日的一腔奋勇、神气骄傲都没了，全部是委屈和不平。程翰良盯着那张脸，神色微动，僵持了几秒便放开他，来到书桌前掏出一个小盒子，略有迟疑地看了他一眼，说来可笑，他这辈子与虎狼为敌为友，行事直接刚硬，还未有这等少年人的忐忑姿态。

"想一想你今年二十四了，十八岁那年我应该送你点成年礼，可惜没机会，这个，给你。"盒子里是块系绳白玉，正面镶生肖与兰草，背面刻有生辰——"五月初三"，程翰良将它塞到李琅玉手里，郑重其事，仿佛交付了天上的朗朗明月。

李琅玉瞟了一眼，再看向他，然后冷不丁地，将玉佩扔出了窗外。"不需要。"他甚是简单地说道。

程翰良怔住了，脸色立马僵了，双目瞪向他，双唇紧闭成刀刃。"好，好。"他一句一字冷笑着，扔下李琅玉，大步转身摔门而出。

整个房间都在震动。

镯子这件事很快掀了过去，李琅玉与程兰见面时，她果然没有再戴，只是两人彼此默契地保持着距离，日子照旧过，一天天都是寡淡的白水，喝掉又倒满，说不出什么滋味。李琅玉几次看她，撞见她枯苗望雨的眼神，明明是想和自己说话，却又遮遮掩掩。他内心也无不挣扎，说到底还是过不去那道坎。

胶着的状态总是不舒服的，后来的一天，李琅玉问她今儿是什么日子，一谈便谈到了年末，再过不久便是元旦，家里也该准备年货了，说起一些点心，便有了话匣子，民以食为天，北平人逢面便问一句"吃了吗"，果然是有缘由的。

程翰良越发很少在家，不知在忙什么。李琅玉翻开报纸，一半都是报道东北战事，又看到北平要建立东北大学，希望招来流亡学生，而另一方面，国军资金不足，银行纸币加印，全国各地通货膨胀，最后一百法币连半盒火柴都买不了。

他看着一张张黑白照片，奔逃中的人群在镜头前愁云密布、满脸惨淡，还有破败的房屋和学校，顿时心底茫茫。这座生他养他的城市，会不会有一天再次遭到波难？他想到这里，生出无尽可怜与悲悯，为那段回不去的日子。

谁不愿岁月静好，谁不愿举世平安？可美好之事毕竟少有，人生还是有一半浸没在黑暗里。

日子匆匆走着，寒冷的冬夜里，李琅玉被冷意惊醒，他趿着拖鞋走到窗边，拉开墨绿布帘，才发觉下雪了——北平的第一场雪。他将窗户打开，呼呼的狂风斩过来，雪屑子飘到他的手中，很快消失不见，仿佛融入了皮肤。庭院的石地板上渐渐转成柳絮白，昏黄的路灯一直照到街的尽头，最后凝聚成一个小小的光点。"望故乡，去路遥"，他立于大雪纷飞面前，突然想起这句唱词，终于知道为何人人都说《夜奔》难唱，不是不会，是怕唱。

李琅玉旋开房门，打算找点水喝，还未下楼，便看见程翰良坐在大厅中央，对面坐着位老先生，瘦削的身形裹在黑色长袍里，帽子也不摘下。两人说话声音不高，老先生大概五十多岁。

"中将年轻有为，是个明白人，定局即成，大势在望，为民为理都是你我应该成全的。"说罢，他从怀里掏出一个纸包的物体，程翰良打开一看，不由笑了，道："你们一向自诩清白廉义，怎么也干起讨好人的事了？"那是把匕首，护套上爬满黑漆漆的斑斑锈迹，刀刃已经钝地割不开纸，做工实在简陋。

"这么个破铜烂铁，居然被你们翻到了。"

老先生附和笑道："中国人都念旧，昔日宣帝刘洵召百官寻剑，到底是故剑情深。中将当初身不由己失了它，怎会没有感情？"

程翰良捧着它，眼中是难得温柔的笑意："我还是孤儿时便带着它，作为防身之用，那时还能刺人杀禽畜，后来不用了，一陪我就陪了二十年，十年前身无分文，把它当了换了个骨灰盒，还以为再也见不到了。"

"现在不是回来了？"

"是啊，回来了……"他扬起嘴角叹息道，"故剑情深，没有一天不在想它。"他说完这句，忽然抬起头看向二楼，正好与低头俯瞰的李琅玉遥遥对视。

这一眼极其平淡、漫长，不过由下至上在微亮中穿梭而行，李琅玉却因这一眼，慌了。好像是秤砣坠在水里，一圈圈波纹激得人心动摇。他被动地后退一步，躲在棕木墙柱后面。

程翰良与对方又聊了些其他，声音渐渐转小听不大清，后来，老先生做了拜别，程翰良带着他从另一道门出去，老先生走到转角，忽然道："中将你家这盆文竹养得真好。"

文竹摆在门口的小几上，枝杆秀长，一个劲地往上长。程翰良道："砍掉旁枝横干，除了顶上那条路，它也没其他路可走了。"

李琅玉趁他们出去时摸回了房。不久过后，卧室房门被轻轻推开，程翰良从外面进来，大衣上有雪化后的水迹。李琅玉侧卧在床上，背对他，佯装入睡。程翰良走过去，坐了小会儿。

李琅玉肩头一抖，程翰良在他颈后低声说："别动，我只想同你说几句话。"他看不到李琅玉的脸，只有柔软的头发盖住一小截脖子，十分平贴。

"你小时候的样子我到现在还记得一二，那年初次相见就觉得这真是个无忧无虑的小少爷，师娘疼你得紧，其他人也宠你。回来之前，周怀景让我不要冷冰冰的，其实我这人最怕小孩子。你让我抱你去捡树上风筝，那是我第一次抱小孩，当时我真挺紧张，手心里都是汗，生怕抱不好把你给摔了。

"时间过得真快，一晃眼这么多年就过去了。"他虚叹道，"我这段日子常常觉得你回来了这事不真实，以为是场梦，怕睡醒过后你就不在了。"

"下周冯家请客，想为广州的事道谢，你想要点什么，我替你拿来？"

李琅玉不作声，这让程翰良继续道："我知晓你怪我，其实你不用担心，你想要的都会有。你小时候还挺爱哭，你一哭，便是星星月亮，我都会想办法与你寻来。"

仿佛很多年前的一场风从心底释放出来，他看到一片广袤森林，深邃的不是绿色，是归乡的气息。程翰良就这样看着他，如山中岁月，安静祥和。

"睡吧。"过了很久，他缓声叹道，留下大衣盖在被子上，走出那扇门。李琅玉回头望去，已经看不到他的背影。

屋外风雪不止，不过一夜时间，北平发白。

章十二

　　年末时分，家家户户陆续忙碌起来，程公馆的下人也不闲着，整日里里外外大扫除，虽然外面时有风雪，但一点也不影响除旧迎新的年味。程兰对李琅玉说，她房里的阿静来程家也有七八年了，如今人家姑娘岁数渐长，她不想耽误别人，便放她回了老家。只是人一走，这个空缺就得补上。

　　李琅玉想了想，道："那就拟个告示，招个人来。"最近北平外来人群渐多，程家丫头这个职位倒是个香饽饽。两人商定好后很快写了份招聘书，年轻会做事，手脚麻利，身无病疾，其他倒没什么特别强调的。他们让张管家送到报社刊在日报上，不消几天，便有一堆人来报名。程兰是没想到会有这么多人，一个个排下去，过了初七估计都忙不完。

　　正好这天，李琅玉与程兰面人时，程翰良也在家，便顺道坐在旁边帮忙参考下。接连几个都不是很满意，有些说话不利索，有些带了弟弟妹妹，想一同应招，还有的则是口音太重，难以听清。一晃眼整个上午就过去了，都没什么心仪人选。临到中午，张管家将最后一个召进来。

　　那是个年纪挺轻的小姑娘，个头不高，穿着红色大花袄，留着齐刘海。

　　"你叫什么名字？"

　　"回小姐，我叫月巧，月亮的月，心灵手巧的巧。"声音清脆如铃。

　　程兰觉得眼缘不错，又问了其他，小姑娘生得机灵，一一俱答。到了最后，程兰征询李琅玉和程翰良的意见，瞧样子是差不多了。程翰良随她，并不打算插手，李琅玉也没什么可问的，既是程兰房里的人，便该由她做主。

那月巧眨着一对圆咕噜的杏眼，视线在李琅玉和程兰身上来回扫动，李琅玉觉察后，稍有不快道："你看什么？"

她腼腆笑了笑，眼睛里颇有神气："我刚刚发现，姑爷和小姐有夫妻相！"她说得很是愉悦，这是句巧话，在她老家，媒人撮合痴男怨女时，常常将这句挂在嘴上，还能讨着几个结缘钱。她从下面来到北平，可不要把嘴放乖点。

李琅玉眉头轻蹙，便听程翰良问道："那你说说，哪儿像？"

"嗯……眼睛、嘴巴，还有脸型。"

程翰良听完后，端详他，良久笑道："是挺像的。"

程兰掩着嘴笑，李琅玉却不乐意，一板一眼道："既是住在一个屋檐下，生活习惯和饮食相同，面容自然趋向相似。"

月巧一听，被打击似的泄了先前得意。程翰良望着他，语气悠闲道："人家开个玩笑而已，何必较真。"李琅玉微微张嘴，却是无言反驳。

张管家将外套递过来，下午冯家请客，马上就到时间了，程翰良起了身，看着月巧道："小丫头年纪轻轻，能说会道固然是好事，只是锋芒太露不好，机灵劲收着点，真要聪明也不急于这一时。"

月巧羞红了面庞，埋着头不敢再开口。程兰见状，和善地将她召到跟前："他们男人说话都不好听，你这样挺好。"

李琅玉也无法子，给了她第一个月的工钱："阿静正月十六离开，你正月十三来就行，这些钱拿去买点穿的吃的。"

小姑娘瞬间被哄得喜笑颜开。

冯尚元在家里设宴，一桌的活色生香着实花费不少，鱼虾齐聚，海陆生辉，私藏好酒也大大方方摆了上来，儿子冯乾老实地坐在下座，一句话不敢乱说，想是来前得了教训。

同桌的还有一些北平商人和官员，被邀着来陪酒，冯尚元见程翰良只身前来，便问了句，李琅玉为何不在，广州一事也有他的一份帮忙。程翰良只说，身体不好，便不让他出门。

一桌人，说的无非就是那些客套话，翻来覆去溜须拍马，最后化成醉人的白酒。北平艺展再过几个月便要开始了，冯尚元最近人逢喜事，拿到了艺展大观园的头区特邀。旁人问他，冯班主打算这次唱什么戏，他红光满面，神秘道暂不可说，只不过人选没定，想从外班借几个来。

众人把酒祝言，冯尚元喜上眉梢，对饮完后转向沉默已久的程翰良道："这次到底是麻烦四爷了，犬子顽劣，惹了这么大事，多亏您出手搭救。"

程翰良淡淡举杯，算是回应。冯尚元瞧出一些敷衍，遂道："这些菜简陋了点，四爷莫要嫌弃，我近年收集了不少古玩字画，都是真品，您若是想要点什么，尽管开口。"

程翰良将酒盅轻轻置在桌上，抬眼道："古董这些我也不缺，每年都有大把人送我，看多了。只不过，有样东西确实想从冯班主你这里讨来，就看你肯不肯卖我这个面子了。"

"是什么？"冯尚元正襟危坐，也有点好奇。程翰良看着他，眼底深不可测，越发意味深长，他笑了笑，竟有种无端的瘆意。

李琅玉出去走了一遭，正巧听到街坊在说北平艺展的事情。从民国初年到现在，除去打仗的那段时间，这艺展是一年一度，定在春中，在北平可谓是个大事。见过了大刀大炮、硝烟散弹，不论输赢，最后还是太平盛世好，老百姓向往的也不过是那点小桥流水，无论这世道怎么变，总有人心不死，总有精神长绵。

李琅玉听到讨论焦点是冯尚元，拿了特邀名额当真叫同行艳羡。他买了几卷鞭炮，没多待，平静地走出店门。

你看，你越不喜欢、越憎恶的人就是过得如鱼得水、有滋有味，磕得头破血流的人却往往在苦苦求生。这没什么道理。

李琅玉回去时，大家都各自回了房，他走上二楼，发现自己卧室门开了个小缝，进屋后看到程翰良，坐在书桌前看梁启超的文集。

　　"你来干什么？"李琅玉走了过去，闻到一股很重的酒味。

　　程翰良将书往桌上一扔，懒懒地冲他笑了，黑亮的眼珠里都在淌着温暖的情谊。李琅玉把书放回架子上，听到身后言："今天你还好没去，那几个老家伙都没意思，吃得怪闷的。"

　　李琅玉微微侧头，发现他脸上有酒精上头的红晕，人是副慵懒样子。他怡然优哉地占了房，也没有要走的意思。

　　李琅玉径直来到床边，将被子展开抖了抖，空气里有呼啦呼啦的声音。程翰良就在他身后静静观察。他也知道自己今日喝多了，但不觉疲乏。

　　程翰良起身，挪开步子坐在床边，刚刚将平的被单打起几个浪堆纹痕。

　　"现在想想，还是广州那阵子好。" 程翰良自顾自说着，一捧灯光投射下来的微黄洒在眼中，"虽然那时候咱俩半真半假，各怀心思，但逢场作戏也挺好的。"

　　比现在好。

　　李琅玉凉凉道："那你欠我的呢，欠我家的呢，你怎么还？"

　　"我一直在还。"程翰良认真道。

　　"我曾问你，你有没有过后悔，是你说的，没有！"

　　程翰良盯着他，喉结颤动，在酝酿着什么。他咬紧牙齿，眼中进出烁亮的光："琅玉，过河的人不止你一个。你不该这么活。"

　　李琅玉吸了一口冷气，眼底浮出湿润，用被绳索勒紧的声音道："你明知、明知……我少时除了爸妈和阿姐，便是与你最亲，虽无兄弟，却视你为长兄，可最后却是你……为什么是你……"

　　为什么是他？他当初也这样问过傅平徽。得到了答案，便只能义无反顾走下去。

李琅玉肩膀一耸一耸低了下去，渐渐控制不住哽咽。程翰良身体前倾，想要安抚他，盖住那续续不断的抽气声，李琅玉却抓着他的手腕狠狠咬了下去，咬得鲜血外流，程翰良也只是蹙着眉，任由他。微咸的液体流进李琅玉嘴中，仿佛对方在与他交换一个残忍的承诺，需要以命去赌。

"是我的错，都是我的错。"

程翰良不断重复着，乞求似的，眼中竟也跟着湿润起来，李琅玉嘴角边都是血，十年的时间成了枷锁，加诸他们身上，越陷越深。

"公无渡河，公竟渡河。渡河而死，其奈公何。"

梁任公称这句为古今悲痛之最。而现在，程翰良在李琅玉面前念起这首诗，在长长的、绝望的、永无止境的、需要不断等待的黑夜里……

冬日里的白天明显缩短不少，时间被割去一大截，仿佛生命也开始老化。李琅玉走在院子中，枯枝杈上不时有雪落下，花圃被白色掩埋。他静驻了会儿，忽而听到噼里啪啦声，从门外传来，几个红色鞭炮片儿蹦到院子中。是除夕，他将将意识到。

许妈他们天还没亮便起来，然后一头钻进厨房里，他去转了转，锅里炒着长寿面，有油爆的葱香味，许妈问他是否爱吃炒面里的锅巴，一个极简单的问题，他竟半天不知如何回答，最后匆忙离开。他不属于这，也感受不到过年气氛。

李琅玉搓了搓手，哈出一口热气，雾白色飘进雪里，他推开程家大门，道路上已经铺满层层红屑，硫黄的气息沉甸甸压在鼻腔中，李琅玉不做停留便只身出门，朝白静秋家走去。

白静秋独自一人，饶是除夕也没准备什么，煮了碗面便算应付，她坐在油腻熏黄的木桌前，用筷子搅拌着面水。李琅玉在这个时候走了进来。他提着大小包年货，脸上是调整好后的喜悦，与其狼吃馍头待在程家过年，还不如回到这来。可白静秋见了他，倏地一愣，神情暮然垮了

121

下来，她转过身去给李琅玉倒了杯水，背着他道："今儿怎么回来了，不是应该在学校吗？"

李琅玉当她忘了日子，笑说："今天是除夕啊，学校早放假了。"他将新买的瓜子倒进铁罐里，还有一袋芝麻糖，拿了几个出来，和年糕摆在一起。

白静秋抿着唇，素净温和的脸孔微微扭曲，细声问他："教书的活可还顺利？"

"除了作业多点，倒也没什么，学生们都挺乖的。"

"那同事呢？"

"挺好的，教导主任是位六十岁的老先生，周末还邀我去他家吃饭，同办公室的一个朋友最近添了个儿子，看过照片，是个大胖小子，另外还新来了位姑娘，比我小一岁……"

"琅玉。"白静秋握紧杯柄，指甲挣出一片白，她打断他的侃侃而谈，缓缓转身，眼中眸子暗黄，"程翰良来过了。"这一句静悄悄地砸下来，李琅玉浑身僵直作冷。他慢腾腾站起来，对上白静秋的目光，灼热难挡。该说什么，该如何解释。他张了张嘴，像个吞下刀片的哑巴，最终无话可说。

"欸，姑爷怎么还不回来？"阿静扒在门口，左望右望，桌上摆满各式各样的好菜，程翰良面无表情一言不发，程兰蹙着眉头，抿紧嘴巴。

"这都快八点了，天也黑了。"张管家摇摇头，似是埋怨，李琅玉的事情他多少有了听闻，不管如何，大过年的冷落一桌子人，也实在任性，怎么也得顾下程兰的面子。程兰为难地说："你们先吃吧，我再等等。"

"不用了！"程翰良开口道，"阿静，把大门给我关上，其他人都到桌子这来，该吃的吃，该喝的喝，用不着等他。"疾言厉色，众人只得乖乖听从，程翰良没有动筷，起了身，把张管家叫了出去。

"四爷你莫生气，这儿子到底比女儿犟点，让他听话不是那么容易的。"张管家遵从要求将车子发动起来。程翰良阴郁着脸，最后无可奈何叹了口气，催促着赶快上路。

李琅玉跪在厅堂中央，抬头是父母的牌位，白静秋拿着一根脱毛的掸子打在他背上。她气啊，满心满肺的气啊，她好不容易把这个孩子拉扯大，让他上好的学校，去国外留学，图的不就是他能出人头地，安安稳稳过活。可他偏去招惹那些不该招的，还苦苦瞒她骗她，真当自己命不重要！

"我早就告诉你，不要去报仇，你怎么就偏偏不听，程翰良是什么人，是什么地位，你去不就是以卵击石！"

"可我也不能这么白白受着！"李琅玉愤愤回道。

"你还顶嘴！"白静秋狠狠落下一棍，"你读了这么多书，修身立本看不到，就悟出这些东西来！我养你到现在，难道就是为了看你去送命！

"你倒是出息了，若不是他告诉我，我是万万没想到你竟琢磨出入赘这法子，还一直骗我，说什么学校教书，编得滴水不漏！"她一棍接一棍地打他，整个手臂都在抖，苍白得如同干枯骸骨。她费了多少力和心血，这孩子竟全然不顾。这叫她怎么不伤心！怎么不难过！

"你知不知错！你说啊！"

李琅玉强忍着不发一声，牌位上的名字仿佛长了眼睛，一个个在看着他，他一点点伏了下去，眼中流出泪来。

白静秋将掸子扔掉，整个人徘徊在悲痛边缘，她弯下腰，捂着嘴巴发出呜呜声，最后颤抖地伸出手，将李琅玉抱在怀里。相依为命这么多年，就算他犯了错，她还是于心不忍。

"你怎生得这么糊涂，以为活着就那么容易吗！"她喉咙发紧，声

123

音都起了毛。

李琅玉贴着她的肩头，吸了几口气，脸上湿痕未干："白姨，我知道你是为我好。可这天底下没有哪个子女会不在意父母被他人害死，而自己却心安理得地活下去。"

"那是你尚未为人父母，但凡父母，都希望子女平安为大，平常是福，你这是在往火坑里跳啊。"

"我若不跳，这一生也会煎熬，那样的话又有什么区别？"

只有两条路，唯一的区别是其中一条更痛苦。迟早要做出选择，倒不如干干脆脆来个爽快。

李琅玉收紧呼吸，目光略向上望，变得迟钝缓慢，他在接连响起的爆竹声中，好像失了聪似的什么都听不到。夜空里绽起烟花，五颜六色，透过蒙灰的玻璃小窗看过去，有种凄艳的苍凉，全部坠落在除夕的北平中。

张管家将车开了一圈，雪地里撒了爆竹纸，红白交错一片狼藉。他眼睛绷得不敢眨一下，想他年岁渐大，视力也没以前好了，现在还得干找人的活，那浑小子可真是让人折腾。

他开到北街外二道，正好瞧见一个颀长身影在灯下彳亍而行，得，还能是谁，不就是那位让四爷打也不是、骂也不是、疼也不是、气也不是，最后连年夜饭都没吃就出来找人的程姑爷吗？看来他老眼还不至于昏花。

李琅玉沿着墙壁往回走，脚步时快时慢，眉头轻蹙心里盘着事，这时，一束车灯打了过来，然后响起车鸣。他回头望去，就见张管家笑着说："姑爷，天冷就别一个人赶路了，这是要上梁山呢还是回五行山？"别看老张这人平时端着个笑容可掬的福相脸，实际上四川人的辣劲一上来，他就是个老油条真貔貅，三句话呛得你喉管疼。

车子开了一边门，程翰良坐在里面，不冷不热道："进来。"李琅

124

玉皱着眉似在做心理斗争，斗到最后，还是理智占了上风。他上了车。

车子徐徐而行，张管家晃着脑袋在哼民歌小调，声音不大。李琅玉靠在车椅上，冷淡开口："你去找白姨了？"程翰良"嗯"了一声："见见故人。"

李琅玉胸中起伏一阵，道："你为什么要把我的事告诉她？"话一出口，他顿时觉得这个问题很蠢，很多余。程翰良侧头道："她总该知道的，你瞒不了多久。"不过是早晚的问题。

李琅玉干脆别过脑袋，只看窗外，任是心有怨怼也不说一字。他现在不像开始那样时常被激怒，只不过变成了一潭死水、一口枯井，冬天一到，就无比地坚硬冰冷。

进入程家大门，程翰良率先走了出去，李琅玉还坐在上面，想是故意错开。张管家把小调哼完了，从后视镜里看到那个倔强的年轻人，慢悠悠点了根烟对他道："你和四爷之间的事我大概也知道一些，说实在的，你们这些新青年总是分外执着事情真相，对与错分得跟楚河汉界一样，要我说哪有那么多真假是非，我老张虽然眼睛不如你好，但看的东西比你多，人呐，要先学会低头，才有机会抬头。"

他把两边车门都打开，走到李琅玉面前挂着一脸晒笑道："五行山到了，姑爷请回吧。心放宽点，再等等说不定唐三藏就来了。"李琅玉略略看了他一眼，然后从另一边车门走了出去。

卧室里没有开灯，李琅玉摸着黑找到电闸，灯一亮刺得眼睛睁不开，他来到床边，随手翻开被子，有什么滚了一骨碌落在地上，发出铮铮的声音。

顶亮的吊灯下，银光熠熠。他低头一看，是那杆红缨银枪。

章十三

　　初七一过，街上走动的人渐渐多了，小商铺重新开门，城外寺院办起庙会，引去不少老人小孩，天桥处来了几位艺人，仿着当年北平的"天桥八怪"，说学逗唱，倒也兴起了一阵小热潮。随着政权更迭，许多民间艺人纷纷消失不见，天桥也不似以前热闹，当年云里飞唱滑稽二黄，大金牙手拉洋片，焦德海说单口相声，另有大兵黄骂街售药糖，拐子顶砖，赛活驴，现在也只是沦为北平老人口中的闲话家常，一开头便是一句"想当年"，如何如何。

　　不过，这不是最热闹的，最热闹的还得当属元宵，那才是处处悬灯结彩。

　　正月的头几天，李琅玉没有出门，他每日最常做的便是擦洗那根红缨银枪，枪上有隐约的墨色细痕，当初未及时拭去便留下了，这是他小时候的"杰作"，那会儿正是男孩子长个时期，他隔半月就比一次，用毛笔在枪身上面标下小横线，一道一道，时间一久便擦不掉了。

　　枪身已经老旧，缨穗稀稀疏疏，还掉色，这让它看起来像一个备受岁月折磨的人，从青春焕发到日薄西山，中间的苦难道不尽、说不出，可是稍稍想想就会掉下泪来。李琅玉想，它该是多可怜，孤零零落在外面，如今总算回来了，如同历经十三载终于归汉的张骞。他将它握在手心里，冰冷的金属不自觉产生了一丝暖意，仿佛有双手在回握着他，苍老有力，他甚至都能感觉到其中的掌纹脉络，长满老茧的皮肤，还有修长的指骨，这双无形的手让他无比安心，似乎在告诉他，风雪夜归人，一切都能回来。

听张管家说，当日程翰良借着酒醉跟冯尚元讨来这根银枪，对方相当不快，然而又不好发作，便忍了气吞了声。李琅玉对此没有回应什么，倒是张管家笑着问他，大圣爷，这金箍棒还你了，还闹不？

可是一根金箍棒也换不回五百年被压之苦。李琅玉冷着脸不再理睬。得，还是这往死里犟的臭猴性，哪天真得给套个紧箍咒。张管家啐出一口瓜子皮，再次哼起了四川小调。

月巧在正月十三这天来到程家，跟着阿静熟悉四周，她之前听闻程家姑爷是入赘过来的，不免多在意了点，程四爷和李琅玉站在院子中，似乎在谈着什么。

"元宵那天和兰兰一起出去看看吧，你应该很久没看过了。"

他确实是很长时间没见过北平的元宵节，走一走也好。程兰上次跟他提及的旗袍已经定做好了，她本来想亲自去探望下徐桂英，被李琅玉以其理理由推托了，那徐妇人估计此刻早就离开了北平。旗袍大小是按白静秋的标准给的，布料质感很好，李琅玉择了一个时间捎给白静秋，没有多待，心里仍然揣着愧疚。

而这一转眼，日子便走到了正月十五。程兰走在外面很是愉悦，李琅玉被她拉着，勉强打起精神。程翰良让他俩早点回来，傍晚很有可能要下雪。北平的整条街都挂满了红灯笼，一些老字号招牌店精心挑了牛角灯或纱灯悬上，小孩子喜欢围在灯下，看上面描绘的彩图故事。拨浪鼓和面具是卖得最多的，饽饽铺和茶汤铺在摇元宵，李琅玉在南方时曾过过几次正月十五，也是在那会才知道汤圆馅竟然有咸的，包着菜肉。豆沙和芝麻稍显甜腻，程兰买了碗山楂馅，粉白面筋团子上点了梅花图案，瞧上去模样可爱。

李琅玉起初只是走马观花看看，后来不免慢下脚步，还是回来好，什么都是原汁原味，被市井的吆喝声所感染，他也觉得心境慢慢明畅。从饽饽铺里走出来时，有人喊他名字，李琅玉回头望去，发现是贺怀川。他拿着一袋纸装板栗，未走近便闻到里面的油爆香味。李琅玉不由露出笑脸，他向程兰介绍贺怀川，旧日朋友，海外学医，十月左右回的国。三人去了间茶馆，坐下来谈南论北。

贺怀川生得斯文，穿着考究，应该是刚从学校里出来。大概常年与病症打交道，又听说程大小姐身体不好，便不由多问了点："程小姐平日吃的是哪些药？"

"都是中药，医生说得慢慢调，有时天气不好，也会严重。"

贺怀川敛着眼睑，眉宇微皱，但也没往下说。李琅玉对程兰道："他学的是西医，平日与他聊天也没见他对中医有好感。"

贺怀川忙解释道："这你就冤枉我了。我外公是中医，我爸也是中医，只不过到我这里，中途改道，到现在我都没少被他们骂。"他说，学中医时常常觉得很多知识得不到解释，缺乏理论支撑的后果就是虚无缥缈站不住脚，何况最终还要用到人身上，这对生命实在不尊重。改学西医心里会踏实很多。

李琅玉道："其实国人到现在都不相信西医，与其说这是医学之争，倒不如说是政治之争、利益之争。"

程兰有些好奇，问他支持哪种。李琅玉称是西医，后又补了句，梁启超也推崇西医。贺怀川舒朗一笑："程小姐，他最喜欢的便是梁任公，这问题你问他没用。"

程兰仔细想了想："其实中医并非全无道理，纵然它不是科学，但却是经验技术，就像夸父追日。"她打了个比方，让李琅玉他们有些不解："中医治人，其实是一个人定胜天的过程，科学是死的，人是活的，路是通的，经验技术总会接近科学，甚至会孕育出更多可能。能留下来的东西都是一种信仰传承，就像梁任公被割错肾后还在为西医辩解，为的就是让人相信，我不能因为我的病没有治好，就去怀疑

128

中医。"

贺怀川觉得有点意思，他家里人平日说起这个问题，无非就是"数典忘宗""崇洋媚外"这几个词，听多了，反而愈加抵触。李琅玉也突然记起来，程兰似乎学的是文史哲那一类。

三人坐到下午，程兰突然提出想让李琅玉陪她去那船上看看，湖上有几艘小木舟，专为元宵这天准备的，听说将愿望写在纸上，再放进塑料河灯里，送到水中央便能实现。李琅玉兴致不大，他想问一下前不久拜托贺怀川打听的事情，便让程兰自己先去。

贺怀川从腰兜里掏出一些单子，都是冯家在各地的货检记录，一比对，发现数目虽然相同，但前后重量都不吻合，想来中途有易货的可能性，若是要查，还得去冯家。

贺怀川见他满脸严肃，于是道："今日见你发现跟往日有很大不同，是在程家出什么事了吗？"

"没有，只是有点小变更，不打紧。"

贺怀川微微锁眉："虽然我知你是为报仇，也能理解，但这程家也不像你所说的那般可恶，还有，程小姐也不是……"

"我知道！"李琅玉突然打断他，似乎被戳到什么，脸上现出气闷情绪。他前段时间刚被白静秋责骂，如今又被好友质疑，觉得所有人都倒戈相向。贺怀川中止谈话，不再继续，有些事情往往是当局者迷，旁观者清。他不打算插手，也帮不上什么。

两人出了茶馆，准备去湖边，忽而瞧见前面围了一堆人，人潮都往一个方向涌，还听到敲锣的在嚷："落水了！落水了！有人落水了！"

"是个女的！"

"好像是程家小姐！"

"救人啦！"

……

李琅玉心一惊，朝湖中央望过去，果然瞧见了人影，的的确确是程兰，双手扑腾着想要浮上来，大冬天里湖水冰凉，划桨的船夫将木桨递过去够她，捣饬了半天也没成功。

"快点来几个人啊！"

李琅玉原本想过去，可迈了几步，一个恶念突然钻了出来——程兰万一没救成功会怎样，万一直接死在这湖里又会怎样，她若死了，那程翰良是不是也会不好过，是不是也能体会到他当初的心情？这是不是算报应？

不过这么短短的一瞬，他停下了原本前进的步伐，心里沉甸甸的，像在与一条毒蛇对视，他动弹不得，久而久之，他变成了那条吐着信子的冷血动物。

几个身体强壮的男人跳到了湖里，贺怀川也是大惊失色，拽着李琅玉朝前，却突然发现对方不为所动。"你怎么了，程小姐落水了！"他提高嗓音，以为对方吓蒙了。

李琅玉双目由惊惶转为闪躲，再到冷酷，他煞白着脸，握紧拳头，胸口堵得发慌。人潮声音愈来愈嘈杂，这为他的恶念找到了一个良好躲藏点。他不知道冷汗已经漫到整个后背，他只是退了一步，然后，一发不可收拾。

落荒而逃。

"李琅玉！李琅玉！你给我回来！"贺怀川在他身后怒喊道，可他什么都听不到。

日头渐渐落下，东大街的吆喝声穿过零零落落的收摊小铺，李琅玉贴着石墙，身子一点点蹲了下去，他气喘吁吁，他慌不择路，如同断粮的马骡直往悬崖上逼。他不敢回望。几个路人陆续过来问他怎么了，他抬头，黄昏的冷风削得他脸庞苍白。

离湖边有很长一段距离了，程兰的声音却隐约在耳边响起。李琅玉感觉胃里一阵翻腾，胸闷得干呕出酸水，两条腿像被砌了道水泥，黏在地上，动弹不得。

风刮得厉害，他下意识裹紧围巾，一种熟悉感让他低头——是程兰给他织的那条，出门时帮他套上的。李琅玉捏着围巾边缘，久久怔在原地。

他到底在干什么，他现在成了什么样子，这段时间他较劲摆脸，看不顺一切，认为所有人都欠了他，活该被他冷眼相待。可自始至终，只有他一个人在可怜地钩心斗角，与自己。

程兰待他是很好的，而他欺她、瞒她，从一开始就骗她，他就是个卑鄙可怜的懦夫，是个费尽心机的骗子。如果程兰真的救不回来，那会怎样，李琅玉突然全身发冷，阴森森的恐怖感盘旋在心头，比之前以往更甚。

那是活生生的一条人命！

"男子汉大丈夫，在卫家卫国之前，先学会保护女人。"他幼时曾因一件小事把他阿姐气哭过，傅平徽罚他站了一下午墙角，如是训诫道，直到他老老实实认错。如贺怀川所说，报仇是一码事，可程兰是无辜的。他万不该在这时候退了那一步。

李琅玉撑起身子，敛了敛呼吸，徐徐往回走，渐渐地，脚步加快，他跑起来，丢掉全身负重，在北平大街上，在呼啸而过的大风里，他寻回原路。

湖边人群已经稀少，李琅玉扑红着脸，随手抓了个路人问："刚刚落水的人呢！有没有救起来！"

"有个先生自称是医生，把她带走了。"那应该是贺怀川。李琅玉呼出一口气，但并不觉得轻松，他感到一种深切的挫败感在嘲笑自己。

天色暗了下去，他只身回到程公馆，一路忐忑不安，直到他迈进大厅正门，行色匆匆的下人在各个房间奔走着，而程翰良，就站在正前方，他缓缓转过身来，用一双威严冷酷的眼睛看向李琅玉，看得他无处遁形、脊骨刺痛。

"她……"

"去跪。"简简单单两个字，像钟鼎一样压了过来。他原本想询问程兰状况，但程翰良不给他任何机会。所有人都目睹了他的胆怯，临阵脱逃的人什么都不是。

北平大雪从午夜时分开始，李琅玉跪在院子中央，一夜未睡，饥肠辘辘，起初还能撑得下去，到后来寒意从四面八方密密麻麻扑上来，他冻得嘴不住地哈气，来回搓动大臂。

程公馆灯火通明，所有人来来回回忙个不停，却没有一个人敢往他这里观望，只有中途某次，月巧偷偷出来塞了点吃的给他，李琅玉急忙问她程兰怎么样了，听闻烧退了才放下心来。他于心有愧，纵然是程翰良罚他，也心甘情愿。临到早上，雪停了，太阳从云后探出头来。几个下人将李琅玉扶起来，他刚起身，便因长久的膝盖弯曲一下子倒在地上，整个人使不出一点力气。

家庭医生来过两次，一次为程兰，一次为他。李琅玉缩进被窝里，吃了药，敷了热水，脸上现出血色，人们进进出出，木板地嗒嗒作响，李琅玉却浑然不觉这些嘈杂的动静，他只记得回来时的那一幕，程翰良双唇翕动，声音如冰冷的石块，他说："弃女人而不顾，我不喜欢没有担当的懦夫。"

张管家将李琅玉状况一五一十告诉给程翰良，纵然兔崽子心气太傲、不识大体，但他也觉得这次惩罚有些厉害了，于是稍稍多说了句求情话。程翰良目不转睛盯着门口那盆文竹，几日不修剪，就开始肆无忌惮长出旁枝乱叶，苗子虽好却少管教。

"老张。"程翰良打断张管家的絮叨，伸手指了指，"新来的丫头尚未教好，这剪枝的活还是由你来负责。"他从位子上坐起，神情忽地有一瞬间停顿，但也只是仅仅几秒，便径直走上楼去。张管家皱着眉，摇摇头叹了口气。

夜深人静时分，程翰良随意披了件单薄外套，来到李琅玉房间。床上的身影已经完全蜷缩在被褥里，隐约能看到畏寒颤抖的样子，桌上摆有一瓶热水，程翰良倒了满满一盆，将湿毛巾沾了沾，拧干后敷在李琅玉额头上，然后将袖炉放在被窝里。

李琅玉鼻息微动，胡乱抓着去寻热源，被子也翻了一个角，冷意趁机钻进胸口，激得他缩紧脖子，跟刚出生的小羊崽一样，很瘦弱，很可怜。程翰良见他仍然冷得厉害，便学着医馆的古法，替他揉搓四肢。李琅玉闷哼了几声，他不想冻死在这，只希望有人能救他出去，程翰良也这么照做了，他抓住对方的手，放在嘴边不停哈气，因以前从未干过这类事，眼下显露出少有的笨拙。

都说怀璧其罪，他明知床上的人恨他，但偏偏想把对方安顿在自己身边，年长一岁，那便能教他少吃一年的苦，年长十二岁，便能替他多走十二年的路，如此，他宁愿当这个罪人。

李琅玉明显暖和下来，他又一次梦到小时候的落水困境，怎么游都游不出水面，身体思维完全回到当初，脸上现出热汗与焦急。他在梦里怕极了，真觉得自己会死掉，张了张嘴，握紧程翰良手臂，费尽好大力气道出黏糊不清的一句："救我，救我，程四哥……"

这一声喊出来，直直抽走了程翰良的半个灵魂，他怔在那里，久久不动，全身浮出汗来。

十年一别，难ం故人情。这孩子，真的是他的劫！他要什么，通通都给他！有些暂时不能给，但最终都会还给他。

"琅玉……"他含着微哑的声音唤道，终于让对方从梦里醒过来。

李琅玉看清面前人后，一个激灵僵直了身躯，又恢复成平常的戒备之态。程翰良见状一愣，也清醒了，问他："醒了？知道错了？"

李琅玉心神未定，突然意识到自己的手仍然紧紧抓着程翰良，于是像触火般立刻松开，他微微往后靠，然后无意摸到身下袖炉，有瞬间错愕，但也只是瞬间。"虚情假意。"他缓缓移开视线，冷声道出这四个字，心底里却涌起无端的焦躁。

程翰良也不怒，没有与他针锋相对，取了桌上烛台打算离去。而这一转身，直接让李琅玉那股焦躁奔涌出来。"你会后悔的！"他盯着对方背影急急喊道，"总有一天，我会让你付出代价！"

他下了这狠话，说得决绝、不可挽回，那么，他此刻应是全然愤恨的，但这愤恨却并不尽是起于旧日家仇。

程翰良只是顿住，没有回头。

"是，是我害你家破人亡，是我让你举目无亲。"

他吹灭手中烛火，自嘲笑笑，没有回头。

"别说这辈子，便是下辈子，下下这辈子，我这条命都是你的。"

他心甘情愿。

窗外雪絮满天，大门"吱呀"一声被推开，涩涩的木头味在风里刚转了个弯儿就匆匆被掐断。门关了，程翰良走了出去。李琅玉坐在床上，呆呆地望着他离去的地方，将那只袖炉紧紧抱在怀里。

还是热的，但他又冷了。自始至终，他没有等到回头。

三月初，国军失利，一高级将领因兵溃而自杀，这事传到各地后，人们对国民政府的态度一度消极，乔司令等人对此事十分关注，程翰良也在这个时候出了北平。一走，便是两周。

李琅玉在家恢复了一阵，经家庭医生检查后没有大碍，尽管如此，每日还是药养着。他这次倒没有上回那样消沉，只是晚上有点失眠，睡得浅，稍稍风吹草动便会醒，有时好不容易睡着，就做起梦来。若是寻常的梦也好，可偏偏梦的是那天晚上，一幕幕倒回来，时间仿佛停滞在那个时刻。而且，这梦的开头也奇怪，每次都是程翰良拉住他想说点什么，而他在梦里一意孤行，最后演变成僵局，他明知是梦，却像被鬼压床一样醒不过来。等到清晨，后背大汗淋漓。

李琅玉有时想，那个梦里的自己怎么就不肯冷静下来，还那么愚蠢顽固，甚至他都觉得有点生气，可是他又想到，现实的自己也好不到哪去，而且更糟糕。

这是非常折磨人的。

这天晚上，李琅玉起了床，打算去楼下坐坐，不承想大厅兀自亮了盏落地灯，是程兰，她也睡不着，拿了本书在看。两人都愣了愣，自落水一事后尚未好好相谈过。他弃她跑了，街上的人看到了，程翰良听到了，那她，也应该是知道的。李琅玉微微低头，走了过去。

程兰看的是清少纳言的《枕草子》，文字天真愉悦，正好适合长夜。她并没有提及那天的事情，反而说起读的内容来。她说真好，李琅玉回道，是写得很好。

"不，我是说人。"她抚摸着书页，有些感慨，"我最喜欢这句。"她指给李琅玉看——桃花初绽，柳色亦欣欣然可赏。这确是很可爱的一句，李琅玉浮出很浅的笑意。然后，他迟疑稍稍，最终还是绕回元宵。

"那天你为什么要去船上，那些船看样子便是年久未修，许愿这种事也不过是商人弄的噱头，当不成真。"

程兰撇过脸，抿着嘴巴有半会儿，才开口道："其实上次你从广州回来，我便觉得你好像有点变化，每日过得也不如以往开心，瞧着像有什么心事，可是你不愿告诉人，我也就不好过问。元宵那天，我与你出去，也是想让你散散心，至于许愿一事，我当然知道不能当真。"她随意笑了笑，"只不过人总要有个寄托，如果它真能实现愿望，让你顺顺心心，像以前那样，忧啊愁啊别来烦你，那也是好的。"

这一番贴心贴肺之言让李琅玉不由哽住："你……你为什么，要对我好？"根本就不值得。

这话问得奇怪，程兰也觉诧异："我们，不是一家人吗？"

一家人，这三个字让李琅玉蓦地在脑海中勾勒出一幅旧画面，眼底在昏暗中浮出湿润。他别过脑袋，咬着下唇，咬出一片泛开的红。程兰见状，缓缓叹了口气："我知道，你还在为'入赘'一事耿耿于怀，也是，这对于男子来说确实不大体面，周围总会有人谈起这些。可是，我们毕竟是读过书的，这都是陈年之见，结婚嫁娶本就是两个人的事，他人说什么也干系不了什么，我们自己把日子过好，对得起自己就行。"

"不是！不是这样的！"李琅玉急急抢辩道。

"那又是怎样？"

"是……"话头如落下的箱盒盖，戛然而止。是我骗你，欺你，瞒你，诓你，算计你，从未好好对过你。他这段时间常常看不到出路，觉得人生渐渐变得只有碗口大，他困在里面，四面环壁，回过头望去，一无所有。可是他真的找不到路啊。

李琅玉突然捂住胃，一点一点弯下腰去，先是猛烈地咳嗽，再是作呕般想吐。程兰连忙问他怎么了，等他抬起头，脸上全是湿漉漉的一片，眼圈的红色都泛了出来。他抓着她的手，难抑哭腔道："你有没有想过，是我问心有愧呢？"

程兰怔在原地，那双搭在她手臂上的手忽然灼烫起来。前段时间，程翰良总对她说些奇怪的话，她也知道是旁敲侧击，句句都指向李琅玉，可猜想是虚的，她不至于为点胡思乱想就去怀疑一个人。

"说来奇怪，我本是因为溺水而昏迷，但在那段时间里，似乎梦到了许多不曾见过但又很熟悉的景象，我站在火海里，屋子的木梁一根根塌下，觉得甚是惧怕，现在想想仍然心有余悸。"

李琅玉将头埋在她的肘窝里，肩膀仍在颤抖着，程兰看到他顶上的发旋，这莫名激起了女人骨子中的母性，想去照顾他。"琅玉，你若真有心事，不妨说出来，两个人一起想总比一个人好。"

可是这事，他说不出口，也不知从何而提。他摇摇头，在仓皇无措中一遍遍说"对不起"，十遍百遍，这世间最无用的话语，也是世间最无可或缺的话语。

程兰扶着他，最终什么都没说，也没问。沙发上的书还摊开着，里面夹着张摘写。

"春天黎明很美。

夏季夜色迷人。

秋光最是薄暮。

冬景尽在清晨。"

她想，大抵因为这是冬日夜晚，所以才一片狼藉。

若是清晨呢？

若是清晨呢……

又过了几日，许妈念叨着四爷傍晚就回来了，赶巧还有些饺子皮，正好下个整锅给四爷接风。程兰在桌子旁帮忙和肉馅，将饺子捏成小锦鲤状，摆成一圈，十分好看。李琅玉走了过去，默不作声帮着一同忙活，许妈微微诧异，道："姑爷看样子好多了。"

李琅玉半晌才抬眼，神情迷茫，仿佛刚睡醒。

"姑爷和来时那会儿简直判若两人，半年时间话少了许多，也瘦了，便是我这个做下人的，都怕是哪不周到亏待了你。四爷还时不时差点我做些中你胃口的，知道你爱吃甜，汤啊粥啊要我多放点红枣入味。"

李琅玉垂下眼，捏着柔软的面皮折成一道道褶子，淡淡道："劳您上心了。"复又等了一会儿，补了句，"是我性子不好。"整个人都柔和下来。

吃过午饭，月巧前来称外面有人找程四爷，听闻不在后又问是否有位李秘书，她拿不准，便来求问程家姑爷小姐。李琅玉一听，想是广州熟人，便让月巧带客人进来。果然，一逢面，正是那因赌石结缘的万祥翠老板——汪富珏。

且说上次一别后，汪富珏金盆洗手，关了店铺，回家与妻儿常住。这次来北平，一是有件旧物想交给程翰良，二则是带家人来北方看看。他笑说，广州这会儿回了点暖，之前湿冷湿冷的，家家棉被都闷出潮，不晒就起味，这北平果真不一样，没想到还在下雪，可怜衣服带少了，只能到这买几套。

他又道，孩子上高小了，还没到北方来过，这次也是让他图个新鲜，赶巧，他头次碰到下雪，别提有多兴奋，昨日在外玩雪太久，夜里就打了喷嚏。李琅玉含笑附和几句，问需不需要点药，家里正好有。汪富珏只说不用，问："四爷什么时候回来？"

"大概傍晚，是有什么急事吗？"

"确实是件要紧的东西，对四爷来说。"汪富珏从怀里掏出一个红樱桃木小匣子，最上面是镂空工艺，仿古窗格样式，抛了层光，周围用阴刻手法雕着兰花作点缀，另有一对燕子立在窗头，大概是"愿如梁上燕，朝暮来相见"这般寓意。

通常来说，珠玉还得美椟配，做工如此精致的木匣定是为了来装贵重饰物，而有些人会专门给这种定制取个名，诸如"一色春""东仙""天香""小玲珑"。汪富珏将盒子翻过来，露出盒底，刻着"青晴"二字，简简单单。

"四爷让我刻的，刚好那年春光艳丽。"

而不知为何，李琅玉首先想到了"故人归马踏青晴"，他问道："这是用来装什么？"

"那是很久之前，程四爷找我，给了我块白玉，让我仔细雕琢说是送人。等我雕好后他想要个匣子，店里的他看不上，我便专门做了眼下这个，只不过那时他有急事突然走了，这匣子一直留我这里，上次在广州，我被那赌石的事情弄得焦头烂额，也忘了这茬。"

李琅玉一手撑着脸颊，中指轻轻敲打着桌面，他随意问道："那你可知他送给谁？"

"这就不清楚了。"汪富珏想了想，继续道，"不过那玉对四爷确实贵重，他说是当年拜入师门时，他师父送给他的。"

李琅玉神情一僵，瞳孔陡然睁大，再张嘴连舌头都变钝了：

"他……什么时候找你的？"

"六年前吧……对，六年前，农历五月初三，我记得那玉的背后是这日子，他让我特地刻上的。"

农历五月初三，是他生辰。是那块玉，是他扔掉的那块玉，从他父亲手里留下来的那块玉，他扔掉了！李琅玉当场愣住，仿佛有冰雹子噼里啪啦地打在头顶，砸得他格外清醒，清醒到心肝脾肺抽离到身体外面，眼耳鼻口四处分离，他都还能感知一切。

不久，待汪富珏走了，李琅玉独自来到后院，推开门，半晌不动站在门边，大地上是无边的白，老天爷还顽固地在撒盐，瞧着浪费，却无半点心疼，他望着被大雪掩盖的院子，眼神微微涣散，突然，他两步三步冲到雪地里，一捧一捧地将雪挪开，如同移山的愚公。

是，愚公。

雪中寻白玉，无异大海捞针，他也觉得自己疯了、蠢了、痴了，可是手上却没办法停下来。他不是贾宝玉，不期望有丢玉后还能寻回的好运气，他只是个刻舟求剑的白痴。

许妈几个见他扎在雪地里发了疯般徒手掘雪，连连喊道："姑爷你这是干什么啊，还不回去莫要再坏了身子。"他听不到似的仍在继续，许妈招来小叶，想将他拉起却被挣开。

"姑爷，你要是找什么，好歹等这雪化了，现在还下着呢！"

"玉、玉……"他喃喃念道，眼中是被凶狠包含的悲戚，"我一定、一定得找到！"

这遍地的白，他要一一除尽。

真的是疯魔了。

院子里闹成一片，而这时，程翰良从门外回来，听了别人叙述，什么都没说。

李琅玉还在挖着，其余的他一概不知。就在此刻，眼前突然伸过来一只手，厚实有力，掌纹清晰，而躺在掌心里的是一块白色玉佩，兰草图案出尘生辉。李琅玉呆呆地停了下来，时间仿佛有一瞬的静止，他颤动着眼珠，缓缓抬起头，与在雪中撑伞的程翰良两两相望。

雪絮飘飘洒洒，黏在程翰良的黑色风衣上，黏在李琅玉的发丝上，而在那顶黑色大伞下面，什么都化开了。李琅玉望着他，眼中是摇摇晃晃的一洼雪水，贴着冰冷的玉佩，好似那玉跟海螺一样能发出声音，他听着听着，心底彻底安静了。

眼中溢出一抹温热，在这冬日里。

卷四 更结人间未了因

章十四

惊蛰过后没几天，政府下了艺展通知，北平各处纷纷张忙起来，《和平日报》头版也刊登了此事，活动尚未开始，声势造得十分响亮，只要你去屋外溜达溜达，保准被几个报童凑上来宣传一番，就连街上的店门也贴了不少字报。

"话说今年这艺展动静尤其大，好像还有洋人来看。"

"他们来看什么，看得懂吗？"

"这你就浅薄了，咱们上面打了那么多败战，估计得拉拢他们了。"

……

总归，这事让北平迎来了年后第一波热闹高峰。

李琅玉将玉佩从匣子里取出，用软布仔细擦拭表面，郑重戴在脖子上。玉佩躺在胸口处，大概时下流行的胭脂铁圆盒大小，边缘有轻微磨碎痕迹，想是扔的时候磕着了。一点瑕疵，却像个白纸上的大墨团，可惜得很。

玉这东西极其易碎，李琅玉小时候也打破过一块，还是他爸送给他妈的定情物，那时他又急又怕，最后抹着眼泪向沈知兰认错，沈知兰把他抱在膝盖上，拿来手绢给他擦脸，把垮下去的两颊擦得红扑扑，又亲了亲额头道："玉碎了就碎了吧，只要咱们家琅玉好好的便够了。"

傅平徽带着戏班常年在外，鲜少回来，有时也就春节能见着，管教一事主要落在沈知兰身上，而沈知兰则真是把他疼在心坎间，性子自然顽劣了些，后来傅平徽回家时便说，男孩子这么养可是会娇气的，于是没少严惩过他。

贫贱忧戚，庸玉汝于成也。这不是没道理的。

下午，李琅玉带张管家出了门，置办几件必需品。回来途中，正好路过一家小戏园，里面在演《锁麟囊》，班子不出名，来的人也就不多。张管家忽然将车停下来，问他要不要进去看看，他请客。

两人落了座，四周空位有余，台上刚刚唱完"归宁"一折，青衣声音现了怯，收尾不饱满，一众人微微撇嘴，觉得可惜。张管家道："我来听过几次，这个班子刚到北平，他们唱得最好的是下一段。"

李琅玉倾耳去听，只见那青衣抬起水袖掩了半面唱道："一霎时把前情俱已昧尽，参透了酸辛处泪湿衣襟。我只道铁富贵一生注定，又谁知人生数顷刻分明，想当年我也曾撒娇使性，到今朝哪怕我不信前尘。这也是老天爷一番教训，他教我，收余恨、免娇嗔、且自新、改性情、休恋逝水、苦海回身、早悟兰因……"

青衣抖着手指，京胡咿呀咿呀地拉着，那座下的人也都露出戚戚色，魂啊肝啊全都颤了。"如何？"张管家问道。

李琅玉缓缓合眼，眉宇间的哀凉都是皱皱的，这青衣把他的心唱到了台上，但最后，他也只是发出一声简单的轻笑。

出了园子，两人回到车上，赶巧报童递来一张报纸，跑过长长的大街吆喝道："快报快报，冯班主艺展大戏《伍子胥》，传奇再现！快报快报……"

这一声很快让周围人停下脚步，三个两个聚在一块儿讨论起来——

"《伍子胥》啊，我记得上次演还是傅平徽呢！"

"傅平徽不就是靠这个在北平成名的。"

"这戏够大的啊，得多少人来……"

"你担心什么，冯家这次是特邀，其他戏班都赶着来呢！"

……

张管家将车窗拉上，嘈杂的人语一下子灭了，他回头对李琅玉道："姑爷，外面冷，咱们回去吧。"李琅玉"嗯"了一声，便不再发话，等到马达发动起来，他自个儿将窗子打开，迎面是暖暖的春风。

其实也没什么，听听看也挺好的。

回了程家，李琅玉摸出贺怀川交给他的那几张货单，据说这冯家的货甚是神秘，称是普通烟酒，但抽检后的结果一概不知，似乎有几个当地大老板罩着。李琅玉暗想，虽然现今家中只剩他一人，但这莫名背负的污名是一定要洗，都说人言可畏，那些个不知情者说到傅家便是各种讥讽挖苦字眼。冯尚元知道的不一定比程翰良少，他耗在这里也无出路，倒不如另择城池，先走再说。只是这由头怎么借，是个问题。

晚饭过后，大家伙都散了，月巧将桌子擦得干干净净，见到程翰良使眼色，把李琅玉留了下来，便赶紧退下。"听说老张带你去听戏了，怎么样？"

"还不错，听着有趣。"他淡淡道。

程翰良望着他，眼角随之放松下来："有趣就好，最近城南那边倒是有许多表演，你要想看，让老张带你去。"

李琅玉凝住眼珠，睫毛扫下一片阴影，思索片刻后道："听说冯家这回要唱《伍子胥》，我有些兴趣，想去他们戏班子看看。"

程翰良顿住神情，转而注视他，声音也变了调："那没什么可看的。"

"我要去看。"是要，不是想。听起来并不打算商量。

程翰良立马明白了："既然你已决定，为什么还要与我说，是想要我帮忙？"

"借你一个人情，时间不长，到艺展结束就行。"他说得干干利落，仿佛每说一字，舌头便沾了灰，求人一事本来便就是难以启齿，更何况求的还是程翰良。

145

程翰良慢悠悠掸了掸衣角，手腕上的欧米茄金表在光下抛出一道亮斑："我知道你在查冯家的事情，这没什么可瞒的。"他简单道，"他家的事说大即大，说小可小，你若想拽着这点去为你家声讨，不是那么容易。"

李琅玉微微讶然，没想到对方一直都知道，他闪过一丝不自在，但又很快掩下："也是，你们狼狈为奸，自然不会答应。"

求人不如求己，这道理天经地义。他是怎么想的，才会向程翰良开口，愈思量愈好笑。李琅玉离开座椅，打算上楼，却听到程翰良在他身后来了一句："人情不用借，我已经给你了，只怕你到时舍不得。"他徐徐回头，期望一个答案，但对方就此打住，似乎不愿再说。

这句话硌着李琅玉心头，一硌就是五天，他去冯家的机会也找不到其他的了，且不说那冯乾打骨子里看自己不惯，冯尚元也是个计较的人，他如何问出当年实情，便算问出，又如何让他们当众承认，程翰良的冷眼旁观，与冯乾的不快结仇，将整件事拨入到另一种走向中。这不是他的当初设想。

张管家修剪文竹时瞧见了李琅玉，忽而招手让他过来，随便唠几句，最后貔貅劲又犯了："怎么着，是在四爷那碰壁了？"

"本来就没指望。"

"啧……"他咂着嘴巴笑道，"不指望还去问，你说你心虚不虚。"

这话是真的，他若不是抱有一点希望，是断然不会去找程翰良的。

张管家将花剪递给李琅玉，道："这文竹也是顽固，三天不剪便作乱，我这么大年纪的人还得盯着它，来，你给我剪剪。"李琅玉迟疑接过，他不懂什么园艺，便照着自己性子剪，结果惹来张管家一声叹："天老爷，瓜娃子你咋个都剪秃了它！"

也不算秃，只是中间一根细枝格外显眼。张管家连连摆手，还得他亲自来。李琅玉闷着站在一旁，两眼瞅他。"其实呢，也别怪我多嘴，我有个法子倒是能说给你，就看你愿不愿意了。"李琅玉陡然来了精神，挺直身板。

"自四爷上次从冯家讨了那根银枪，冯老板便一直不得心，拿手的宝贝兵器使了那么多年，本来这次艺展是要用上的，现在只能拿其他来凑合。你说，这世间若有个失而复得，瞧他乐不乐意？"

他幽幽地盯着李琅玉，一番话说得合理且近乎无情，他亲眼看到这个年轻人从刚刚的振奋到黯然惊愕，木愣的表情里透着可怜。

"你、你要我……"李琅玉惶惶开口，却说不下去了。

张管家及时道："我早就说了，这法子得看你愿不愿意。"

彼之所求，或许亦是他之所需，一物换一物，不算亏。程翰良说的人情，也就是这个。

晚上，张管家交代了白天的事，道："我跟他说了，也省得让他瞎想，四爷倒不用担心，他是舍不得的。"

程翰良搁下手中钢笔，抬眸看他："老张，这事你逾矩了。"

"这不是怕姑爷乱折腾吗，再说，四爷若想与他好，不如随他去，撞了南墙还怕不回头？"

程翰良抬起下颌，目光冷冽，等到很久才道："你既知失而复得是人之大幸，又怎会不知得而复失是他之所痛。"

张管家愕然，干巴巴说道："那他，应该也就不会去了。"

程翰良摇摇头，眼珠子在灯光里逐渐暗了下去，半边脸跌在阴影中："他会去的。"他良久道出这么一句，透着悲凉，"他一定会去的。"

自损八百，伤敌一千，他最喜欢干这种事。

三日后，春光明媚，燕上枝头。冯尚元打开前院大门，李琅玉于台阶下徐徐回身，金灿灿的阳光里他笑得温润生辉。

"冯班主，之前四爷同您开个玩笑，还望不要计较。自古良马配好鞍，宝刀配英雄，冯班主名冠北平，这银枪我与你讨来物归原主。晚辈素来仰慕您台上风采，幼时胡学几招，一直希望得人指点，若不嫌弃，允我跟学半月，尝个鲜便可。"他拿着那根红缨银枪，谦顺有礼地递了过去，在一片叽叽喳喳的鸟雀声中，看着冯尚元脸上逐渐展露出满意笑意。

上次是程翰良为他拿回来，这次，他要自己拿回来。

章十五

　　沁春园添了许多生面孔，都是与冯尚元交好的同行，来赶这《伍子胥》的金场子。李琅玉顺其自然待了下来，只说是个学徒，别人也不生疑。

　　之前，汪派便将这故事唱红了，忠臣被侮，奸臣得道，伍员逃昭关刺王僚，应了时代人心，汪桂芬研磨唱腔，加以润色，让这戏成了块试金石。《伍子胥》以老生为主，又分七折，布台复杂，在汪派沉寂后也鲜少遭人问津，之后，新生的戏班子倒是有很多开始尝试，傅平徽便是其中一个。

　　那年的傅平徽，在南方早已混出了名声，辗转多地后，带着班底回到北平，落定脚跟。正月后的第十日，《伍子胥》开演，门庭若市，迎了个满堂红，傅平徽也因此在北平一战成名。

　　李琅玉瞧见一些中青年，虽未着戏装，举手投足之间却见台风，都是行家，看样子冯尚元这次是打算狠下一番功夫。而在排戏期间，冯乾来过几次，见了他，一副心有怨怼又不得不噎住的样子，但比初次见面好多了，李琅玉也懒得计较。

　　冯乾来找冯尚元，两人在角落里谈了许久，脸色都不好看，也不知因何，冯尚元突然开始狠声训诫，父子俩不欢而散，之后，冯尚元排演中也一直耷拉着脸，众人间的配合不甚顺畅，只得暂作休息。

　　李琅玉在园子里的头几日被派到年轻弟子手下，因程翰良的面子未受到什么严苛对待，那些弟子只当他图个乐，便懒得教基本功，耍些俏招式与他看，李琅玉面上笑笑，拣了根长棍，说想试试。棍法，他会得不全，但有底子有感觉，正好也看看这冯家班是怎么个教法。

起势不错，出手的韧度也够，风里挥出"呜呜"声，旁边人双眼亮了亮："程姑爷，你这还不赖嘛，是我小看了。"

"再多的我也不会了。"李琅玉笑着回应，示意他来几招。

对方是每日练习，无论刚柔度、技巧还是灵活度，都更胜一筹，李琅玉勉强招架，忽然，他一个身形不稳来不及躲闪，长棍打在右手臂上，不轻不重。那冯家弟子见状一惊，撒手将棍扔了，连声道歉："对不住对不住，程姑爷，我以为你能躲开的。"伤势不重，皮肤只是微微泛青，等两三天就能好。

"你先坐这，我给你拿活络油去。"

"欸等等，你有扶他林吗？"李琅玉突然问道，"平时若有跌打损伤，我都是靠这个的，旁的药我用不惯。"

扶他林，西药，一支的价格抵得上十余瓶活络油。弟子犯了难，暗忖这矜贵少爷连个外伤药都要讲究，别说活络油，便是拿麻油抹两道也有效。"程姑爷，我这哪有你说的什么扶他林，要不你凑合凑合，这活络油未必不比它差。"

李琅玉摇摇头，表现出鲜少的不通人情："若这里没有，那你们冯少爷肯定有，你带我去找他。"对方拗不过，索性作罢，跟人打好招呼，带着李琅玉回冯家主宅。

到了目的地，李琅玉问他冯乾屋子在哪，得到明确方向后又道："那我自个儿去见他，你先回去，冯班主看得紧，我怕你为此挨骂。"合情合理，顺利支走对方。

仆人在楼下打扫，李琅玉说明来意上了楼，冯乾的屋子半开着，里面传来莺莺燕燕的欢笑声。他来到门口，透过微小的缝隙瞥过去。一左一右，两名年轻姑娘伏在男子膝上，冯乾对着根玻璃烟管，吸了口纸包的白色粉末，吞云吐雾。这味道不似寻常烟草味，加之冯乾一副紧削苍白的脸庞，李琅玉暗暗有了盘算。

许是冯尚元不在家，冯乾便大胆起来，三人狎昵亲热，好不自在。冯乾大刺刺斜倚在床头，道："老头子他思想固化，真以为靠唱戏能吃一辈子老本啊，也不想想现在大家图什么，行商谋利才是长远之计，要不是我替他管着咱家的商货，他哪来的钱去养那群废物。"

"还总拿我与别人比较，等把这年过完，各地的货利收回来，他便知道这个儿子还是很有用的。"冯乾吐了一口烟雾，其余两人嬉笑着附和他，灰白气体在房子中央悠悠荡着，能醉死个人。

"程姑爷，你怎么杵在这不进去啊？"

冯家下人赶巧在这个时候上了楼，李琅玉猛一顿，道："我听见里面有声音，怕是其他客人。"

房间里传来急促的乒乒乓乓声，瓶啊桌啊一溜地被人打包起来似的。冯乾冲出屋子，身上的衣服皱巴巴，怒气直往外迸："你来这干什么！我家是你随便来的吗！"扭头又冲仆人嚷道，"你们眼睛长哪了，来人也不通报就直接放进来吗！"

"你爸知道我来这。"李琅玉上前一步道，语气里多了分对峙。

"是啊，程姑爷胳膊伤了，是来借药的。"

"不借！"

冯乾作势赶人，李琅玉扣住他手腕，压下声音道："我前日接了个电话，你家的烟货在广州出了点问题，得重检。"冯乾一惊，再抬头与李琅玉对视，对方眼珠晶亮，不容置疑，一时竟有些慌。

李琅玉没等他开口，继续道："我暂未告诉其他人，今天过来借药，扶他林。"

下午三点，戏园子里又来了些人，天气有点热，耍棍的弟子一个"潜龙摆头"回身，正好看见冯家司机将李琅玉送下车。

"程姑爷，胳膊好点了吗？"

"有你家少爷的药，自然好多了。"

李琅玉边走边说道。方才在冯家，他以烟货为由诈了冯乾一把，套了个四五分，交谈过程中，他不动声色抠了点桌上的残余粉末，藏在指甲中，至于是什么，他心里有数，但还是准备交给贺怀川确定下。而这件事让他不禁联想到广州那次舞厅风波，"特若依"里查出毒品痕迹，老板秦佰拒不承认，现在思量起来，如果秦佰没撒谎，那便有很大可能跟当时在场的冯乾有关。至于冯家那曲曲绕绕的货流路程以及前后不一的查单，想必是个偷天换日的法子。

李琅玉思及此，眉头微皱，正如程翰良所说，这事可大可小，他没有足够的把握来将此作为与冯尚元对峙的筹码。他要的真相大白，便跟那伍子胥出关一样，难。

进了园子内，李琅玉听到一阵吵闹，于是循声而望，冯尚元不知怎的又凭空而怒，将一位瘦削老先生轰出门，对方的恳求被大门硬生生夹断。

"嘻，真是麻烦！"一年轻徒弟解释道，"自从咱师父拿了这艺展特邀，便天天有人来找他，也不知是哪里的野路子，想让咱师父做推荐分个摊位，可你那东西实在拿不上台面，怪不了人。"

关于这点，李琅玉有所听闻，北平今年计划在鼓楼那边辟出一条新街，作为艺展摊位，能入驻的都是经过上面选出来的，譬如传统剪纸扎糊这类，至于到底是为真艺术还是作噱头，就不得而知，这年头崇武轻文，利滚商行，文艺这块本就是寸步艰难，活到今天，只为风骨的已是寥寥无几。

李琅玉从地上捡起一件黑乎乎玩意儿，是那位被轰走的老先生落下的，瞧清楚后发现是只瘸腿猴子工艺，不知道用什么材料拼的，尖嘴长脸，有点滑稽。

"七岁小孩子都能做，没什么好看的。"有人这么说道，李琅玉

152

瞧着手中的瘸腿猴子，端视了很久，大概是那副病倒落魄样太招他可怜了，便没扔，收到口袋里。

而这一天下来，冯尚元的排演被几件事接连干扰，到最后也压不住火了，旁人都说，冯老板在唱戏上尤为较真，有时只为一个动作便能抠大把个月，李琅玉站在不远处默默看着他，连身旁人与他搭话也不接。冯尚元训完一个徒弟，拿着那根红缨枪来回抛耍，却使得很不得手，似乎在琢磨中，弟子们也猜不透他，据说是个新动作，招法奇怪，颇费劲，还非得加到这场戏里。

旁人不理解，不明白冯尚元的固执，但李琅玉看了一眼，便全部知道了，他微微冷笑，带着讽刺，然后从手边的武器架上也拿了一根长枪，使了个一样的动作，让周围人看得清清楚楚，包括冯尚元。冯尚元瞬间怔住，等回过神来脸色苍白，他短短几步赶上去，突然扣住李琅玉的手腕，道："你，你从哪学来的！谁教你的！"

李琅玉低头看了眼那只颤抖的手，意料之中，趁势换上一副天真直率的笑脸，一口黑锅直接扔向十里开外："之前在家看四爷耍过一两次，觉得好玩，他教我的。"

冯尚元噎了声，这说得通，除了程翰良，应该不会有人再使这招，他停驻片刻徐徐松手，脸上依旧苍白，如飞蛾避火般躲开李琅玉探究的视线，独自走开了，走得踉跄，有弟子扶他，冯尚元搭上手，走了五步，又缓缓回头，复杂地望了一眼李琅玉，什么也没说。

李琅玉将长枪放回原位，持着冷静的面孔，心里却想笑。刚刚那一招是他爸当年唱《伍子胥》时的独创动作，走台用的，冯尚元说到底就是个内心阴暗的可怜虫，拿了别人的枪，学了别人的招，执着到今天，北平第一戏班？好个第一！

当晚，冯家班生了火，摆了一桌盛宴，毕竟外来客居多，加上这几日着实辛苦，再过不久进度更紧张了，便趁这个机会做个谢礼。众人吃得心满意足，李琅玉也在其中，酒虽有，但喝的人不多，大部分是斯文做派。

李琅玉与几个前辈套着近乎，两眼却时不时瞟向冯尚元。做东的是他，最不尽兴的也是他，喝了许多闷酒。下人将桌子碗筷收拾好后，天已全黑，高脚楼上挂着灯笼，院子里很是亮堂。人群三三两两散去，弟子们也渐渐回了房，李琅玉见冯尚元一人坐在石桌前，伏着脑袋，便走近去瞧。

"冯班主，可是哪不舒服？"

冯尚元将脸从臂窝里抬起来，醉醺醺的两颊，目光涣散，俨然喝多了。

"晚上有些冷，我扶你进屋吧。"

他摇摇头，抓着棕色瓷酒瓶不放，自顾自饮了几口才慢慢念道："我今年五十三了，五十三，不年轻了。"

李琅玉随即坐下，接着对方的话安慰道："五十三又如何，冯班主是个长寿的相。"

冯尚元露出悲切神情，眼中有些湿润："不，再过三年，不，也许不到三年，我就再也唱不了了，嗓子不行，人也老。"三百六十行，逃不过的都是年龄。

李琅玉默了小会儿，继而道："还有徒弟在，无须太过担心。"

"徒弟？"冯尚元自嘲地笑了声，神态很是恓惶，李琅玉想起与他见面时的样子，有点白面书生的阴险，也有点百足之虫的腐朽，总之与当下不同，"我虽收了这么多人，却找不到一个心仪的继承我门，估计是没缘了。"

他啜了小口酒，颠三倒四道："还有乾儿，他娘去世早，我宠他，却让他变成现今这个样子，想管他，又管不了了，他怎么就不让我省心点，还偏偏染上那种东西，他、他……都是报应！"

李琅玉听到他说"报应"，遂追问："什么报应？"

冯尚元开始发出戏腔里的呜咽声，若是旁人听了，会觉得有些假，他猛地灌下几口烈酒，喘着气，收紧双臂，眼睛却望向远方："比不了啊，比不了啊……"他重复着这几个字，甚是哀凉，"我当初看了那么一眼，就知道比不了了，这辈子快完了，我还是赶不上他……"

李琅玉不作声，两眼死死盯着他，等过了半晌，对方忽而抬起头，眼睛亮了亮，仿佛回光返照般道："我一定要把这场戏唱好，唱得响响亮亮，等唱完了，也就不会有什么纠缠我了，到时，我还是北平戏班第一人，被记住的只有我。"冯尚元开始放声笑起来，这种哭哭笑笑的癫狂样有些疯魔，时而悲，时而喜，整个人被拆分成两半。忽然，他停下笑声捂住脑袋，双眉紧拧，也不说话了，一口气像是堵在半道中。

"药、药……"他伸出手一阵乱挠，示意李琅玉帮他。

李琅玉敛下眼睑，思索稍稍才问他药在哪里，他摸向口袋，李琅玉提前替他拿了出来，两片阿司匹林，递到他面前。冯尚元艰难睁开眼，看到面前放大的面孔，忽地入魔般将李琅玉一把推开。

他颤抖地伸出食指指着李琅玉，一边起身一边后退，呼吸更加急促起来："是，是你……是你！你回来了！"

"是我。"李琅玉将计就计道，"平生不做亏心事，半夜不怕鬼敲门。这么多年，你睡得可还安稳？"

冯尚元瞳孔发直，用手挡住半边脸道："你、你不要找我。"

"我不找你还要找谁？陷害的人可是你？放火的人可是你？窃取银枪的人可是你？你说我要找谁！"李琅玉步步紧逼。

狭长的身影在平地上被拉长，一阵冷风急急吹过。冯尚元霍然转身，额头上是冷淋淋的湿汗："你不该只找我！你还要找你的好徒弟！你最器重的徒弟把你卖了，升官发财，你应该去找他！"

李琅玉觉得胸前涌上莫名怒火，他冲上前紧扣住冯尚元脖子，将对方按在石桌上："他做了什么，你说，他做了什么！"

冯尚元拉长脖颈想挣脱，声音如明明灭灭的烛火，断续着："他，他为了……活命……不被连累，给……乔司令……呈上我安排的假证。"

一泼冷水如期浇下，在春夜里嗖嗖做凉。李琅玉眼里透了火，心里却透了冰，站着发怔，不知不觉松开冯尚元。干咳声绕着耳郭打转，而他心窝里一直有个小人，期待着他自己都道不清的答案，只不过这个小人被碾掉了，如碾蚂蚁一样，就在刚刚。李琅玉将目光移回冯尚元，他真的是老了，咳得很可怜，可是那又如何。他拿起酒瓶，将余下的酒给对方灌了进去，灌了个满醉。

翌日清晨，冯尚元从床上醒来，头痛异常，吃了几片药，才稍作好转，李琅玉送来一份醒酒汤，旁敲侧击问他昨晚之事，疑神疑鬼，他也忘了具体发生了什么，这让李琅玉松了一口气。但此事并非全无益处，人是个多疑动物，做了亏心事，便良心不安，冯尚元是个老顽固，信奉的还是旧派鬼神论，李琅玉暗忖日后可在这方面做点文章。

过了中午，冯家接到程公馆电话，让李琅玉今日回去吃个晚饭，这也快一周时间了，总该见个面。于是当天傍晚，张管家乐呵呵地开车过来接他，虽说不到七天，但瞧见熟悉的人让他心情不错。

黑色别克开到天桥附近，正巧遇到一辆铛铛车，得等上一段时间，李琅玉干脆下了车，说去天桥转转。年后的天桥较之前失了很多热闹，瞧不见杂耍等艺人，大家伙也只在春节期间尽个兴，平日里便很少关注这类。李琅玉一路走，只见到几个摆摊的，卖些布鞋首饰及木制玩具，平平无常。而天空陡然转阴，不一会儿便挪来几团乌云，有人嚷着要下雨，得赶紧收摊，低头间都是火急火燎样。

春天的雨来得频繁、来得快，还伴有瑟瑟的小阴风，吹在身上又黏又冷。天桥上的人们加快了奔跑速度，这雨一旦下起来，就不知要下到什么时候。李琅玉没多待，也迈着碎步子往回赶，正好看到一个收摊的老先生，用油报纸包着一堆东西往袋子里装，结果刚巧撞上一阵狂风，几张薄报纸就这么轻而易举被吹散了，滚落一地玩意儿。老先生手慌脚乱去捡，风又大，那些个玩意被吹得到处都是。李琅玉没多想，也弯下身子去帮他，拾溜了一圈，这才发现是那天在冯家被轰出去的老人，而他卖的便是类似于那日落下的猴子工艺。

两个人到底速度快，这一忙活节省了不少时间，李琅玉将东西递还给他，对方伸出一双布满老茧与伤口的手去接，弓着驼背道了谢，便急急走了，李琅玉望着他的背影，随手摸向口袋，恍然发现还有一只——就是那瘸腿猴子，忘记给他，心想算了，只能以后再说。

张管家将他载回家时，李琅玉往屋里走，见着一位刚刚出来的年轻姑娘，提着个木箱子，碰面时只微微点了点头。

"来找四爷办事的，姑爷快进去吧。"

李琅玉踏进大厅，程翰良正坐在沙发上看着当日的北平日报，他眼也不抬，只问："回来了？"

李琅玉"嗯"了声，解下外套，坐在侧边，用刀子切开一个柚子。茶几上摆着一幅裱好的画，他偏头去看，发现巧了，不是普通的画，里面是几只工艺猴子拟人的小场景，在方方的四合院中，下棋斗促织。

"这叫北京毛猴。"程翰良解释道。

李琅玉眨了眨眼，将视线偏向他这边。

"我小时候还见过，估计到你这辈就少了。用的是蝉蜕、辛夷、白及和木通这几味中药。"

"为什么会在这里？"

程翰良回答说："天桥那有个齐老，祖上一直以这个为生，北平要办艺展，鼓楼街的摊位早就分给了一些内定铺子，他家原先在那，现在被赶出来了。"

"哪有强行赶人的道理？"李琅玉不由为他叫屈。

"外人眼里自然不是强行，僧多粥少，加之有洋人要来分这碗肉羹，艺展的审委会也是收了好处的，最终认他个不通过，他能说什么？"

李琅玉皱起眉头，官商互惠本就是天经地义之事，大环境下有所趋，有所不趋，被割舍的自然是没靠山的人，理虽在，但旁人不认，权大于理。

程翰良见他抿着嘴，岔开话题道："在冯家那待得怎样？"

"还行。"李琅玉收回思绪。

"那他们教你什么了？"

"棍法，走步，外加一点唱段。"他又不是真想去学，答得很是敷衍。

程翰良倒也不管，反而笑着道："既然学了，那就唱段我听听。"

李琅玉瞪向他，话是未经脑子直接扔了出来："凭什么要我唱给你听？"

"那你打算唱给谁？"程翰良掘了个坑，等着他的回答。

李琅玉一时语顿，只接道："不会唱。"闷闷的气音。

程翰良折起报纸，面上嗔怪道："你也是愚钝，连个调都不会哼，冯尚元在北平总说有那么些名气，看样子教人不怎么样。"话毕，他又望向李琅玉，慢条斯理道，"你若真想学，不必找他，我可以教你。"

李琅玉不作声，意思是这茬他想躲。过了许久，程翰良说道："我接到通知，这次于秘书长会从上面下来，是今年艺展的监督，我与他见过几次，是个挺正派的人。"李琅玉立刻会意，遂接道："那……"

"没有用。"程翰良直接掐断他的希望，"我是想提醒，这段时间别管太多是非，尤其是冯家那边。"

一句戳破所有心思，李琅玉眯起眼双手交叉道："你不让我管也行，有个好法子，你写份自白，一陈真相二言忏悔，白纸黑字一登，让所有人瞧个清清楚楚。这样，我便不用掺和了。"当然，他知道程翰良是断不会写的。

哪知，程翰良一听，扬起嘴角，笑得气定神闲："自白，我倒是可以给你写一份。"

李琅玉觉得不可思议，但见对方当真动起笔来，心里存着狐疑，最后拿来一看——"当年走马北平西，遇小郎，年尚七。玉兰梢头，纸鸢看儿嬉。那得别离逐桃柳，再回首，无绝期。今朝……"他读到这里便止住了，哪里在自白，竟有闲情赋词，分明是戏弄自己，李琅玉心中下了断言，将那张纸揉成皱巴巴的一团，连带着柚子皮扔进桶里，道："你让我回来有什么事吗，不会只是吃顿饭吧。"

其实还真是只为一顿饭，但程翰良也懒得捅破，只说："兰兰明天要去菩乾寺住段时间，你去送送她。"

菩乾寺在外城城郊处，开过去得要三个小时，住持是素真大师，在每年庙会时节开斋诵经，给一些难民提供米粥。而寺庙后排是处公共房子，搭建修造费来自捐赠的香火钱，里面住着一群流浪孩子。

程兰差人带了两摞书，以及些许蔬菜种子，在河边那有片菜园子，由庙里的僧人打理。李琅玉翻开几本书，都是简单的唐诗、认字及算术内容，遂问："你去教他们？"

程兰点点头，道："素真大师也会帮忙，那些孩子挺可怜的，没有家也没亲人，流浪在外落下病也没法医治，好在这边僧人愿意收留，有些快九岁了，我便想着让他们识点字。"

听程翰良说，程兰在每年的这个时候都会去菩乾寺，大概住上两个月，这边的住持僧人跟程家关系也一向很好。两人来到寺门口，几个僧人见到程兰，熟稔地将他们带到里面。张管家将行李差给僧人，便留在车上等着。

程兰带李琅玉先去了住处，发现有几家太太也来了，围在一起做枣泥包子，小孩子见到程兰很是开心，缠着她求讲故事，一大帮人有说有笑，李琅玉坐在他们旁边，女人之间的话题不好插嘴，偶有些太太拿夫妻之事逗他，他躲不过，只能干笑应付，好在那时程兰去了别处。

吃了点充饥的，李琅玉随程兰去了后院，一棵百年古松下，有位僧人在扫地，瞧模样比其他人有威望。程兰喊他"素真大师"，原来是这菩乾寺的住持。三人寒暄一番过后，便进了内殿。程兰想拉着李琅玉去求签，李琅玉叹口气，说没什么可求的。其实并非无所求，而是他不信。事在人为，又岂会因签的好坏而改变。

素真大师在旁笑道："年轻人不信命也是好事。"

"抱歉，唐突了。"毕竟是人家寺庙，说起这些总归不合时宜。

李琅玉围着内殿转悠了一圈，发现有处高而长的柜子立在右边墙上，其中插满了大小一致的抽屉，每个抽屉上还贴着姓名，他问道："这是什么。"

素真大师回答他说："百愿匣，里面是各位施主求的愿，年初时让寺中弟子帮忙整理，多的便放在单独匣子中，其余则都在这最后一列。"

李琅玉一排排望过去，忽地发现程翰良的名字，大概七行二十二列的位置："程四爷也常来这里？"

"以前程小姐来这都是他陪同的。"

李琅玉不免有些好奇，程翰良会在那匣子中放着什么，他求的是一生福禄，还是百岁长寿，或者是为了程兰。都有可能。他突然想去一探究竟，而这种急切想了解的欲望却不知从何而起。

约莫过了十分钟，程兰来找他，脸上不似之前轻松。李琅玉察觉到此，先与素真道好别，带着她出了寺门。两人往住处走，周围无人，李琅玉试探问道："怎么突然不说话了，求的签不好吗？"

程兰略一迟疑道："没什么，求的是家里生计，解签的说有点波折。"

"这算什么，都说了好事信半分，坏事全不信，若一支签便能料到所有，那人们的奋斗挣扎岂不是没有意义？"

程兰微微笑道："你说得有道理，那我不信便是了。"她收敛好情绪，瞧上去恢复了几分好心情。快到住处时，门前跑过一群孩子，李琅玉突然记起刚刚那几位太太的调侃，虽说是戏言，却压在他心头，不得释怀，程兰走在前面，突然被他叫住。

"怎么了？"

李琅玉深吸一口气，琢磨半天道："其实……有件事我一直想告诉你，就是那天晚上你问我的。"程兰目光微闪，无比认真地望着他。

"但不是现在，可能还得等上一段时间，我保证，等你回来，我会全部告诉你。"他语气急促道，仿佛下了很大的赌注。

"好。"程兰肯定道，"那我等你。你在家也要好好的，注意别太累了。"

李琅玉点头，这是他思索多日的结果，程兰，他必须得给一个交代，但同时，他也心有怯意，若等到全部告知的那一天，对方会怎么想，会怎么做，并非亡羊补牢，更多的是一个雪上又添霜的结果。

他揣着心事将程兰送到房间里，两人互相关照一番后，李琅玉准备离身。待走到门口，程兰忽然喊了声他的名字，他疑惑回头，见对方殷殷切切的眼神，以为是要道别，随即露出浅笑，挥了挥手，他再次朝前走去。

"琅玉！"这回程兰直接追出来，声音也大了几分，"夏初的时候，我便回来。"

"好，那我到时和张管家一起来接你。"

程兰抿抿嘴，欲言又止道："没事，你若忙便让张管家一人来就行，我只是说说而已。"她将李琅玉送出一段距离，目送着那个熟悉的身影越走愈远，消失在崎岖小道尽头，明明此刻万里蓝空，春光正是无限好，心头上却是阴霾笼罩，山雨欲来。她折回屋子，将衣兜里的那张解签又捏紧了几分，皱巴巴的薄纸，哪是求什么劳什子生计啊！她不过跟所有女人一样，求一轮明月照君心，求锦绣良缘与君合，可满纸的判言，字字都是触目惊心——"东风恶，旧情薄，看朱成碧，寻仙问佛，错，错，错！"

章十六

　　阜外大街上，李琅玉坐在车内，一手握拳，两眼只顾窗外，这个动作维持了许久。"兰兰是孤儿吗？"他突然开口，问向张管家。

　　张管家减慢速度，接道："是啊，我跟在四爷身边的时候，小姐便已经在了。"

　　"那她又如何失忆的？"

　　"这我就不知道了，不过你想想，十年前的那个时候有多乱，记不起来也挺好。"张管家脸上现出一瞬凝滞，话锋一转，"不过说回来，姑爷啊，你真得好好对小姐。"

　　李琅玉半晌道："可我骗了她。"声音凉凉的，像捅破窗户纸的匕首。

　　张管家不做言语，他拉下车窗，继续行驶一段路程，城区里的热闹声愈来愈大，似要冲走一切愁云密布。过了许久，张管家踩下刹车，停在路边，回头冲他道："早知如此绊人心，何如当初莫相识。你说是吗？"

　　"是。"李琅玉苦笑着回应。走到这个地步，算谁的呢？"若有一日，我与她镜破月缺，你们只需顾她便是。"

　　张管家哈哈大笑："这是当然的，你就是个小骗子，我老张一定，也只会站在小姐那边。"

　　李琅玉也随即轻轻笑了，他拍了拍车窗，朗声道："那还等什么，咱们就继续走吧。"

回程的这段路比之前费了不少功夫，正好赶上闹市最盛的时候，天桥周围是往来纷纷的行人车辆，一时竟腾不出宽敞大道来。李琅玉瞅了瞅四周，本来只是随意瞥瞥，却被一群人的混乱嚷声吸引过去，右手方向上似乎发生了严重争执，有打起来的趋势。而在那些人中，李琅玉突然看到一个眼熟的身影，当即叫张管家停车。

他下了车，迈开长腿，快步走到对面。脸红筋胀的三五群人，围着一老一少，少的是那天回程家碰到的找程翰良办事的姑娘，而老的，便是天桥上卖毛猴工艺的齐老，他此刻被推搡到地上，一把年纪的身子发出"咯吱"声，起不来。姑娘着急地去扶他，扯开嗓子骂那群人是不讲道理的混账。

"谁不知道这一块都是我们几个兄弟的，没我们的允许哪由得你随便摆摊，不给我走人就乖乖交钱！"

"我昨日已经给你们了，怎么还要给！"

"昨日是昨日的，今日是今日的，没钱就滚！"

这些是天桥处的几个地痞无赖，靠收"保护费"打架过日子。李琅玉上前一步，冷着明亮的眼，挑眉道："这两位都是程四爷的客人，特地关照过的。警察局的陈广生局长与程四爷素来交好，上次他还说北平天桥得要重新整顿，正愁找不到由头，今儿个倒是好时机。"意思是，不信，尽管来试。

那伙人皆是凶神恶煞，混账久了胆子也大，虽有怀疑却丝毫不让。李琅玉不耐地转过头，冲着车上喊了句："老张，给我过来！"

张管家原本在抽着老烟，一听，来了劲，在程家，除了程四爷还没人敢这么叫他，不过这小兔崽子既然这么喊了，那就是想耀武扬威，他是个知趣的人，捻灭烟头，将黑色别克开了过去。

锃亮的车身在日头下十分招眼，加之张管家穿得讲究，俨然是个富贵人家。他毕恭毕敬下了车，微微弓腰对李琅玉道："少爷哪，你还有什么吩咐，四爷可等着咱们回去呢。"来，我就给你这个兔崽子扬下威。

"老张，你做个人证。"李琅玉注意到为首的那个人抄着根木棍，笑了笑，抓着对方的手臂对准齐老，"既然带了家伙，那咱们就别浪费。这位齐老先生已过六十，你就照着这个地方给我打下去，不死，也得残。残了，我，这位姑娘，还有老张，都是人证，只消与陈局长说一句，想让你们在局子里待多久就待多久。死了，更好，这可是个大新闻，正好赶在艺展期间，明日便登上各大报纸，你一干人让北平蒙垢，十条命都不够你们还。"

句句发力，斩钉截铁的利落，他好整以暇继续道："所以你是准备将他打残还是打死？"这是个诡计，提前替对方备好两条不归路选择。那地痞头子犹疑不动，有畏惧，也有不甘。李琅玉早已察觉，顺势朝张管家伸出一只手，张管家恍悟过来，这哪是做人证，分明是少了钱袋子。

李琅玉在他面前扬了扬钞票："其实你可以选第三条路的。"这个台阶足够大，对方立马将钱拿过来，偃旗息鼓，抬了抬胸膛话不多说，只一个"走"字，妖魔鬼怪，散了。

这时，那位齐老先生发出一阵咳嗽，李琅玉回头查看，发现刚刚那么一摔，老人的腿麻了。年轻姑娘一边与他道谢，一边想背起齐老，很是吃力的样子。李琅玉干脆将齐老扶过来，背他上了车，也捎上那位姑娘，问好住址，让张管家直接开车过去。姑娘在车上连声说谢谢，忽而又想起那几个地痞流氓，怕他们以后还会来。李琅玉只道不用担心，无论如何，程翰良的名声还是很管用的。

齐老住的屋子是个临时地，自被赶出鼓楼街后，便只好去天桥摆摊为生，那位姑娘，也是他女儿，名唤齐薇男。据她说，虽然这些年生意越发难做，但她家祖上做这手艺也有几十年了，前几届的艺展中一直都有机会参加，今年却非得整个莫名由头拒了他们。

张管家在旁边解释道，上面和洋人那边有合作，北平艺展又是远近闻名的大事，他们便打算往中国进些舶来品，专门设了几家摊位做长期发展。

"所以这是打着艺展的名义办西洋展？"李琅玉皱眉道。

"当然不能做得这么明显，所以北平一些老特色都还保留了，另外就是给审委会塞钱送礼的也留下了。"官商互惠，各取所得，被孤立的便是齐老这样的人。

李琅玉走到一张木桌边，上面摆满了各式工具材料，以及做好的成品，这些毛猴机敏活泼，手艺者一般通过拟人方式来展现民俗生活，有养鸟听戏的，有娶亲入学堂的，以及一些有名的电影场景，都被活灵活现地还原出来。这个临时住处甚是简陋，简直可以说是破锅破锣，穷得响叮当，也就这些东西给这小房子增了色。

齐老卧在床上咳嗽不止，李琅玉和齐薇男一个打水，一个顺气。齐老长年有哮喘，李琅玉将水杯递过去时，瞅到对方一双颤抖的长满老茧的手，根骨仍是修长的，可见年轻时的灵巧有劲，他突然想到一些久远的画面，愣了几秒钟。

齐薇男心疼道："爸的病也不好，而且视力下降了许多，做活儿时手都在抖。他一直想招些徒弟，只要能继续做下去便行。"

李琅玉问："那参加艺展得要什么条件？"

"据人说，最好得找个有名的人帮你推荐，这样就有撑腰的了，爸上次去找冯班主，可他不肯。另外就得看审查组那帮人的决策了。"

张管家插了句："其实就是关注度问题，你在北平名气大了，是人也得卖你三分薄面，不然为何有些企业剪彩还专门请歌星来呢？"

说到歌星，李琅玉想起这个月倒是有很多明星来北平看艺展，报纸上的娱乐专版经常看到此类消息。他又问齐薇男："终审是在什么时候？"

"两个星期以后。"

那就还有时间。他眨了眨黑睫，端着晶亮的眼看向张管家，无比期待的样子。

张管家连连摆手，道："姑爷，这忙我可帮不了，一来四爷不准我插手，二来我也没那能耐去请个歌星。"

李琅玉道："谁说让你去请歌星了，我想找个人，你帮我在报社里登份寻人启事。"

一天后，《和平日报》的民生版块上出现了一则不寻常的寻人启事，说不寻常，一是因为刊登人佚名，二是因为寻的人无名无图，且文字篇幅也比普通的启事要长，三则是启事内容，像个小伙子在自说自话，讲的是他在天桥上看到了位姑娘，姑娘长得十分漂亮，洋洋洒洒写了一大段，生动盎然，从发型衣着到身高神态，非常详细，他说他不敢上前，便也不知道这姑娘姓甚名谁，末了附上一段旧体诗，很有点早期文人做派，还说若有好心人告知那姑娘信息，必以巨金答谢。

文章写得十分有趣，读来像是一个单恋的年轻人在告白，而这种事比起一些鸡毛蒜皮的报道，自然更快引起老百姓的关注。大伙儿瞧着挺乐呵，都在猜这写的是哪家姑娘。

而隔了两天，这则启事又变了个花样，还是找那位姑娘，叙述人说她总出现在一个卖毛猴的小摊前，每次都要待许久，然后又是一番天花乱坠，将那姑娘描述得天上地下绝无仅有，最后的诗还挺感伤，颇有种"我意识君君不知"的意味。

第三篇，开头便是一句"她又出现在那家摊位前了"，吹捧的力度不减反增，漂亮到何种程度，比周璐霞还美。

这回，老百姓更好奇了。周璐霞是这两年大火的一个影星，公认的美人，这段时间也来了北平，住在长城酒店里。大家心忖着这到底是哪位姑娘，竟美得过周璐霞。也有人说，莫不是情人眼里出西施。

说归说，但天桥这些日子着实热闹了好几倍，有许多人专门蹲在摊位附近等着那位姑娘出现，有时蹲累了，于是顺便看看齐老家的毛猴摊，倒是让生意好做起来。

而接下来的几篇，更是直接将当红的明星溜了一圈——比陶小玲秀婉，比孙茹清纯，朱可莹没她灵气，江若盼没她慧雅……这可了不得，大家伙儿说不信，不信的后果就是得要一探究竟，于是去的人更多了。

这事一来二去，传得神乎，刚巧有许多女星住在北平各大酒店里，那则启事点名道姓，结果还真有两三位乔装去了天桥，这对老百姓来说就更惊喜了，虽然姑娘没瞧见，但瞧见了真的明星。紧接着，记者也来了，一通照片拍下后，齐老的小摊位跟着上了镜。

李琅玉对齐薇男道，若有人问起姑娘的事，只说人多记不住，然后将话题转向因艺展被赶出鼓楼街一事。李琅玉教她如何过渡，如何添油加醋加以润色，并说："那些记者们既然来了，就必然不想空手而归，这事你就透给他们，咱们广撒网，多投饵，总有鱼会来。"

齐老的事情如愿登上报纸，李琅玉想着，在这个当口，任何跟艺展有关的负面消息都会被控制，只要上面派人来私谈，那就顺水推舟，让齐老得到参选机会。若是反响没这么大，他便去找冯尚元，借其中好处来说动他帮齐老推荐。

但两天过后，一位花白头发的老爷子来到摊位前，拿着报纸，不问姑娘，只问一句：写这启事的人是谁。

这位老爷子姓黄名衷，年逾七十，来头响亮，是电影协会的前辈级人物，他第一次看到这则启事时，便断言道："假的！"内容太不真实，巧合太多，文采太好，更像编的，只是不知道投稿人的最终目的，等又看了几篇，发现指向性十分明确，意图煽动人去那个毛猴摊位。

黄老爷子是土生土长的北平人，成名后去了海外一段时间，李琅玉与他见了面，两人一谈便是一下午。

齐薇男担心这事影响不好，怕招架不住，但没想到李琅玉出来时，告诉她，这事成了，意思是推荐人有着落了，就是那黄衷老爷子。

"你怎么说服他的？"齐薇男不可思议道。

"我们就聊了下电影及北平旧事。黄老爷子是北平人，对毛猴也有了解，找他更合适。"李琅玉简单道，似乎不想就此谈太多。

事实上，黄衷在屋里问他："这事与你无关，为何要掺和？"

他说："我小时候有段日子过得很不痛快，却有个没血缘关系的姨娘愿意照顾我，那时我山穷水断，马束桥飞，没人帮忙估计也撑不到现在。至此一直有个'坏'毛病，最怕遇到颠沛落魄的人，看了难受。齐老近年多病缠身，人活下来尚且不易，若没点盼头岂不是如同行尸走肉，所以为什么不帮？"

他持着笑，说起那段往事也面不改色。但另一个原因，他却没有告知。

齐薇男舒了一口气，这事总算有了转机，她得赶快完工，终审是个关键。而李琅玉反倒一直蹙着眉头，不知在想什么，张管家问他，这事你打算怎么收场？

"还有什么事？"

"报社的事啊，听说电话都被打爆了，徐主编私下可没少找我。"

"这不难。"李琅玉掏出早已备好的稿子，"最后一份，谣言止于智者，舆论止于悲剧。"

张管家接过来，一看，这回倒不是什么寻人启事，而是一篇寄君书，叙述口吻变成了那个姑娘，大意是自己平平相貌，感君赏识，当不起殊荣，且因已为人妇，只能匿名，结尾引用张籍的一句"还君明珠双泪垂，恨不相逢未嫁时"，至此终结。

李琅玉看着张管家将之收起来，漫不经心问道："你不觉得事情很巧吗？"

"什么巧？"

"黄衷老先生出现的时机，还有我说服他并未费太多力气。"

张管家一愣，道："这事传得挺广，他知道也不奇怪。"李琅玉只盯着他，饶有兴致，且不再发问，等到良久，才开口说了句：

"也是。"

之前他想过两种结果，要么借机与上面私谈，要么去劝服冯尚元，但都不是很可靠，黄衷的突然到来倒像天降良机，他便顺这水，推了舟。可是细细想来，太巧了，与那篇捏造的启事一样，巧合太多，像是刻意编排的。

然而能请动黄衷老爷子的人有谁呢？

李琅玉想到这里，紧蹙的眉头舒展了，他自嘲似的轻声笑了。

而冯家那一边，李琅玉也没闲着，他上次用指甲从冯乾那里抠了点粉末交给贺怀川，出来的结果如他所料，他暗想冯乾这小子也是胆大，为了谋财干起这走夜路的勾当，于是时不时透点假口风与冯乾，让对方将他当成半根救命稻草。

这日上午，李琅玉在院中跟着弟子练招式，看到冯尚元衣着讲究要外出的样子，据说乔司令要来北平暂居一年，他可是冯家的大恩人大靠山，冯尚元自然得备好厚礼赴宴。

乔司令这个名号让李琅玉紧锁眉头，他之前在程翰良口中听过几次，也知道当年的事情是他下的令，即便那人不知道实情，但还是心有芥蒂意难平。他思忖着，既然冯尚元被邀请了，那程翰良必定也在其中，何不去瞧瞧，看一看这三人戏。

待冯尚元离开后，李琅玉当即出门找了辆车，一路跟着坐到长城酒店。长城酒店是北平数一数二的招待场所，入住的都是明星官员级人物。早前去广州那会儿，程翰良留给李琅玉一张各大酒店会员卡，幸好他随身带着，前台人员才跟他说明具体包间号。七拐八拐上了几层小楼梯，李琅玉遥遥看到远处三人身影，再走近就不合适了，于是差了个侍酒师，给程翰良捎话。

果不其然，程翰良抬首望向他这边，与乔司令他们打了个招呼，便向他走来。李琅玉上前，想好的借口还未来得及说，程翰良一把抓住他胳膊，阻止他再进一步。高大的身形将他完全挡住。

"你来这干什么？"

李琅玉注意到他面色略有紧张，不似平时，愣了愣才开口："找你。"字音吐出来都是笨拙的。

"回去！"程翰良不等他解释，直接将他往楼梯处带，而这时，身后突然传来一道颇有威严的声音："翰良，这孩子是谁啊？"

问话的正是那位乔司令，李琅玉瞧过去，对方身体硬朗，但已有华发，差不多五十余岁的样子，可惜他没看清全部面容，程翰良挡住了他的大半视线。

"一个小辈，司令先进去吧，我这边一会儿就好。"

而冯尚元探了探头，疑惑道："这不是琅玉吗，怎么来这了？"随即又向乔司令解释说："他是四爷家的女婿。"

乔司令一听，微微惊讶道："兰兰竟然结婚了，翰良你怎么没跟我说过，快让我瞧瞧。"

话既说到这份上，程翰良也不好再做阻挡了，李琅玉这回清清楚楚地看清了来人，版刻画似的五官，深邃地贴在褶皱生长的面皮上，眼睑是苍老的突出状，即便如此，这人依旧不怒自威。

乔司令眯起双眼端详着他，如同一把锃亮的钢刀，这刀出了一半护鞘，却又就此停住。乔司令收尽先前的谈笑，沉默好一阵，问向李琅玉："我是不是在哪见过你？"

"司令南征北战，怕是记错了。"程翰良及时接道，然而乔司令依旧蹙着眉，两眼端视着李琅玉。

李琅玉自个儿走到前面，道："我确确实实与乔司令有过一面之缘。"这句话落下来，将所有人视线吸引到他身上，程翰良眉头不展，冯尚元满脸好奇，至于乔司令，挑了挑眉，静待下文。

"三年前，南京老区需要重建，当时乔司令来央大做安抚工作，您可能忘了，那一排接待的学生里就有我。"李琅玉绘声绘色说起当日情形，叫人以为是真的一般，只有他自己知道是信口开河。乔司令去过央大不假，但李琅玉从未见过他。

"似乎是这样。"乔司令敛下眼睑回忆着，具体的无法一一想起。见状，程翰良邀众人进了包间，服务生将酒菜摆上桌面，李琅玉坐在他身旁。

乔司令名唤乔广生，他这次还携了个女伴，二十刚出头的样子，长得俏生生，很是灵动，笑颜展开时特别娇俏，白净子脸招人喜欢，据说是他的七姨太。这位七姨太叫许真茹，饶是在男人的酒桌上也收放自如，可大方，可小女儿，插科打诨也不在话下。许是程翰良和冯尚元这种她不好开玩笑，便偏爱拿年轻小子做调侃，李琅玉没少让她逗弄。

这局饭名为接风，实为警示。乔广生不是个易伺候的主，冯尚元伏下姿态唯唯诺诺地听，哪有平日半点大班主的威风。

"人最重要的是要审时度势，尚元你得记得这点，事情一旦过火我也不好罩护。"乔广生从许姨太手里接过酒水，顿了顿，忽而转向程翰良，"这次回来我听了些关于你的风言风语，我自然是不信，不过你出城的次数倒是比以前多了。"

程翰良不露声色回道："兰兰既然结婚了，我也该多为她以后打算，城外有几家生意门路，我准备先替她揽下来。"

乔广生眯起眼角，没说信与不信，只是半响过后又以另一番语气开了口："翰良，年轻的一辈里我最看好你，当年你知趣合时宜，我才将你从那戏班里提出来，这一路我帮你多少你应该心知肚明。"

"自然。"

"所以啊，你千万得小心，被别人看到什么倒不打紧，若我看到了，那就另当别论了。"他食指叩响桌面，室内的气氛瞬间凝固下来，没人敢再说半句话。李琅玉巡睃一遍，最后将目光落在左侧的程翰良身上，心道果真一山压过另一山。而程翰良面色冷静无波，不着痕迹地夹了块春饼，直接递到李琅玉的碗中。

接下来无非是战事相关话题，偶尔来点当年勇，李琅玉只默默听着，无多大表态，令他奇怪的是，那位年轻的许姨太时不时瞟向自己，一双明眸忽闪忽闪，不知意欲何为。

冯尚元在这边有个朋友，做马场生意，午饭过后便带着乔司令等人去了当地。一匹通体雪白，一匹棕色带黑，都是神气的主，冯尚元是个文人，骑马这事他不会，乔司令说好久未痛快地赛一场，也只有程翰良奉陪。

李琅玉看着两人上马，十足威风，一踩蹬便骑出好远，其他人仰长脖子去望，在赌谁会赢。冯尚元和那位许姨太自然认为乔司令胜，到了李琅玉这，许真茹道："我们不能都赌同一人，既然我和冯班主都押了司令，那你便押程中将吧。"

"你想赌多少？"李琅玉觉得有些无奈，又是一场强制赌局，但看在对方是女人的分上便没直接拒绝。

"不赌钱，输了就得如实回答对方一个问题。"许真茹笑眯眯道。李琅玉暗想这也算不了什么，就当作个乐子。

半小时后，乔广生率先回到原地，程翰良紧随其后，冯尚元连忙上前恭维了几句。乔司令嘴上说人得服老，不比当年，但心情似乎不错。

大马嘶嘶地喷着粗气，李琅玉瞅了眼那匹白驹，光顺的毛发在户外熠熠生辉，可着劲的好看。许姨太娇笑着说让她骑会儿，却被微呵道，女人骑什么，于是吵吵闹闹地回了里屋。李琅玉还在盯着眼前这骏马，忽而程翰良走近道："上去试试？"他愣了愣，两眼微微瞪大凝视程翰良，有惊，也有喜。

"放心，我替你牵着。"程翰良笑说，这无疑是个定心丸。

李琅玉被他扶上马背，大马开始抖了几下，缰绳立马被程中将紧紧拉住："走嘞——"

两人朝西行了几百米，李琅玉坐在高高马背上，忍不住摸了几下鬃毛，不由得绽开笑意，程翰良在前面牵着，偶尔回过头来看。"这天气这么好，要是有人唱一段就更好了。"程翰良慢慢开了口。

李琅玉道:"可惜冯尚元不在这,他倒是能唱。"

程翰良摇摇头:"那老家伙唱得不好听,上次让你来一段,你怎么就不肯?"

李琅玉别过视线,嘴里嘀咕道:"反正我不唱。"

声音虽小,还是被程翰良听见了:"你就是抹不开脸皮,也罢,你不想唱,那我来。"

程翰良没有开玩笑,倒真的来了一嗓子——"我身骑白马走三关,我改换素衣回中原,放下西凉没人管,我一心只想王宝钏……"许多年不唱,音准差了些,但势还在。李琅玉优哉地听,马儿也乐得颠着蹄。

"怎样?"

"不怎样。"

程中将不与小儿计较,轻声笑了笑。

"你刚刚怎么赛输了?"说的是赛马一事。

"乔司令在,我怎么能赢。"意思不言而喻。

李琅玉眨了眨眼,看着他,忽而起了心思,道:"我觉得这里应该再加一个人。"

"加谁?"

"挑担的。"

程翰良发出爽朗的笑声,也不管对方在拐着弯地骂自己。挑担的是沙僧,牵马的不就是猪八戒。

"所以你便是那取西经的唐僧。"程翰良接着这茬道,"这么说来,我还得一路护着你,不然妖魔鬼怪这么多,个个都想吃了你。"话毕,他登时上马,趁李琅玉还未回神,一提绳,带着他骑出百米开外,马哨子在风里吹得暖和和。

正午的阳光懒懒洒下来,马场上绿草如茵。两人绕了大半个圈子,回到来时位置,冯尚元那一行人都在原地等着他们,只道为何去了这么久。司机早已将车备好,李琅玉想起外套留在屋里,便回去去取,这一

174

趟也不算白来，乐子还是有的，他拾起衣服，脚步轻快地踏出门外，忽然清清脆脆的一声喊止住了他所有行动。

李琅玉怔怔回头，是那位俏生生的许姨太。

"怎么啦，我脸上有东西吗，看你这呆样子！"

李琅玉半晌不语，脸上却是白了几分，刚刚这许姨太，没喊他"李琅玉"，也没喊他"程家姑爷"，喊的却是"傅明书"。

章十七

"你……"

"先前你赌输了，现在得认真回答我的问题。"许真茹抢声道，"我刚刚喊得对不对？"她说这话时，脸上是特别明艳的笑容，可这笑容在李琅玉眼里却是晴日里的惊雷，他思量许久，最终还是选择吐露真相——"对。"

"原来真的是你，没想到你长这么高了。"许真茹用手比比他的个头，至于其他，闭口不谈。

"你是谁，怎么知道我的名字？"李琅玉的印象里并未有关于这位许姨太的记忆。

许真茹自顾自挪开步子，又从怀里掏出一把小扇子，展开后遮了遮嘴，回眸笑说："你问这么多干吗？反正我和司令现在都住北平，你若遇到什么事，可以来找我。"她把下颌轻轻一抬，笔削似的尖尖盛了一戳浅亮的光点。这女人说话如同双手抱鲶鱼一样，贼溜的机灵圆滑，只要她不肯，怎么套都没用。后来外面有人催，李琅玉只能暂时放弃，寻思着以后有机会再问。

而另一边，也是巧得很，冯乾得了消息，他走的货这回是真出问题了，就在这火烧眉毛时刻，他想到了李琅玉，问他能否托个关系。

"不难，但为了安全起见，你把剩下的货转移到一个地方，以免有人来查。"

冯乾犯了愁，怕没个可靠的人看管，见状，李琅玉道："我认识个大娘，又聋又哑，在护城河那一带打扫货仓，你把东西放那，完全可以放心。"后又借机让冯乾拿了家里的印章，签好字条。这下子，物证字证，齐了。

　　李琅玉走出冯家大院，阳光生猛，双眼被照得微微泛痛，当年他傅家被人说是卖国的汉奸，便是因为搜出了大烟吗啡，可他父亲一生清清白白，怎么会做这种事，而在这之后，傅家败了，曾经以同行观摩为借口在他家暂住的冯尚元却是声名鹊起，成了"北平第一"。李琅玉将那份字证揣回口袋，他日必定能用上，现在便是等待良机。

　　冯尚元这些日子抽不出半点工夫，整天都泡在园子里，李琅玉索性回了程家，反正也不是真来学戏的，而这日晚饭过后，四处已经熄灯大半，月巧将将合上大门，便听到外面一阵急急的敲打声。

　　来的是那位齐老的女儿齐薇男，她满脸大汗，面色苍白，找到李琅玉后直接一跪："阿爸快不行了，求您救救他！"

　　齐老跳河了——这事被齐薇男说得胆战心惊。原来，这日下午齐家门外来了一伙人，穿得有模有样，声称是北平艺展会的，终审时间改到晚上，让他们收拾收拾赶紧跟着去。齐薇男和他父亲也没疑心，带着几大箱子随那伙人上了车，哪知半道上突然变了卦，那伙人将车开到河边，二话不言便将齐老他们赶了下来，还把箱子扔进水里。

　　李琅玉听到这里便知道坏了。齐老年纪虽大，但也是个犟性子，且不说春天寒气未消，就那把岁数扎进河里也是不得了，当即请了医生一同前去。一行人忙至深夜，齐老的命总算是保下来了，但问题是天一亮，就得正式终审，暂不论齐老能不能下床，就箱子里的大部分毛猴完成品而言，现在基本毁了。

　　齐薇男坐在床边抹泪，只道自己当时糊涂，哭哭啼啼有大半阵子。昏暗的小屋子本来就愁云惨雾，这下更是雪上加霜。李琅玉在屋里来回走了两圈，最后看了下表，什么都没说，径直走到桌边打开齐老的工具箱，齐薇男问他干什么，他说，能救多少就是多少，声音斩钉截铁。

"可是我们肯定没希望了。"女人悲观地望着他。

这事李琅玉自然明白，但他看着这一屋子人，还想再最后搏一搏："唐三藏取经历八十难，少一难，佛祖还让他通天河遇鼋湿经书，你怎么知道我们这不是最后一难？"他向来对事执着，不肯轻易罢手，"咱们还有时间，去了至少有赢的机会，不去那才是没希望。"

他眼正气稳，一番话被牵出沉甸甸的分量，好像真能枯木回春似的。齐薇男张了张嘴，面容微微触动，静驻了五秒，最终咬紧下唇，收尽所有阴丧气，直道："你一个人在这瞎摆弄什么，我教你。"

两人伏在发黄的灯光下，拆拆剪剪，倒腾了大半晚，桌子不长，此时已经被各式工具占满了。李琅玉撑起眼皮拨弄着手表，离天亮还有两个小时，小叶坐在椅上早已睡着，齐薇男中途打了个盹儿，许是累坏了，睡得很沉，李琅玉给她披了件外衣。

屋里传来一阵哮喘，突兀得让李琅玉猛一打起精神，立刻端着药送到床边。齐老弓起驼背，伸出形同枯木的手抓紧他衣角，坚持要起来，李琅玉软说慢磨让对方以身体为重，奈何齐老也是个执拗的主，红着双眼铆足劲地要下床，晦暗灯光里的残年状，招人可怜。

齐老道，他家从爷爷辈开始做毛猴手艺，扎在北平数十年，参加过大大小小的庙会，就算后来战乱也未曾离开，只要还有一口气，他就要去争，祖宗传下来的东西，不能在他这里没了。

他说得急，字字都要泣血似的，恨不能一下子全部道出来，咳嗽接连不断。李琅玉垂着眼睑，思绪飘到许久之前，黄衷问他为什么要帮齐老，除了同是天涯沦落人，还有就是那双手，那双胖胀满布的手，实在太像了，像极了他父亲的手。李琅玉沉下气，道："您放心，这事有我们。"不是宽慰，是实打实的肯定，"我父亲生前唱戏，与您一样，都是走惯江湖场子的，他说，身怀长技者，上天必不负之。就算山穷水尽、马高镫短，咱们一口气在，那就一定能赢。"

这世界上的事，哪有什么忍气吞声者就能得享眷顾，还不得争个明明白白。

天亮时分，齐薇男挽着她爸上了车，李琅玉陪同他们赶到北平大戏院会场。场内来了不少人，密密麻麻紧挨在一起，围了三道，报名的人神情各异，但也无非两种——塞钱的闭目养神，没塞钱的只能眨巴眼。正北方摆了张长桌，坐着三个评审，都是五十岁上下，喝茶聊天嗑瓜子，似乎只是来走个过场。

李琅玉他们是在最后一刻才进了大厅门，其中一评审眼也不抬便说名额满了，意思是别瞎费功夫。

"满了，那我们就挤出来一个！"

"目无规定！"

"哪里的规定？受贿行特权是规定？强征他人住处是规定？还是欺上瞒下是规定？"李琅玉字字发力，诘问得对方口舌打绊。艺展今年浑水人人心里门儿清，然而谁也不肯捅破，但总得有一个傻瓜出头，才能让这事再无隐藏。

周围有人小声讨论起来，其实还是根导火索，有了第一个，就有第二个。

李琅玉站在齐老身边，帮他摆好展具，无视那三位评审的蜡黄脸色。他坦然有底气，这种心境莫名熟悉，似乎回到了去年广州的赌石秋会场，饶是开头如何惨淡，最后也能收之囊中。程翰良那时跟他说：别怕，你得相信，你不会输。而现在，他无意识地握住齐老的手说："别怕，我们不会输。"

四四方方一张台，三个手艺毛猴踩在石墩上，个个都戴了一顶小毡帽。三个中年评委一看，脸色阴沉沉，沐猴而冠——指的是谁？

接着，小房屋、小架子搭起来，四十多个毛猴陆续摆上场，五颜六色，道具小巧精致，不到一会儿，便热闹了。人们定睛一看，这分明是出活生生的前门大街集市模样，还别说，挺像那么一回事。提笼子的，拄拐的，头戴红花的，还有揉面团的，演杂技的，卖烤栗子的，纷纷杂杂。这条大街向东南西北四个方向拓展，陆续囊盖了北平的几处有名地方，仿佛百家汇场。齐薇男这个时候敲起了京韵大鼓，人们目不转睛，李琅玉紧随其后，半说半唱，唱的是他小时候，他母亲沈知兰教他的北平街名歌谣，家喻户晓，小孩子都唱过。

评委努了努嘴——雕虫小技。

待活齐得差不多了，李琅玉推来展台架子，齐薇男撤了桌子，齐老抽出台布，人们这才发现，那布竟是粘了胶的，先前的热闹模样此刻都被固定在台布上，往架子上一搭，居然成了一个大大的"猿"字，一笔一画都是一条街。

男女老少齐声喝"厉害嘞"，声势越吵越大，而这时候，坐在中间的评委睨着眼，慢悠悠道："既然结束了，你们该撤的都给我撤了。"

"我们要结果！"齐薇男见他态度傲慢，语气也带了刺。

"还要什么结果，你们这些根本拿不出手。"

"有本事你来！"齐薇男嚷道。

评委脸色微青，直接对她喝道："低俗！"

眼见着这边愈演愈僵，李琅玉率先发了话："照你们的意思，这些是不是都上不了台面，都不登大雅之堂？"

"当然！"对方不假思索，李琅玉这时却笑了。他从箱子里取出一幅书法，上面写着"猿鹤虫沙"四个字，但却是由四张纸拼在一块儿的，而那个"猿"字，正是齐老最后展示的雏形。

"这又如何？"

"你往下看，看看写字的人是谁？"

这一说，牵住了全场的视线，那四张纸左下方皆有一处印章及落款，清清楚楚，写着"于和章书"。

于和章是谁，于秘书长！这次艺展的监督！

自从在程翰良那里得知这样一位人物，李琅玉干脆讨来他的字。送往程家的书画古董向来多，弄这么一出也不难。"几位前辈眼光真高，于秘书长的字都上不了台面。"

评委席顿时噤了声，面面相觑，颇为尴尬。过了好久，其中一人突然憋出一句："谁能保证你这是不是真品？"

李琅玉本想接上，但一道声音突然从二楼传下，浑厚有力——"是不是真品，我自然知道。"伴着嗒嗒的下楼声，李琅玉这才发现原来楼上还有人，而这人，就是那位于秘书长。

于和章一走下来，屋子里的氛围便不一样了，三个评委都离了座，显然是让位的意思。于和章看着李琅玉，又看了眼那幅字，不紧不慢道："程中将上次寻鄙人这早年拙作，原来是为了这个。"

"虫沙易寻，猿鹤难寻。"李琅玉顺势补充道，"拙而不愚，是好字。"

于和章抬起眼眸，笑说："功课做得不错。"

据说，几年前的一场饭局上，有俩官员想向于秘书长讨要墨宝，而那两人在民间风评极差，于秘书长也没拒绝，当场留了"猿鹤虫沙"这四个字，"虫沙"予那两人，"猿鹤"赠给了同桌的一位教育家和一位画家。周穆王南征，一军尽化，君子为猿为鹤，小人为虫为沙。

于和章坐在位上，抬眸问："听闻你是央大的，那我这倒有几个问题，你来说说。"

李琅玉尚在疑惑对方是怎么知道自己的，但也管不了许多，等着发问。

"我知道北平的百姓对艺展甚为关注，鄙人作为今年监督，确实有许多承办不周的地方。但在其位，谋其政，为官以来许多事却不是非黑即白。"他在这时将目光转向李琅玉，道，"古时镇平县上有个琢玉之乡，祖祖代代都是做这行，出来的玉器精美有灵性，但是他们从不外销，据说是这个乡的规矩，手艺人若有拿玉换钱的心思，便再也琢不出好玉。"

他顿了顿，继续说道："可恰巧，有一年逢饥荒，乡里贫穷，粮食短缺，饿死许多人，琢玉的人也少了。这时候来了个外乡人，说，我有钱，有粮食，只要你们以后用玉来换。最后，到底是命重要，乡里的人就照做了，饥荒过后，大家依旧琢玉，也开始拿去外市换作生计，乡里的生活渐渐好了，只是产出来的玉也不复以往，平平无奇就是了。"

于和章的故事讲到这里，七七八八也明白了，一个鱼和熊掌的冲突。

"若是你，该如何选？"他问李琅玉。

李琅玉反问道："在于秘书心里，孰为鱼，孰为熊掌？"

于和章点点头，意思是问到点了，他坦然说："我有答案，但不是你的答案。"彼之熊掌，汝之鱼。

李琅玉想了会儿，道："若为求生，便是坏塘取龟，漏脯充饥，可若不求，便是自断后路。怎么看都是绝路。"这是个难题，可他说起来有种自己都未察觉的轻松，大抵绝路之事对他来说已是平常，李琅玉微微皱了皱鼻头，说："那就从心，既然怎么走都是山穷水断，不如就选自己的本心。"

于和章扬起双眉，悠悠道："我年轻时指不定也是跟你一个想法。"

李琅玉等着他的转折，果然，于和章从位子上站了起来，踱步到人群面前："我知晓这段时间大家都在议论咱们北平艺展，说官商勾结，说有不法门道，还说艺展是个空壳子，实际上想给外国人行方便。这些，我于某人今天就在这告诉大家，你们听到的有真，也有假。"

这话一出，立马在四周引起不小的声音，无论是谁，都没想到这位于秘书倒真的大大方方承认了其中的浑水。于和章巡视一圈，接着朗声道："说起咱们北平，最早可追溯到春秋战国时期，那时管这叫'蓟'，到了元朝，又叫'大都'，然后明朝永乐迁都，'北平'改'北京'，'北京'改'京师'，而现在，又变回了'北平'。"他摇摇头，无奈地笑说，"北平，取的是'北方安宁平定'之意，但似乎历史总不遂人意。

"不只北平，还有整个北方，整个中国，现在都处于一场'饥荒'中，我若只是一个普通百姓，那大可从心，鱼和熊掌，取我所需，可我偏偏就在这仕途中，背后有167万北平人，有时候不得不做疗疮剜肉之事，必有取舍，我要从谁的心？"

于和章这时再次将脸转向李琅玉，但吐出来的字句却是说给每个人："今日你为齐老说话，那你可知这次艺展中，还有无数和齐老一样的人，他们土生土长，都是北平曾经的记忆，现在都被牺牲了，你顾得过来吗？"

事实的窗纸被剥离得赤裸无余，质问来得猛烈有力，齐薇男愣了，三个评委哑言了，人群鸦雀无声，徒留李琅玉在大厅中央，独自迎上这质问。

这是真相，是鱼和熊掌的谜底，是石没大海无力的绝望。

李琅玉神情有点放空，他的思绪一下子散了，怎么聚都聚不起来，他开始想到一些过去的人和事，譬如，若是他父亲傅平徽，会如何做，他记得那时家里的戏班中有很多人都是孤儿出身，最后都成了他父亲的弟子；再或者，若是他姨娘白静秋，会如何做，她那时顾得了他，却顾不了自己的女儿；若是……程翰良呢？傅平徽生前常让他多向这位得意门生学习，若是程翰良在，又会如何做？

他想了许久，最后竟发现毫无办法，不禁连自己都笑了，自嘲的笑。"那我还是要坚持。"他这样说，"顾一个人也是顾，顾两个人也是顾，有多少顾多少，于秘书的难处我明白，在这世上，活下去固然重要，但也有很多比活下去还重要的事情。对齐老来说，祖传手艺便是比命还可贵的东西，玉石换钱失其灵性，不为瓦全固其匠心。总有人得为他们坚持下去，这才是舍鱼取熊掌的初衷。"

窗外的日光扫过明亮玻璃，太阳已经到了正中，照得屋内无比敞亮，连粉尘都一清二楚。于和章慢慢侧过身去，眼中闪过一点温润的笑意："这样也好，好在你年轻，还能这样坦然地说。我是说不出来了。"

齐薇男等人松了一口气，瞧于秘书这意思，不就是成了。李琅玉还是有点不放心，追问齐老的事怎么办，于和章来到桌边，道："好在这事不是你一人坚持。"他抬眼看向二楼，那里隔着一层帘，里面似乎有人，于和章高声道："程中将，这事你得欠我一个人情。"

也是这一高声，才让李琅玉将将意识到，程翰良就在这里。

帘幕被人卷起，窸窸窣窣的摩擦声像穿堂风一样，李琅玉站在楼下，目光迎了上去，看到那个熟悉的面容。按理说，程翰良的出现并不在他意料之中，但他出奇平静地觉得理应如此。他双眸漆黑，不带闪躲，有熠熠的亮光，嘴角扬起微不可察的弧度，仿佛是暗中的较量与得意，在程翰良的眼里，他便是这般模样。

齐老一事被于和章格外开恩，得到圆满解决，再过不久，父女俩就能回到鼓楼街上的老房子。程翰良在里面与于秘书谈话，李琅玉让小叶先送齐氏回去，张管家的车停在外面，这是要一起走的意思。

李琅玉坐在车后座，露出了一丝疲倦，整夜未睡，大脑紧张过后便彻底僵成一团糨糊，他只是想靠在后座上休息一会儿。

"昨晚老张说你急匆匆跑出去，也没打个招呼，我猜你多半会来这边。"他不动声色地往后靠去，让李琅玉自然而然地与他隔着一段小小距离。他知道对方的小心思。

李琅玉垂下眼眸，缄默着，右手微微蜷起，程翰良只凝视了片刻，也不深究。李琅玉替齐老倒腾了一晚的活儿，中途惹上一点浅浅的割伤和胶水痕迹，程翰良看着他的手，有轻微的无奈道："人家一辈子的技艺哪有那么简单好学，这手还是练字好看。"

李琅玉双唇紧抿，目光一点一点挪到面前男人身上，车外昏昏日光落在这狭小的空间里，像心脏一样颤动着。他竟说不出什么话，丧失了语言能力似的，满腔是支零片碎的情绪，却又无从谈起。

倒是程翰良先转到另一个话题，道："刚刚于秘书还跟我说，后生可畏，你让他想起年轻时的一些事。"他抬起眼眸，递了一个深邃的眼神予李琅玉，道，"虽说世上有许多比活下去有意义的事情，但前提是你得活下去。"

"所以你也是？"李琅玉反问道。

程翰良微微错愕，沉默片刻后忽而一笑，说："你在期待我告诉你什么？"

"你……"李琅玉愠怒地别开脸，把对方搁在身后，皱着眉头只看窗外。待拐了两三个街道口，他又突然失落——刚刚有什么可气的呢？实在莫名。"黄衷老爷子是你找来的吧。"他问程翰良，对方简单"嗯"了一声，算作回应。

这就合理了，那么巧的时间，那么巧的人，也只有他能请得动了。可李琅玉既不想承认是借他的光，又不想言谢，所以这事怪来怪去，他便干脆怪在张管家头上——这个老貔貅老精怪老嘴漏子，成天在他面前说怕让程翰良知道，不让管，结果自己转头就变了风向，而在前面开着车的张管家，此时并不知道自己被送上貔貅精怪嘴漏子这三顶高帽。

"说起来，有件事一直想问你。"程翰良这时对他道，"你以后有什么想干的工作？学校老师、新闻社编辑还是人事局文员？"

"我不去这些地方。"李琅玉眼睫微眨，反驳中带有些许刻意，"我打算去银行的对外事务部。"

程翰良抿了抿嘴，五秒后道："抛头露面的活儿，不安分，还有点油。"

李琅玉鼻头一扬，不乏得意地轻哼道："那是你们，时代不同了，三年跨一沟，五载爬一山，程中将，你掰开手指数数看，咱俩中间差的可不是一条沟一座山哪……"噎人而已，不过是插你心头一刀，他也会。

"你个小……"声音被硬生生地掐断，程中将到底没骂出后面的那句"王八羔子兔崽子"，倒是张管家插了进来——"那照姑爷这么说，我老张跟你差的不就是十万八千里咯？"

"那可不，不过地球是圆的，咱俩差着差着还能接上头，就怕那些差了四沟两重山的，只能搁在半道上。"张管家听完不禁哈哈大笑，仿佛不忌主子似的，李琅玉也跟着笑，难得看对方吃瘪一次心情舒畅。

车里洋溢着年轻的快活气儿，热热闹闹，但李琅玉不知道的是，程翰良的的确确在认真思量着那几条沟。

这趟路途约莫走了一个钟头，最后的终点是临近城外的一处四合院，周围古树参天，不见尘土。"这是哪儿？"李琅玉边下车边询问道。

"一直想带你来看的地方。"程翰良是这么回答他的。

三人走进院内，空气里弥漫着生火起炊后的米香味，张管家招呼几位年长妇人出了屋，都是程家下人打扮的样子，再往前，靠近中门，李琅玉听见砰砰作响的兵器声。

"进去瞧瞧？"

李琅玉照做了，打开门，顿住了脚步。中间的院子里有七八个小孩，小的有五岁，大的不超过十四，一个个舞枪耍棍，练习走步。"这，这是……"李琅玉双目陡然睁大，嘴唇翕动。别人看不出，可他却是绝不会看错。

程翰良没有答他，而是叫了那个年龄最大的孩子过来。

"程师父好！"

听到这个称呼，李琅玉不解地看向程翰良。

"有没有照顾好弟弟妹妹？"

"有，小石头早前感冒发烧，我们买了药，得亏丁婶婶和孙大娘帮忙做饭，现在病也好了。月丫头的鞋破了，告诉张管家后，现在也买来新的了，还有佟子、小秋、六儿，这几天都在练功课。"

程翰良满意地笑道："那你呢？功课有没有落下？"

"程师父要检查吗？"

"这个哥哥想看，你给他露一手。"程翰良把李琅玉拉近身边，也不打算解释。

那男孩向李琅玉作了个揖，说："棍戏我比较拿手，哥哥想看哪一段？"

"就刚刚进门时，你练习的那段。"李琅玉说的是《琼林宴》。只见那男孩定了定身姿，左手抬起，右手握棍，并着碎步绕了个半圈，紧接着便是连续横翻，耍了个"棍花"。力量很满，出招也稳——基本功不错。

"哥哥，怎样？"男孩站定后跑到他面前。

"程师父教的吗？"李琅玉问道，对方点点头。

其实一进门，他便发觉了，有这样的猜测，不足为奇。程翰良让那孩子先回去，一转头，便看见李琅玉垂眸思索的样子，道："有想问的吗？"

李琅玉抬起头，滚动的漆色眼眸发出颤巍巍的亮光，不知是何种情绪，他问——你还记得？还问——你为什么要记得？他以为这么多年，程翰良早就将傅家施与的一切全部忘掉，该是如此才不错。

都说一代人做一代事，三百六十行，代代相传，薪火不灭。傅平徽那个年代是要混口饭吃，得有门看家活儿，而李琅玉跟他父亲不一样，他小时只是觉得听人唱戏好玩，图个新鲜，志不在此，能读书自然比唱戏好。幸好傅平徽徒弟多，也没指着自家小儿接替衣钵，只不过，这"幸好"到最后也不能幸免。

"这些孩子都是孤儿，我见他们可怜，又没法上学，趁年纪小，倒不如教他们点东西。"避重就轻的答案，李琅玉并不满意，遂追问："因为愧疚吗？"

程翰良带着略微轻蔑的笑意道："姑且可以这么认为。"

李琅玉猛吸一口气，声音拔高道："你不是说你不后悔吗？"他想起那个雨天里的质问，那个冰冷的回答。

两人对视片刻后，程翰良嘴角噙起温柔的弧度："大概是你回来之后，有点后悔了。"漫不经心，似真似假。

满庭日光从树叶间隙中洒下来，烟囱里飘起炊烟，有徐徐的风声，有叽喳的鸟鸣，还有什么在悄悄破土。李琅玉眼眸深处是波澜不惊的暗流，他向前走近一步，吐出两字——"懦夫。"

章十八

仲春，风好，北平的艺展终于要来了。从沁春园到鼓楼大街，几里路的鞭炮屑浮上屋顶。程家在园子里预定了位置，李琅玉往四周一看，都是有名望的商贾人士，正中央的座儿则是给于和章秘书留的。

冯尚元的节目压轴，上妆之前穿得十分讲究，只是脸色十分难看。李琅玉问一路过弟子，才得知是今早开台卜卦不顺，冯尚元掷杯筊连掷三次，都是阴杯。这也难怪了，一般台上吃饭的人逢大演出必要问卦，三次阴杯，便是神佛不准的意思，可这艺展却不是平日表演那样想推便推的。

程翰良身旁是一位广东省银行的处长，两人聊得正酣，李琅玉趁他不注意，悄悄离了座，一路来到表演后台。后台人来人往，进进出出，个个着华服、涂粉面，掺和成一幅乱哄哄的"浮世绘"。冯尚元站在一张桌前，衣服没换，只打了个白底，但再厚的妆底也挡不住他的躁怒，弟子们被呵斥得胆战心惊，也只有几位老前辈刚上前打圆场。

"吴成呢，吴成去哪了！"冯尚元这时喊了一个人的名字。

"师父，吴成说他闹肚子，从早上到现在就没消停过。"

"这狗屁掉链子玩意儿！"冯尚元暗暗骂了句粗，派人一催再催，而一小时过后就得上场，屋子里仿佛放了尊烧火大鼎，闷热闷热的。

"冯班主，让我来替他吧。"李琅玉从人群中走出来，站在冯尚元的面前。

"你？"冯尚元感到不可置信，周围的徒弟也开始小声议论。

"是。不瞒您说，前段时间我在后院练习的时候，也看了几次，吴成在文昭关这一出扮的是守关官吏，词不多，动作也不复杂，救场如救火，冯班主若不信，我给您现在就比画一段。"

冯尚元让他试试，结果还真是词分毫不差，走步也没错。

"师父，让他上吧！"

"对啊，老冯，现在等不了了……"

周围劝说声越来越大，冯尚元咬了咬牙，隐隐觉得邪门，但眼下也没别的招，只好扯开嗓子道："吴曲，带他上妆！"

不久，《伍子胥》第一场拉开了大幕，台下人头攒动，座无虚席。程翰良注意到李琅玉还没回来，等了等，依然不见人，遂跟左右打声招呼，便也离开了。此时正是群戏，大部分演员都留在台上，程翰良一路问人，寻到了后台处。

吴曲着急上台，只匆匆给李琅玉化到眼妆便走了，现下屋子里没人，李琅玉只得自己描眉，幸好小生脸，加上大半部分都画好了，其余的不难。他细细描摹，面上却是无半分表情，屋子靠墙处放了个箱子，是待会他那一场的道具，救火是假，放火是真，那箱子里的东西早被他偷天换了日。就在这时，梳妆镜中帘幕被卷起，李琅玉回头一看，看到了程翰良。

"你来干什么？"

"你在闹什么？"

两人几乎同时发出质问。

"替冯班主救个场，权当交了前段时间的学费。"李琅玉不慌不忙，仍旧专注上妆。

程翰良顺势坐到他对面，轻轻松松道："程家还没这么穷，让堂堂的程家姑爷来以身抵债，更何况这点小钱冯班主也不会在乎。"

"人家只是嘴上不说，指不定心里早连你祖宗一起骂了。"

"我祖上都是孤魂野鬼，现今只有我一人，他骂，算不了什么。"程翰良说着这话时，目光却放在李琅玉身上，看得对方不由转过半边脸，心里起伏躁乱不自在。忽地，李琅玉右手一顿，笔没握好，作势要掉下，程翰良恰好接住了它。

"还我，他们要来催了。"

程翰良却是伸出手，道："太慢了，我帮你画。"

李琅玉对这强硬的举动瞬间不满，还未开口，又听对方道："不许皱眉头。"语气不重，但却让李琅玉放弃了抵触。

两人没有再说话，只有微小的动作拨乱了空气，木架上有许多小摆置，粉靛紫金的油彩妆盘一字排开，为这稍显凌乱的屋内添了点艳色。

李琅玉望向镜子，他其实更像母亲，但上妆后的样子却与父亲年轻时无差。程翰良站在他身后，缓声道："我知道你有分寸，但也要注意保护自己，不要置身于风口浪尖中。"

这意思不言而喻，李琅玉微微扬眉，突然冲程翰良露出一个笑容："在我们的赌局还没结束之前，我会保护好自己。"

纸窗外的零星光线投到地面上，屋外有几个下人嬉笑着擦墙走过，李琅玉一动不动地看着他，程翰良拿了根干净的笔，蘸了些许水红色油彩，示意对方伸出手。他在李琅玉的手心里点了几笔，最后绘了个莲花图案。

"什么意思？"李琅玉仔细端凝了小会儿，没瞧明白。

"一莲托生，同生共死。"

程翰良回到台下时，第二幕刚好结束，等了小会儿，舞台旁边终于摆上了第三幕的名字，而李琅玉便在即将上台的一行人中。《文昭关》讲的是伍员一夜白头，在东皋公帮忙下混出昭关的故事。冯尚元重新换了发套，和几伙人一同上台，三番周转，嗯嗯呀呀地唱了几个回合，终于切到最后一个场景，而李琅玉，身着守城官吏服，踩黑靴，便是这个时候露面的。

冯尚元看到李琅玉上妆的模样后，朝前迈的步子蓦地顿了下来，那厢嘴里的唱词好像被人掐了，好在是换气的茬，观众没发现其中古怪，可是对冯尚元来说，却如见了鬼煞一般。

太像了！太像了！他不敢相信这世界上还有如此相像的人——这程家姑爷怎生得跟那人一模一样。

他用了甩袖，伴装围着舞台边缘走步子，大脑里千般思绪一刻不停，两个名字来回徘徊——李琅玉、傅平徽、李琅玉、傅平徽、李琅玉、傅平徽……直到同台的一拨演员离了场，他才逐渐冷静下来。

但事情怪就怪在这个时候，按理说，李琅玉替的是吴成那个官吏角色，这时候早该没戏份了，可他现在还杵在台上，跟他搭伙的人几次暗示，着急地在幕布后催促他快点下来，但李琅玉偏偏一动不动。

台上只有他和冯尚元两人。冯尚元心一提，暗道莫不是这小子掉链子忘了下去。他瞧了瞧对方，手持刀戟，保持着先前守关的站姿，两眼盯紧他。冯尚元狠狠压下对那相似外貌的疑惑，决定来个即兴表演，先把这小子弄下场再说。

到底是有多年的经验，这点事冯尚元还不至于手足无措。只见他镇定自若来到李琅玉面前，不费力气道："这位军爷，天色已晚，将士纷纷回城，你又何必独自在此？"这话明得不能再明，只要对方顺水推舟，趁机下台，也不算砸场。

可那一言不发的李琅玉却在此时开了口："虎兕相逢，等一贼人。"

冯尚元一惊，吊起眼皮，棕色的眼珠子在眶里咕噜滚了一圈，角落里奏乐的师傅们没被告知还有这出，但也瞧出自家班主是打算即兴发挥了，话说这戏可不能干巴巴地只念词，于是心照不宣地配起乐来。

一道响亮的铙钹声适时响起，京胡一横，冯尚元道："贼人是谁？"

京胡再一横，李琅玉直截了当一个字——"你！"

192

"你知我是谁？"冯尚元越发觉得不对劲，只能半真半假地演下去。

"北平第一的冯大班主。"话音一落，奏乐的也不禁停了下来，更别说冯尚元本人，此时仿佛针芒刺背。而底下观众们也开始纳闷，《伍子胥·文昭关》的剧情可不是这么个走向，这演的到底是哪一出？

"我与你何仇何怨？"冯尚元抖着手指颤悠悠地指向对方，心脏如鼓擂动。

李琅玉踱步到他身后，也就是放道具箱子的地方。他这回唱道："尊一声冯班主细听端的。曾记得去年秋日广州行，你为令公子被困把话提，查到了货源行踪诡谲难定，我料你冯家烟酒必有端倪。"

这段西皮原板再熟悉不过，词虽改了，但大家伙立马听出来改的是《铡美案》里的一段，于是乐了——"这伍子胥怎么串到包公案去了？"更有一些人以为今年冯家班准备来个旧曲新唱，便纷纷打起精神，等待后续。

李琅玉不顾下面骚乱，接着唱道："到如今有人来告令公子，为谋暴利贩毒把民欺，我劝你认罪缴货是正理，祸到了临头悔不及。"

这词的意思冯尚元再清楚不过，他讷讷张了张嘴，却无及时回应，缄默时间越长，底下人便越觉得不对劲。而于秘书等一众官员坐在下面，脸色渐渐严肃。

冯尚元自知不能再等，想着赶紧撇清这事，遂也跟着唱道："军爷讲话如梦幻，老夫有言听心间。早年下海去行商，幸喜得薄利身荣显，哪知同行相轻小人言，今日凭空罪名把我冠，军爷空口无证为哪般？"

冯尚元要证据，李琅玉便给他证据。只见他揭开身旁的箱盖，好家伙，满满的一箱袋装吗啡，冯尚元大惊，观众也大惊。李琅玉拿出一张带章的字证，正是之前冯乾去河边藏货时交给那聋哑大娘的，冯家的章印清清楚楚。

这下子，冯尚元说不出半句话了，他从李琅玉手上夺过那张字条，是冯乾的字，一泼冰水冲过心脏，他慌极气极。之前他知道冯乾在干这事时便已发了好几通火，自家的儿子是什么货色他不是不知道，只是他万万没想到冯乾会沾染到这些东西。等到后来，冯家烟酒生意确实因为此牟了许多暴利，他便宽慰自己这事情兴许能藏一辈子，只是大劫大难终究逃不过。

场内的声音渐渐熄灭下去，于和章从正中央的位子站起来，支了个眼色，一众队伍齐刷刷上台，将冯尚元团团围住。

"冯班主，劳烦你今日多走一趟，给个交代吧。"

这年头干黑色勾当是什么后果，冯尚元自然清楚，他将那张纸捏成皱巴巴的一团，似乎是下了某种决心。"诸位，对不住了，今日这戏演不下去了。"

他缓缓侧过身去，看了眼幕后的弟子，又看了眼同行的朋友，再看了眼台下，最后看了眼上方——百鸟朝凤的彩绘屋顶，大红大紫的好寓意。

都说慈母多败儿，只因儿子他娘早逝，他便不忍管教，今日也是食了恶果，不过儿子再不好，债都由老子承担。冯尚元被人押出了门，没有任何挣扎。只是经过李琅玉身边时，他意味深长地道了一句："你不是程家姑爷，你才是金蝉脱壳的伍子胥。"

因为这么一出"大戏"，沁春园开始清场，于秘书要对里外开始彻查，冯家班的弟子都被带到另一个地方集中起来，而前来的观众也被赶了出去。李琅玉卸了妆，园子里已是乱哄哄的一团，他没有去找程翰良，而是往后院走去。

后院是冯家平日练习时的住处，有时也用来存放演出道具。李琅玉推开一间间屋子，翻来覆去地搜寻着。那根红缨银枪，他得要找出来。

大概进了七八间屋子，李琅玉终于在一钩帘幕后的柜子里找到银枪。他心里难掩雀跃，仿佛完成了一件重大嘱托，可正当他转身时，一个重物砸在头上，鲜血顺着额角流下来，渐渐视线模糊，一点点黑下去。

在最后，他隐隐约约看到一个人影，来不及分辨，便失去了知觉……

李琅玉醒来时，还是在那间屋子里，但双手被缚在背后，视线仍然模糊，大脑有剧痛传来，半明半暗的光线里，他撑开眼皮，终于瞧见了那个人——是冯乾。

冯乾锁紧门，整个人处于一种诡异的紧张感中。他来回走动着，仿佛停不下来，两只手臂一直在抖，他瞧见李琅玉醒了，突然像受惊的野兽一样反应过来。"都是你，都是你！你害了我爸，害了我们家！你从一开始就想害我们！"冯乾伸出食指对准他，哆嗦着双唇不住喘气道，"如果不是你，根本不会有人来查，你骗我！"

他歇斯底里地吼叫着，从小到大，他被冯尚元骂是不学无术的纨绔子，铤而走险跟毒品搭上关系无非是想在别人面前耀武扬威一次，他揽下家里的生意，纵然心术不正，也是想着等名利双收后，自家老子就不会跟以前那样嫌弃他。但是，这一切都不复存在了。

"你、你们，你们程家一直都想害冯家，你就是他们派来的刽子手！"他愈说愈疯魔，反反复复陷入自言自语中，然后环顾左右，好像要找什么，最后从柜子里拿出一根铁棍，咽了咽口水，朝李琅玉走去。

李琅玉本能意识到不妙，遂磕磕绊绊地站起身，往大门方向冲去。是锁的，他便用身子去撞，"砰砰"的声音一下一下，他希望外面有人能听到。而比起活动受限的他，冯乾直接抄起铁棍朝他后背猛地一砸，李琅玉当场叫出声，从肩头到手腕通通麻了一遭。

冯乾自知已无生机，外面都是警察，只要他走出这屋子，下场如冯尚元一样。他也是被逼到悬崖便干脆来个鱼死网破，不管怎么样，被他视作罪魁祸首的李琅玉是一定要被拉下去的。他把李琅玉摁倒在地，抬起手臂，作势又来一棍："反正我走不出去了，你也别想好好活着！"

这一棍是朝面门的方向砸去，李琅玉手被绑着，没法动，便抬膝盖去挡，小腿关节结结实实地挨了这一下，瞬间脸色惨白。可那冯乾又岂是轻易作罢的主，李琅玉朝对方脖子踢去，双腿跪地压制住冯乾的颈部，让他不得呼吸，同时继续撞门。

冯乾面色通红，手脚乱舞，棍子一道道打在李琅玉腿上。两人僵持了一阵，最后是阵痛积累在一起，李琅玉没了劲，只知筋骨像撕裂一样，半分力气都使不出来。

冯乾从地上爬起，在一旁呕出腹水。他瞧着躺在地上的人，发出阵阵的疯癫笑声，他把铁棍扔了，从桌子上方端下一尊翠玉佛像，这是之前两人结下梁子时，程翰良派张管家送的赔礼，这么一块重物砸下去，结果可想而知："你们程家的东西，就让你替他们收去，送给你的下葬礼！"

冯乾高高举起，神情狰狞，就在即将松手时，大门"嘭"地被踹开，日光倏地照进来，异常刺眼，一伙人的影子被拉长，程翰良眼神凌厉，站在众人中间。

冯乾被这场面吓得手一哆嗦，那佛像就地落下，程翰良瞳孔登时睁大，眼疾身快地扑到李琅玉面前，用自己的后背挡住这一遭。李琅玉额头上的血遮住了大半视线，他辨不清眼前人的样貌，但觉得自己被包裹在一团温暖的气息里。

刚刚破门的一瞬间，他听到那声熟悉的"琅玉"，像招魂般把自己勾了出来。他当时虽全身疼痛，脑子也不清晰，但那人赶来时，他想到的居然不是得救了，也不是真好幸好，而是在懊丧——那人喊自己名字喊了那么多次，怎么现在才发现，他声音其实是很好听的。

北平气候干燥，即使是春季，也不像南方那样多雨。但今年北平的第一场雨却很快就下了。张管家后来告诉李琅玉："那天看见四爷背着昏迷不醒的你，我这把老骨头都吓一跳，你在床上没意识的时候，四爷一宿一宿地陪你。"外面的雨声被窗户隔了大半，李琅玉低下头，眼色里埋着凝重。

"小姑爷，你也别怕，林医生说了，这腿伤得养两个月，只要好好休息换药，就不会落下病根，我保证，两个月后的你还能和以前一样能走能跑。"

"那程……"他咽了声，再道，"四爷那边呢？"

"四爷你就甭担心了，他的身子骨可比你们这些小年轻好多了，你醒来后他还有很多事要处理。"张管家将粥端给他，说，"小叶和月巧这段时间都在楼上，一日三餐都会送到这里，你有事便喊他们。"

李琅玉点头应和着，听张管家说了半天的程翰良，可自他醒来这几天都未见到本人，似乎又出门了。那天确实伤到了筋骨，平日行动得让人帮忙扶着，后来他找根拐想自己走，走累了才叫小叶。下楼是件麻烦事，所以他便只待在二楼，外面是阴雨天，没有阳光，屋子里整日都是闷压压的，两个月过去三分之一，李琅玉却觉得过了一年。

这天傍晚，他正躺在床上小睡，忽然感觉身边来了人，他睁眼，竟发现程翰良坐在床边。李琅玉愣了愣，一下子坐起："你……回来了？"开口后他觉得这问题有点傻，人都坐到这里了还能不回来。

程翰良笑着垂眸，帮他把被角掖好："事情办完了，就想快点回来。"后又补充道，"中途打回三个电话，老张说你恢复得挺好。"

李琅玉抿着唇，眉头皱得可爱："老张那添油加醋的嘴你也信。"

这就有意思了，程翰良觉他模样天真，遂道："那你是指你过得不好？"

李琅玉突然后悔说这句，本是随口一言，万一程翰良当真，可能归咎在那些照顾自己的人身上，于是改口道："没有，过得挺好，吃得好，睡得好，就是天天在屋子里闷了点。"程翰良环顾四周，尽管窗帘都已拉开，但房间里没有生气。

"你想去哪？"

"去楼下院子里。"

程翰良瞧向窗外，皱了皱眉，道："外面还下着雨。"虽然不是很大。

"那又怎样，我都捂出霉了。"这句好像带了点小性子，程翰良眼里盛了遮不住的暖意，说："好。"于是他弯下腰转过身，而李琅玉在同一时间朝上方伸出手臂，刚好错开。

两人均一愣，程翰良的意思是"背"他下去，而李琅玉的意思是"扶"他下去。这误会僵持了几秒，两人互相瞪视，最后还是程中将先服软，揽着他的肩，带他下了二楼。

院子里是湿润的泥土气息，凉飕飕的雨水随风飘到脸上，程翰良拣了一张椅子，让李琅玉坐在屋檐下。两个人静默无言，大有"一任阶前点滴到天明"的意味。四月气温已经开始回暖，最典型的便是白日时间变长，夜晚来得比以前迟。天色完全变黑时差不多过去两个多钟头。院子里的玉兰花谢了一个冬季，终于重新绽了模样。

"我走之前问候了下于秘书，冯尚元已经被收押，他儿子也不好过，听说毒瘾犯了好几次。"李琅玉听程翰良跟自己交代，起初脸上无甚表情，过了很久才回过神，自个儿琢磨一阵后，也不发一言。屋檐上方有零星水珠被吹到头发上，他久居不出，如今在这阴冷的雨天里，皮肤苍凉得泛白。程翰良见状，想背他起身，李琅玉后知后觉意识到，仍然不肯。

"琅玉，下来时我让了你，这回你也让我一次。"这明明是句请求，却被程翰良说得理所当然。李琅玉找不到借口，便只好作罢。

程翰良将他背进屋时，发现里头暗沉沉的，竟然没点灯。他在客厅里喊了声许妈，半晌才隐约看见许妈从后面走进来道："四爷，今儿天下雨，这一块都停电了。"

"找几根蜡烛，把这点上，一会儿我来取。"

因为停电，程翰良背李琅玉上楼时，楼梯踩得格外小心。李琅玉低首看他，轮廓已经隐在这晦暗里，瞧不清楚，只能听见对方吐息声。

"张管家说你那几天都没睡觉。"

程翰良道："该做的。"简简单单三个字，也没想让他回应。

"为什么？"他这么追问道，然后听见一声轻轻的叹气——"大概是……智勇多困于所溺。"

李琅玉心头一震，手指不由抓紧了几分，他突然觉得自己看不懂眼前这个男人，或者说他从来就没看懂过。折磨他的是程翰良，慰藉他的也是程翰良，侮他辱他的是程翰良，帮他助他的亦是程翰良，那到底哪个才是真的？

程翰良背他进了卧室，将他放在床上："我去下面拿根蜡烛，你先等会儿。"卧室里门窗紧闭，此时已经近乎全黑，只能看见有身影在晃，接着便是渐行渐远的脚步声。就是这样的环境里，李琅玉无端地有些紧张，那句"智勇多困于所溺"仍然萦绕在脑海中，像是元宵里的灯谜，而他成了破局的人，可最后，谜底不是激昂人心的壮言，也不是晦涩的醒世警句，而是这样一句，这太不像样了。

就在他这般胡思乱想时，门口有了一道微弱烛光。程翰良托着烛台，一步步走了过来，光晕打在他俊朗的面孔上，那亮眼的火光照出了这四四方方里一处小小的欢喜。古人尝有良辰美景秉烛夜游的意趣，这是不无道理的。程翰良将烛台放在床头柜子上，李琅玉才注意到居然是红烛。

"家里白色蜡烛用完了，只能拿这些先替代。"他解释道，并拿过一个枕头，塞在李琅玉背后，让他半躺着，问："腿还疼吗？"

"白天还好，但晚上会痒。"李琅玉如实答道，此刻他侧卧着，身体放松下来，声音也懒下来。

"那就是恢复的征兆，不用担心，但药得记得勤换。"程翰良边说边伸手为他捋额前碎发，一摸，额头都是汗，面庞也是烫的，但不是发烧的迹象。李琅玉不自在，又不是小时候，但总觉得自己在对方面前成了小孩子。他推开程翰良的手，对方问："怎么了？"

"你跟以前比，确实变了许多。"

"变老了吗？"程翰良凑近道，声音里分明带着笑意。

李琅玉垂下眸，摇头道："你以前挺冷的，看上去似乎很凶，也不见你和其他人热络，更没见你笑过。"

说的是十年前。程翰良轻叹一口气："原来你还记得。"他许久未去想从前，也知道自己在别人眼中一直都是副面冷寡言模样，只是突然很想问李琅玉，那你小时候怎么就愿意黏我？当然，这句话并没问出口。

"后来，我回北平第一次见你，你竟然冲我笑，可你当初明明就是生人勿近。"

程翰良此刻忍不住笑了，他倾下身为李琅玉将枕头放平，道："睡觉吧。"

可李琅玉却突然抓住他的手腕，睁着明澈的双眼道："你唱几句吧……《夜奔》也好，《武家坡》也好，怎么都好，我想听。"

"怎么突然想听了，上次不是说不喜欢吗？"

其实你唱得挺好的——这句话哽在喉咙里，拼了命也发不出来。程翰良当他一时性起，为他拉上被子，只说了声不早了，以后再说。眼见他要走，李琅玉不受控制喊出声："其实那天在沁春园，你赶过来之前，我想到了你！"

程翰良身形一顿，回头，对上一双极度赤诚的双眼，清清朗朗，干净明亮。

"琅玉，告诉我，你在想什么？"

烛光颤巍巍地烙黄了墙壁，李琅玉慢慢敛了眼睫，他答不上，刚刚大作孤勇之势的一双眼睛现在也露了怯。他其实一直在唱"空城计"。

他们二人相处时间不短，或虚与委蛇，或剑拔弩张，却从未好好看过彼此，总有一层窗户纸横亘在中间。程翰良一生，有大幸，有大苦，至此三十六载，李琅玉占了其中的四分之一，从六岁到十四岁，正是他二十岁上下，人生自洽、命中大幸之年，也真够巧，他性情寡独，好东西总是要收回的。程翰良也认了。

"奴把袈裟扯破，埋了藏经，弃了木鱼，丢了铙钹。学不得罗刹女去降魔，学不得南海水月观音座。"

忽然，程翰良手指敲打着床沿，轻声哼起来。唱的竟是《思凡》。

李琅玉目光清明起来，都说男怕《夜奔》，女怕《思凡》，小女儿家的曲子从程翰良口中唱出来，却也无端细腻。他复又对上程翰良的视线，只觉对方脸上是笑，眼中也是笑。

"打算睡了吗？"

李琅玉摇摇头。

"这……你倒真能折腾人的，曲子给你唱了，人也给你留下来了，还要我给你干什么？"就差摘星捧月了。

李琅玉紧瞅着他，也不言语，似乎因为这句假装嗔怒平生了委屈。程翰良无声叹气，烛已燃烧了一半。他从抽屉里取出几根细皮绳，穿来穿去，左拧右折，最后成了一只蜻蜓模样。

微黄的烛光摇摇曳曳，程翰良将这只塑编蜻蜓放在李琅玉手心中，垂首看他脸上神情。李琅玉托着这只蜻蜓，一下子想起广州那时，蝶生扇子下面挂着的那只，对方告诉他是跟程翰良学的，他觉得诧异，程翰良怎么会做这种小玩意儿，还想象了一幅两人一起编蜻蜓的场景。倒是很有趣味——这是他那时想法。

李琅玉瞧得入神，不自觉扬起唇角，目光明亮。程翰良只看着他，眼中忽而有笑意，忽而有神伤，不过一瞬间，十分轻微的变化，看上去却无比沉重。他在明明灭灭的烛光里越发清晰起来，发出一声长长的感叹。

章十九

六月渐至，庭院里树木葱郁，在公馆南处拢成一个绿穹顶。李琅玉腿伤差不多已恢复，能下地走路，只是起初有些不习惯，后来练习多了，这种不适感也渐渐减弱。他把卧室窗户打开，一根玉兰花枝恰好伸进来，空气中的阴闷也跟着一扫而光。可是腿伤好了，却落下了点旧疾，这疾不在身上，在心里。

自腿伤好后，程翰良与他生分了许多，便连说话神情也是冷淡的，张管家谈起李琅玉的时候，他也只是给了个平淡回应。可李琅玉却像是被石头砸入的深井，起了涟漪，程翰良招来风，试图抚平。

这日中午，李琅玉被程翰良带到书房，对方从抽屉中拿出一把手枪，上满子弹，装了消音器，直接递给他，李琅玉不解，才听对方道："虽然不是七年前那个时候，但年轻子弟还是会点防身的好，万一又出现上次那件事，也有个救场的。"

枪是好枪，通体漆黑，只是握在手里硌得慌。书房墙上挂着一面靶子，大概十米距离，这在程翰良眼里简直是一步之遥，但对李琅玉这种没开过真枪的则另当别论。

程翰良站在他身后，扶正他的肩膀，使其身板挺直，侧转出一个角度，在他耳边将要旨一句一句说出来。李琅玉皱了皱眉，他只是稍稍动了下，便被一声"不许动"给喝住了。

第一枪是程翰良带着他开的，子弹射出的一刹那，手心中传来强烈震感，李琅玉被这真枪实弹给怔住了，还真不是书里描绘得那般平常。

"你自己练。"程翰良退到旁边看他。

李琅玉回想刚刚动作，试着开了几枪，可惜全部都是五环之外，还有一枪脱了靶，打碎一只花瓶，许妈"咚咚咚"地从楼下赶过来，以为出了什么事。接下来稍稍进步了点，但还是不如意，李琅玉好胜心上了头，他自认为学东西速度向来很快，可这玩意儿作对似的偏不顺他。程翰良知他开始心乱，走过去，又手把手做了遍示范。

"凡事皆有度，没有指望你一日就学会。今天再练十枪，无论结果如何，明天继续。"这是程翰良过去常用的训练方法，比起孜孜不倦，稀少的剩余机会反而能迫使人抓住每一个关键。

"我今天一定可以打中八环以内，你相信吗？"李琅玉凝视前方枪靶，抛出这个宣言，程翰良眯起眼，退了两步站在他身后，蓦地掏出另一把枪，对准李琅玉的后脑，用轻松却带威胁的语气道："'相信'本身就需要代价，既然让我信你，你能承受失信的后果吗？"

李琅玉一瞬间怔住，其实从理智上来讲，他可以判断出对方不会真的开枪，但此时此刻、此情此景，加上程翰良制造出来的模糊感觉，他的理智竟有些退却。

李琅玉瞳孔紧缩，喉结上下缓缓鼓动，吐出两个字："我能。"

"那就试试。"程翰良拉动枪栓，表示子弹已上膛，随时待命。

只有十次机会，每用掉一次，身后人便喊一个数字，这种处境形同于三国时期曹植被勒令作七步诗，但是，李琅玉紧张的却不是性命，而是"失信"。

很快，九次机会全部用完，最好的一次离八环只差了一点，李琅玉额间不知不觉沁出汗，这最后一枪久久未发，程翰良也颇有耐心，直至五分钟后，张管家从下面赶来，敲响了门："四爷，宋太太带着她家女娃做客来了。"

程翰良顿了几秒，最后放下枪："今天就练到这里。"他简单撂下这句后，顺便夺回李琅玉手中的枪，然后对着镜子整理衣服，可身旁的年轻人并不打算放弃："不行，十枪就是十枪，一枪都不能少，只要还有一次机会，我就可能打中。"李琅玉追着他道，眼中明亮，而对方也未退让，这僵持的样子像极了很久之前的状态。

程翰良拉开窗帘，光一下子投进屋内，但从李琅玉的角度，只能看到逆光中对方黑色身影。程翰良最终也没有与他妥协，无言地下了逐客令，开门、下楼，意味着话题的终止。

宋太太是福建人，前不久回了老家，因宋家一些事得程翰良照顾，便在今日带了些福建那边的点心，做上门礼用。南方点心普遍小巧精美，主要是牛轧糖、酥饼、肉脯之类。李琅玉泡了壶茶，给宋太太一杯，给程翰良一杯。程翰良接过的时候，与他对视了一下。

两人聊起家内家外，宋太太是个热情的主，话匣子张口就开。李琅玉在侧手边，做着听客。后来，宋家那四岁小女娃闲不住，闹着要找程兰姐姐玩，宋太太问起程兰，程翰良解释道："兰兰这段时间去寺庙了，还没回来，不过也快了。"

"乖，姐姐不在家，你去找哥哥玩。"宋太太把女儿撺掇给李琅玉，可小姑娘性子倔强，偏生就哭闹起来。李琅玉束手无策，他也是个怕小孩的，尤其是女孩。

程翰良见他为难，伸手将女娃抱过来，难得笑道："叔叔带你捞鱼。"客厅靠墙处放着方形鱼缸，程翰良将渔网放到她手心里，任她对着自家鱼池"胡搅蛮缠"。

宋太太松了口气，转而与李琅玉东扯一句，西扯一句，又时不时让他多尝几块酥饼，李琅玉一边附和，一边不自觉瞥向程翰良。

"欸，程姑爷，这饼子怎么样啊，你要是喜欢，我回去差司机多送几盒过来。"李琅玉被宋太太这一声找回神，意识到失态后，连忙道歉，只说好吃，他低头一看，才发现自己已不自知地吃了三块，终于意识到饱腹感。程翰良听见那边谈话，也不由转头看了过来。李琅玉面露羞赧的样子，他都瞧在眼里。

宋太太待了一小时，便带着女儿回去了。程翰良将二人送出去后，发现李琅玉仍坐在原处，等他走近后，对方抬起眸，又露出在书房里的那样眼神。

程翰良走了过去，对上这目光，他蹙着眉，有略微的迟疑，赤子之心，向来直白。在缄默的空气中，两人维持着微妙的平衡。

秒针走动的声音变得清晰却异常缓慢，程翰良率先打破平衡，他不发一言，大步离开。

可是不久，这背影在楼梯处停下，微不可察的叹息声传到李琅玉耳中。程翰良顿了顿，再次转身，来到李琅玉面前，把枪重新塞到他手里，压下声音说了一字——"来。"

这"来"字说得很是悠长，李琅玉小时见他在台上，最常说"来"字，多是与同门切磋，程翰良扬声说"来"，带着点狂傲；或是差那配乐师傅，又有种劳烦的意味；再或者，对台下观众，"来"字说得平淡疏离。他那时想，一个字能被传出千种意思，这人真有本事。而现在，对方再次说起这个字，李琅玉忽而生出胜利感，他接过那把枪，同样肯定道："来。"

一打晕黄日光绕过半遮的窗帘，怯怯地，伏在地板上。墙面平整光洁，书柜那一侧悬了几幅书法名画，还是刚才的书房，李琅玉深吸一口气，再次对准前方枪靶，而程翰良这次则是坐在李琅玉正前方书桌处，凝视他，只要子弹稍稍偏离轨道，后果不言而喻，但他只是静坐着，等待这最后一次机会。

李琅玉全身如紧绷的弓弩，这不比之前轻松，对方的冒险让他背负了莫大压力，他宁肯枪口此时是对准自己。程翰良这时忽而开口道："我一直有个问题想问你。"

"什么？"

"'琅玉'是你自己取的？"他回来，肯定会改名换姓，"君赠金琅玕，报之双玉盘"，他记得他当初这样说过。

李琅玉一愣，没想到是这个问题，眼神暗淡下去："十岁，生辰礼物。他太忙了，忘记准备，阿妈就让他送个字。"刻意用了"他"，没点明，却欲盖弥彰。

程翰良没有作回应，他们面对面处在这间房子里，窗外的亮光在二人之间划出一道"楚河汉界"，也因了这界线，总让人持着一份警觉。李琅玉开了枪。

八环。

很险，差一点就是七了。他由衷松了一口气，下意识去看程翰良的反应，对方微低首，平静点起一根雪茄，目光与他将将错过。星火起来的一刹那烟雾迷离，徐徐飘过"楚河汉界"，李琅玉听到他说："明天继续。"便没有多余的话了。

摆钟传来嘀嗒声响，屋外似乎有虫鸣，来回唱和着，李琅玉转过身，将枪放回书柜抽屉中，落地胡桃木橱窗摆了一些古董物件和老照片，他漫不经心边走边看，直到走过橱窗，他瞥见墙面上人影微动，于是回过头，原来是程翰良翻过几页书。

李琅玉复又看回墙面，忽然萌发出一些好玩念头，他伸出右手，虚拟地与对方接触，很快，他的影子藏进了对方影子里。后来他得了趣，发现只要稍稍调整下角度，自己的手影其实可以放大许多。而这时，他无意"触"上程翰良的脖子，竟然能将其完全覆盖。

李琅玉凝视了一会儿，双目微微失焦，在放空意识下，他慢慢让墙上那只手做出一个紧掐动作，一点一点地，施加力气。程翰良没有转身，似乎对身后的一切一无所知，李琅玉维持着这个动作有半分钟，最后忽地收手，还是撤了回来。他走出了屋子。

关门的一刹那，他听到程翰良的声音从屋内传来："你刚刚可以继续下去的，我从来就没准备什么来对付你。"

程公馆内依然繁忙，而外面也不太平，天气热起来，许多事跟暴雨一样，一触即发。李琅玉每日会被程翰良带出去练射击，他现在不像开始那样会受其影响，渐渐在枪法上入了门，打出八环以上的概率明显提高。

这样的日子持续了许久，时常回来后弄得一身大汗，可能由于燥热的夏天，或者出于身体疲惫后的纾解，他与程翰良甚至也慢慢能够坐下来平心共饮。

程翰良曾在他练习时说，大事可期。这算是一个暗示。只是每每酒到酣处，他在醉中几乎快要抛去束缚于身的过往时，程翰良总会及时敲打他——

"这几日练得不错，没想到你学得这么快，不过也好。

"我现在也不打算拿什么防你。

"可怜人是我，时不我待……"

南柯一梦终须醒，可让他醒的不是别人，偏偏是程翰良！

李琅玉在每一次扣响扳机时，都唾弃自己，他越发觉得那把枪是刽子手手中的刀，可恶极了，他泥足深陷，他进退无所，他自我背叛又自我怜悯，皆由于这把满身漆黑沾着仇恨的枪，它让他这么不堪，这么绝望，这么可笑——而这竟然是他保持清醒的动力。

后来的某天傍晚，许久未见的三姨太连曼在窗口边抽着雪茄，递给李琅玉一个了然于心的眼神，笑得不怀好意，他忽然觉得无处可遁，仿佛大热的太阳融化了冰，秘密现形。

三姨太经常出去玩牌，玩到深夜是常事，甚至有时候，李琅玉都怀疑她不住在程家。她哼着小曲直接去找程翰良，一推门便喊道："你可真闲，我白担心你！"

程翰良顺手从她那儿接过一支新烟，坐了下来。连曼笑着讽道："别人都说养虎为患，我看你倒是养得挺欢啊，可悠着点，说不定哪天咬死你！"

程翰良无所谓地笑笑，说："睁只眼，闭只眼，别忘了你的约定。"

"我现在觉得自己亏了，想反悔，你怕不？"

程翰良吐口烟圈，扭头予她一个多情的笑容，示意她去看看抽屉。连曼走过去，发现里面有沓钱，分量很足，开心地数了数，大概数到十一张时，枪口抵上后脑勺，她不敢动了，只听程翰良道："承诺我不会忘，答应你的都会给你，亏了，你也得给我认。"

另一边，李琅玉独自出门去沁春园。冯尚元被关起来后，园子里彻底萧条了，整个班底分的分，散的散，留下来的都是老弱病残，据说冯尚元在狱里很不好过，半疯半癫地念叨着儿子，有时一个人唱着戏，有几个老伙计去看他，也不搭理。

李琅玉进到园子里，只有两三个徒弟，他们知道自己师父为何被带走，也多少知道冯家背后的事，只道："师父对我们一直很好，不管他做什么，都是我们师父。"

而这个月底，沁春园要彻底从冯家脱手，这几个人都不知道。冯家自食恶果，但结局并没有大快人心，李琅玉忽然想起那天晚上，冯尚元醉酒后说的一番话，无论善恶，都是一位艺人的悲凉真实，他觉得心里那股针对冯家的气受了一锤后，没有痛快消失，而是意难平地散到四处，那若是针对程翰良的呢？他忽然不安且惶恐起来，怕最后辛苦翻过山、跨过河，看似赢了，但实际上也不过如此，不过是那股气散得更加支离破碎，心里不那么堵了，但最多只能这样了。

一年前，他刚到程家，要的兴许就是这种结果，可人的欲望总是一点点膨胀，从某一刻开始，他发现能触到更多时，便不仅仅满足于为家难报仇、为傅家班正名，还有一些无法言明的，兴许与程翰良一样。

中午，贺怀川找他，两人去往一家小饭店，叫了几盘菜和酒。

"我要走了。"

没坐一会儿，贺怀川突然说出这个消息，李琅玉不禁愕然，问：

"去哪？"

"我上周给医学院交了辞职，准备去山东，那边战事紧，缺医生。"

李琅玉问他家里情况，他摇摇头，说打算过几个月再告诉他们。

贺怀川道："你上次说，人生苦短，不过一场苟活，这里固然安稳，但到底不甘心，还是希望这一生中，能做自己想做的事，毕竟，金银屋、夜明珠，非我茅庐中的千字书。"

李琅玉回以一声苦笑，如今的贺怀川放下踌躇，不用纠结，终于能一展抱负，这倒叫人羡慕，最幸福的人只求熊掌，或是只求鱼，可他呢，何时变得这么贪心，鱼与熊掌都想要。他开始想念起那个在一开始，凭着一身愚蠢的孤勇回到北平的自己，不怕你一张白纸，就怕你积字成章，背的东西越来越多，最后什么都想要，什么都要不到。

李琅玉喝着闷酒，一杯接一杯，整个人埋在巨大的失落中，贺怀川低声道："之前从我爸和他的几位朋友那听到消息，天津那边马上要有大战，估摸再过不久，北平也会波及，你还是早做打算较好。"

李琅玉简单应了声，也不知有没有认真在听，贺怀川见他喝得厉害又不痛快，便去阻止，但没劝住，最后只得给程公馆打了电话，让人来接他。

据说，张管家把程家姑爷从车里扶进门这一路，惹得一身冲天酒味，对方牙尖嘴利，能骂人，能咬人，得亏老张这人也是练过的，不然还治不了这小泼猴。

人前脚被送进房，程翰良后脚便从外面回来。他去了卧室，见人从床上挣脱下来，趴在桌上，肩头一耸一耸的，像在啜泣。

喝酒的事从下人那里听说了，程翰良来到他身边，平静无声，而李琅玉一开始还能忍，后来眼泪便止不住了。

哭什么呢？他开始怕了啊……他把自己推进这境地，日子过得太疼！

他觉得一切都不好，一切都很糟，唯有一点，是开心的——和程翰良在一起喝酒、谈古论今，什么都不想，忘掉一切，只看他的眼睛，里面有轮十年前的故乡明月。

李琅玉主动拉住程翰良，像孩子一样哭，这倒真和少时一模一样。程翰良拍了拍他后背，说："哭什么呀，我还在呢，真想哭，那就等我死了，高山黄土、枯草衰杨，给我舍点眼泪，你愿意不？"

他不愿意！他不愿意！

他不想给他哭丧，这些话在酒精的发酵下变成了洪流，泛滥成灾。程翰良目光复杂，他问："琅玉，你还恨我吗？"

你看，他总是无情得这么及时，这是一道大坝，硬生生拦住了所有洪涝。怎么会不恨，这人太可恨了！他教他练枪，一定要八环以上，因为八环是肋骨，九环是胸肺，十环呢？十环是心脏！

"我恨你！"李琅玉瞋目切齿地喊出来，从他腰间拔出那把枪，用熟稔的动作给子弹上膛，对准他。

"我恨你！"恨你明明心狠手辣却对我偏作慈悲。

"我恨你。"恨你作了这慈悲却又逼我亲手斩杀它。

"我恨你……"恨你为什么不和以前一样，好好同我说句开心话……

他眼睛发红，喉咙哽咽，一遍遍喊着这三个字。你看，这桩桩件件，全都能成为他恨程翰良的理由，却唯独不提旧仇。

"那就恨我吧，就算你想啖我肉，饮我血，这都随你。"程翰良身子前倾，堵上枪口，"这里是心脏，开枪的时候对准这里。"

李琅玉痛苦地闭上双目，八年故旧之情，十年恨梦难消，最后盘根错节，成了一棵不死的朽木。此时窗外明月已高悬，但早已不是十年前的模样，这月亮刻薄、寡情，偏生不放过他似的，将他的挣扎、不堪照见得清清楚楚，令他无处躲藏。一切都在逼他。他愤恨地睁开眼睛，"砰"的一声，枪口对准了那轮明月。

玻璃碎裂，弹孔四周形成蛛网状的可怖纹路，烙在苍白月亮上，活脱脱一张毁了容的面貌。夜里有凉风，此刻从那孔中钻进来，吹得人一点都不舒适，反而全身作冷，李琅玉望着那支离破碎的天边之物，没有任何胜利可以宽慰。

　　一周过后，贺怀川从北平离开，沁春园拆了冯家的匾，暂时归于公家，大暴雨总算彻底结束，又能听见蝉的叫声。天气愈来愈热，月巧兴冲冲地跑进屋内大厅，冲着四面八方喊："四爷，姑爷，小姐回来了！"

卷五

早休兵甲见丰年

章二十

　　程兰回来这事，李琅玉在十天之前便已知道，但即便如此，他还是像什么都没准备好似的。事实来得猝不及防。程兰带回素真大师的还礼，月巧开心，小叶乐呵，许妈欣慰，张管家笑容满面，所有人一团和气，唯有李琅玉，像一颗扎错地方的钉子，不知如何面对。

　　程翰良去了南京，家里的事大部分由程兰负责，管得井井有条，吃饭时，她突然跟李琅玉提了提议："这大热天，要不把妈妈接过来住，她一个人住那么点小房子，也不舒服。"

　　李琅玉神情一顿，夹菜的手悬在半空中，匆匆反应道："这当然很好，不过妈可能不习惯，我先去问问她意见，要是她不愿来，那就没办法了。"他说完这话，扒了几口饭，心里盘算着对策，当初那徐妇人早就和李生离开了北平，哪里找得到人。程兰目光未移开，心思凝重地悄悄观察他。

　　过了两天，李琅玉听说白静秋病了，便带她去看医生，肺上有毛病，早年落下的疾，医生的回复很不乐观，开了一张密密麻麻的方子，李琅玉一瞧，眼睛生疼。

　　他的白姨今年四十，头上虽有华发，但脸是素净的，比同龄女人显得年轻一些，余生只有两愿，一是恩家儿子岁岁平安，二是与女儿再见上一面。白静秋知道自己的身体情况，两人走出医院后，路过一家照相馆，有一小童向他们推荐生意。

"白姨，进去照一套？"

白静秋点头答应，复又看了下全身，觉得衣服不合适。李琅玉差店里伙计帮忙上妆，回去将之前程兰定做的那套旗袍拿了过来——素白底，边角缀着墨兰图案，剪裁出提琴样的曲线。

女人这辈子都想把时间定在最好的年纪，她二十多岁的模样已经留不住了，四十岁，不如以前好看，但今后的样子没有比现在更好的。

照片冲洗装裱得花一个月，两人未做过多逗留。下午，李琅玉一路盘算，想了个应付前几天提议的法子，思前虑后觉得无多大漏洞，才平静回了程家。甫一进门，气氛说不出的怪，月巧没平时那般热忱，还瞪了他一眼，小叶努努嘴，悄悄提醒，程兰在楼上等他。

房间里，门窗紧闭，空气流动也不顺畅。程兰背向着门，坐在桌前，李琅玉一边拉开窗帘，一边问怎么了。她没回答，反问："你今天忙什么？"

"就上次你说的那事，我去问了下妈，她想回老家，那边朋友多，就不过来了。"程兰剪下几片"仙客来"枯叶，重新调整盆栽位置，阳光正好迎着花心，是副娇气模样。李琅玉走过去，递给她毛巾擦手。

"旗袍可合妈妈的意？"

"她很喜欢，平日都舍不得穿。"

程兰缓缓回过头，抬眸看他，一丝苦意藏在眼里，像蝶翅一样在颤动。"真笨。"她停顿片刻，忽然说了这么一句，李琅玉不解，又听她继续道，"仙客来一向难养，我不在的这段时间里，月巧养死了它，她怕我生气，重新买了一盆，还以为我不知道。"她漫不经心讲，脸上却挂着失落的苦笑，"那丫头真愚钝，也就明面上聪明，我自己买的花，朝夕相对，怎么会不知道它变了样。"

李琅玉一怔，胸口紧绷起来，他仿佛听到了愈来愈大的心跳声——咚，咚，咚，他迟疑许久，问道："你，怪她……骗你吗？"

程兰抿着唇，眼眶里有晶亮之物，饱满的情绪积压在一起，掀起漆黑的旋涡。过了很长时间，她似乎从漩涡里挣脱出来，最后也只是平静地说了一句："我难过。"

这简单无奇的三个字像一副船桨，将李琅玉的心绪搅得波涛翻滚，他彻底被人推了出去，戳破窗户纸的世界一片刺亮，他睁不开眼，他什么都瞒不住了。

"你何时知道的？"

"回来的那天。"程兰道，"我本想送点寺庙的还礼给你母亲，可到了那，却不见人，周围邻居告诉我，她早就走了。后来到家那么多天，你却没提起这事，在饭桌上，我试探问你，你一番掩饰更加深了我的疑虑。"

原来那天，程兰早就知道了，他竟然还千方百计地去想一个万无一失的借口，可笑得很。

"徐妇人确实不是我母亲。"他承认道。

程兰了然："今天上午，我跟月巧撞见你和一位妇人，让我意想不到的是，那妇人身上的旗袍是我之前定做，送给你母……那位徐氏的。她是谁？"

"是我姨母，也是养母。"

"难怪……"程兰苦笑道，"之前你给我衣服尺码时，我便觉得对不上号。现在，对上了。"

那么，只有最后一个问题。程兰站起身，直视这熟悉的面庞："你处心积虑这么久，究竟是为什么？"

为什么，为了一场十年的复仇！

他终于来到了要撕破假面的这一天，事已至此，他看着程兰追究的眼神，突然想把所有都砍断，他不在乎事情变得更糟了，最好糟到支离破碎，碎得越难看越好！

良久，他迸出一声轻蔑的笑，看上去十分残忍："程小姐，我李琅玉人穷志短，爱慕虚荣，知道你程家家大业大，第一天碰到你，就打算傍上你这棵发财树。威名远扬的程中将女婿——瞧瞧，这身份多好听。你一定不知道，我是出了名的虚伪做作、手段卑劣，母亲是假的，身份是假的，对你也是假的。在你之前我还骗过其他人，当然，他们都没程家厉害，我还打算过几年，把你家家业骗到手，再找个由头赶你出门，寻自己的快活去！"

句句如刀，一点点把血肉割开，程兰手指惨白，紧抓着桌子边沿，她不可置信地看着这张脸，明明是眉藏书墨、眼含春水，怎么能说出这种残忍腐朽的话？

"当真……如此？"她不愿相信，也没有力气去相信。

李琅玉微微出神，但也仅仅一秒，他要彻底断掉这一切，便以这种方式让程兰去厌恶他。"你没听说过一句话吗？"他低首附在程兰耳边，"仗义每从屠狗辈，负心多为读书人。"

读书人下作起来，比屠狗辈可怕多了。他就是个下作的人！

这一瞬间，程兰觉得压根不认识这人，她踉跄地退后一步，从刚才的悲凉转成一种残酷的冷静，许多旧事如同洗净了的镜子碎片，开始显现出它本来的面目。渐渐地，她回忆起一些事，真真假假越发清晰："其实你不知道，你最神采奕奕的样子是你谈起你父亲的时候，'愿为太白登绝顶，一线青天破蜀关'，你说这是你父亲写的。我当时想，子肖其父，你定然为人正直有抱负。"

接着，她说出平生最为僭越的一句话——"究竟是怎样的父亲，能予你一身金玉皮囊，还授你一具败絮躯骨？"

言人父母长短，是大罪过。李琅玉登时大怒，神情在一瞬间扭曲，他从喉咙里拔出声音，浑身的刺捅穿空气，他最恨的一点被人扎得死死的："你凭什么说我父亲，你是谁，你哪来的资格说他！"他几乎是怨恨着喊出这句话。

"你程大小姐命好，要什么有什么，怎么会知道我这种跌进泥潭的人是什么样子？"李琅玉冷着声，"你吃穿不愁、受着下人照顾时，一定想不到我家破人亡、背井离乡，住在破烂的避难房里，跟着几百号人不见天日。你十六岁，程翰良让你去了北平最好的女校，那时候，我姨母丧子丧夫，得用清白之躯才能换我苟且偷生。你的十年远近无忧，而我的呢，烂成了一堆虱子、蛆虫！发着恶臭！可我本不用过这样的日子，都是因为你那位好父亲！"

他打开了闸，将那口难咽的恶气放出来，目光怨毒又凄凉，句句都像重锤在地上砸窟窿："我不姓李，我姓傅，那位曾经'北平第一'、现在被你们称为'汉奸'的傅班主，就是我父亲，可他是被陷害的！"

"你知道是谁吗？"他扬起嘴角，逼近程兰，声音如蛇芯子，"是他的好徒弟啊，那人背叛他，踩着他的尸体回北平，功成名就，成了远近闻名的程中将，你不觉得讽刺吗？"

他辛辛苦苦地跑回来，原以为仇恨能让他得偿所愿，可不知是自作自受，还是对方道行太高，令自己入了局，他几乎彻底绝望了，就在他意识到无法杀了程翰良的那一刻。而现在，仇恨的声音又在戳着自己的脊梁骨，让他重新披上一个处心积虑的复仇者外皮，他阴冷地笑，像淬了毒的刀，见人便杀，失掉一切自控——

"你怎么有资格说我父亲，你这十年所获的一切，都沾着我一家的血！如果不是程翰良，我为什么要作践自己，入赘你程家，他是持刀杀人的刽子手，你是舔着人血馒头的恶乡绅！你们都应该挫骨扬灰、活该去死……"

"啪！"一记重重的耳光打在李琅玉脸上，浮动的微尘震落下来，天暗了。

这一巴掌像烙铁一样，把他的疯癫强硬烫掉，房间里彻底安静。李琅玉保持着偏头姿势，额前碎发凌乱，挡住双目，神情也瞧不真切，在静默的气氛中，他任力气从身体中抽走似的，最终用极轻的声音道了一句"对不住"。

程兰颤抖着手指，握成拳，徐徐放下："你终于说实话了？"她紧咬下唇，凝视李琅玉，抑制住一股极力想要释放的情绪，她从不相信面前这人是什么贪财之辈，但也从未想到真相背后都是仇恨。

"好……好……好。"程兰冷吸一口气，连声说了三个"好"，再对上李琅玉目光时，已经换成心如死灰的表情，"纵然你有满腔怨怼和愤恨，可你千不该、万不该拿婚姻作阴谋，伤人骗己！"

"之前在寺里，你说要告诉我的事，指的便是这个？"

"是。"

"那日你为了镯子大发脾气，也是因为这个？"

"是。"

"还有除夕年夜饭、元宵前后，你……"

"都是。"

李琅玉全部承认，这下，她终于没什么可问的了。一地鸡毛的结局往往令人唏嘘，可这分明是一地刀片。

程兰怔住，茫然退到桌边，从抽屉里取出两张纸、一支笔，工工整整写了半页。她把写好的内容递给李琅玉，道："从学生时代到现在，咱们也认识这么久了，你有你的苦衷，我有我的计较，以后会怎样我不知道，可是在这个家，我不能留你了。"

李琅玉看了眼纸，是封"休书"。

"你签个字，我们便算和离了，从此男婚女嫁，各不相干。你想复仇也好，做其他事也罢，尽管去，我也会按我的立场来行事。"

李琅玉自嘲笑笑，说："好。"提笔在两张纸上签下自己的名字。

"明日我让张管家送你上车。"

"不用了，我东西不多，今天就可以走。"

程兰一愣，张张嘴，只回道："那就好。"

"谢谢。"

这是他离开前的最后一句。

房门被关上的一瞬间，世界的影子全都扎进了房里，程兰捏着那封休书，将它放回抽屉，在一个精致铁盒中，她打开了一张红色的纸，上面的证词句句动人——"喜今日两姓联姻，一堂缔约，良缘永结，匹配同称。看此日桃花灼灼，宜室宜家，卜他年瓜瓞绵绵，尔昌尔炽……"她看着看着，竟笑出了眼泪。

傍晚，程公馆亮起了灯，张管家坐在躺椅上，闭眼哼着《送京娘》；月巧寻了根毛线绳，与小叶在楼梯上玩"翻花"；许妈在厨房里忙进忙出，犹豫着主食是做红薯饭，还是南瓜粥；报童叩响大门，将新一期的《和平日报》塞进邮筒。下班的人们川流不息，自行车车铃按得叮当作响，石桥下方摆了盘棋局，不怕死的卒子要过河，最后被车炮双双围剿，遛鸟的老叟长叹一声，在骂这棋下得真臭。

李琅玉走在东大街上，忽然不知去往何方，回白姨家？该怎么解释。去旅馆？非长久之计。找贺怀川？他已经走了。

他能去哪，他竟无处可去。

正在这时，一辆黑色汽车耀武扬威地开过来，吓坏了路边摊贩，一张漂亮的脸探出车外，找了一圈，炯亮的目光落在他身上。

"喂，大老远就看见你这丧气样，要不要去我那？"

李琅玉认得她，是乔司令的那位许姨太，在长城酒店见过的。

章二十一

乔司令的住处位于西城，据说是清朝某摄政王的花园，李琅玉上次听他们道来北平只是临时起意，但进去后，所见之处都有或多或少的翻修，他暗忖着这是要长住的意思。许真茹没问李琅玉打算，十分大方地安排了房间，等到下午，把他带到乔广林面前，也不知吹了些什么耳旁风，乔广林没多问，允他留下。

且不说这乔广林是什么意图，便说那许姨太，上次直接喊了他过去名字，俨然是位故人，但偏偏又不肯说其他，李琅玉与乔家这俩人不熟，甚至心里存有芥蒂，他之前在程翰良那里，便听过不少关于这位乔司令的事情，绝非慈眉善目之人。但他又想，既然无路可走，来了这里，也就当作另谋出路。

乔广林忽然在这时抬起阴鸷的双目，狐疑地打量李琅玉："我与你真的没有在哪见过？"李琅玉回答没有，他确实没见过乔广林，若要细究，也许因为当年乔广林处置了他父亲，又因父子面容相似，才有了这错觉。

"那既然没有，我怎么觉得你对我很不满？"李琅玉不语，干巴巴地盯着对方，也没有要回答的意思，许真茹轻咳一声，开口打了个圆场，才让乔广林没有继续提这茬。

夏季的炎热在九月份回光返照，全国各地都在企盼着一场秋风。据悉，河南刚从战火中解救出来，又爆发了饥荒，人民死伤惨重，难民收容政策迟迟延后，学生运动愈演愈烈。李琅玉在乔家一连待了俩月，乔广林见他有些笔杆子才能，便让他在自己身边做书面记录。他见了无数外商、管事、官员，听了无数报纸上报道的、没报道的新闻，但唯独没有半点关于程翰良的消息。

乔广林行事以利益为重，为人多疑，在他身边的人都恨不得揣上十个心眼，这里到底不是个自由之地。李琅玉本想着找一些关于十年前傅家案子的纪要，但一无所获，他现在常常会想到程翰良，想他在干什么，会不会知道程兰与自己和离的事情，他会怎么去处理，以及，是否还有机会与他见面。

这日，李琅玉从衣服口袋翻出一张收据，他突然想起两个月前，陪白静秋拍的照片还未取来，正准备出门，与许真茹撞上。李琅玉直接绕开她。这段时间里，他明问暗问对方身份，不下几百回，可这女人的嘴巴跟胶水一样紧，惹急了，她能哭能闹能耍赖，就是不肯说你想听的，李琅玉也被她戏弄烦了，不打算跟她扯下去。

可许真茹今日偏生兴致好，非要跟他一起出去。李琅玉不肯，她便一本正经道，你带上我，回来便告诉你我是谁。李琅玉犹豫片刻，还是选择信她一次。

乔家司机带着他们来到指定地点，李琅玉让许真茹在外面等着，然后进去取了装裱后的照片，用几张大油纸将其包起来。许真茹等得不耐烦，去旁边的地摊上买了几根红绳，编了个黄花结，李琅玉出来时，许真茹将编好的东西递给他看，他只是简单瞥了一眼，那绳结收尾处十分奇怪，不像传统编法，歪歪扭扭，许真茹觉得他是嫌弃自己手艺差，硬要给他别到腰间，系了个死结。

她看着李琅玉满脸不爽的样子，忽而环顾四周，得意扬扬道："这地方离程家挺近，你是不是想回去看看，我可以让司机送你。"

"不用，我还有事。"

"哦，我差点忘了。"她似有所悟道，"你跟那程家小姐早就和离了。"

"你翻我东西！"李琅玉意识到这点后，不禁愠怒。

"那是你没藏好，怎么怪别人翻了！"许真茹理直气壮，"再说了，我让你住下来，翻你东西能怎样，总不能让你藏有祸心吧！"

李琅玉其实担心的是她翻到自己在查十年前案子的证据，他不发一言，冷漠地转身离开，任凭许真茹如何大喊大叫，也不搭理。

拐过几条巷子，李琅玉来到白静秋家，将厚厚的油纸拆了，露出欧式相框装裱的照片，那天拍照时，相馆老板布景讲究，成片本是黑白，在此基础上，手工添加彩色，跟如今大多艺术片一个原理。

李琅玉找了个地方将照片挂起来，问白静秋近来咳嗽可有缓解，药够不够之类问题。他转过身时，忽然被叫到跟前，白静秋攥着他腰上那根黄花结紧紧不放，打量许久后，一双苍白的手开始颤抖。

"这，这是……哪来的？"白静秋问得着急迫切，李琅玉答道，一个朋友送的。

"人呢！那人呢！"白静秋脸上是抑制不住的激动，"她还在吗，你快带我去！"李琅玉很久未见过白姨这般模样，也料想定是紧急事情，便带她回到刚刚与许真茹分手的地方。

大马路上，许真茹正冲着司机发火，狠狠踢了轮胎一脚，她侧过身，看到从远处赶来的李琅玉，没好气地扬起眉，准备让他好好道歉。她略有得意地笑笑，朝前欢快跑了一段路，在看到李琅玉身旁的另一人时，脸上所有的表情都消失不见。

许真茹无论如何也未想到，竟会在今天再次见到这个女人，她的骨头在打战，仿佛有铁钩从里面掘出骨髓，十年的疼痛从身体里苏醒，逼得她转身便跑。

"竹月！"白静秋凄声喊出那个久违的名字，招魂似的让许真茹停下脚步，李琅玉也不由怔住，这位玲珑俏丽的乔司令新欢，竟然是白姨寻找多年的女儿。

白静秋幻想过无数次重逢情景，她在梦里都能笑得咧开嘴，若不是

224

那根黄花结的特殊编法，她得要等到什么时候才能找到人。可现实始终是惨烈的——在她缺失的这十年里，竹月已经出落成一个大姑娘，可她看见自己，如同蛇见了硫黄！

许真茹瞪着她，不让其走近，始终保持着三米距离，面对白静秋的诉求，毫无怜悯，只有质问和怨恨，这女人为什么非得出现在这里，为什么还要自己回去，明明是她抛弃了自己，选择了别人。

白静秋眼皮颤抖，说："不是啊，我一直在找你，那只小花鞋也一直替你留着。"她最怕的一件事还是发生了，竹月不想见她，甚至恨她，怪她当年没有先救自己女儿。白静秋苦涩地看着她一身华服，想她定是吃了不少苦，忽而开始掌掴自己，用最狠的话辱骂自己。

许真茹一时气极，她最气的便是这女人的愚不可及，为了所谓的"报恩""情义"这种屁都不值得的东西，能把半辈子搭进去，却不肯将这种"无私"施予子女，她是个自私的母亲！

街上人来人往，路边的乞丐指着这幅荒唐画面哈哈笑，许真茹终于说道："够了。"对面四十岁的妇人不再作声，眼中燃起了一点希望。

许真茹笑道："我回去，你又能给我什么，难不成要我亲眼看到，你是如何'无私'地弥补我吗？"她跳上车，听到身后声嘶力竭的追喊，感觉杀死了一个困扰自己多年的心魔，可是从此内心荒芜，只有凄凉的胜利在支撑着她。

三周过后，物价急涨在郊区引发不小暴动，街上游行声势浩大，意图呼吁停战、反饥饿、挽救教育危机，乔广林的冷酷终于摆在了明面上，从各方面镇压这些声音。

李琅玉听到消息后，责问乔广林，对方慢悠悠喝了口茶，润声清了清嗓子，笑说："你怎么和翰良一个样子，很不好啊。"他侧身递了个虚伪笑容予李琅玉，仿佛一张随时裂开的面具。

"走吧，带你去见个人，这么长时间了，你应该很想见他。"

还是长城酒店，乔广林说出那句话时，李琅玉就在期待会不会是程翰良，上次他从程家匆匆离开，连跟那人见面的机会都没有，可今时今地，他快要见到了，忽然怯怕起来。

这三个月，李琅玉鲜少会做关于幼时的梦，他不再梦到家中那座旧宅子，也不再梦到父亲母亲，似乎那种激烈挣扎的梦境已经远去，黑漆漆的世界里，只有自己一个人，他好像是死了来到阴间，而阴间什么都没有。

乔家庭院里种了许多蔷薇，夏天那会儿惹来蜜蜂蝴蝶，李琅玉有时写完记录，就木愣愣地看这鲜丽画面，阳光很好，洒在身上有种倦态，仿佛焚上了一炉沉香。他原本是不喜蔷薇的，这花生来就艳，扎在一起落了俗气，但现在他觉得艳俗有艳俗的好，能让人热闹，程家那几株玉兰，就太冷清了。他想着，若是有一天碰到张管家，得让他去买些蔷薇种在院子里。

乔广林邀他一起去三楼时，李琅玉没有上去，对方意味深长看了他一眼，问真不去，李琅玉点点头，不去了。他进了一间茶馆，找个座，里面有人弹琵琶。

长城酒店三楼其实是个剧院，程翰良早早来到指定包间，台上在唱戏，乔广林点的，《未央宫》，长乐钟下诛韩信。

这戏其实算冷戏，没见多少场子演过，但台上演员气稳声足，唱到中段已有风声鹤唳之感，乔、程二人席间谈笑，样子做得好看，乔广林起初叙旧，聊聊家常，忽而指着台上问程翰良："这一段若是由傅平徽唱，能高出多少？"

程翰良答："他唱不了。"

乔广林斜睨他一眼，疑惑道："这戏在你们那个班子唱过。"

程翰良微微笑说："当年唱韩信的人是我，不是师父。"

乔广林一怔，忽而跟着笑起来，阴森莫测。服务生给他们沏了一壶新茶，程翰良抬眼环顾四周，随口问道："今日来的就只有这些人吗？"

"就这些。"他接过茶，目视台上，神情却是难以揣摩。

等到戏唱完了，乔广林似是心绪难平，以一种近乎慈祥的语气问："翰良，你可有想过旧人？你若想，我也不会怪你。"

"我没有旧人。"程翰良不着痕迹道，在对方狐疑的视线中引了一句郁达夫的诗，"曾因酒醉鞭名马，生怕情多累美人。"

李琅玉出来时，正好看到程翰良站在酒店门口，身旁是张管家。他心一提，匆忙间退到墙的转角，紧张得怕被发现，但又忍不住留出一点视角去看程翰良，对方今天穿的是那件黑外套，傍晚起风了，吹得发丝有些乱，但他一直背对这边，李琅玉看不到正脸。

不巧的是，张管家把车停在了离他不远的地方，李琅玉听到两人逐渐靠近的谈话声，心口起伏不定，他其实挺想见那人，可是又怕见。

张管家给程翰良点上烟，问乔司令有没有为难，要不要做新的打算。两人对话偏私事，李琅玉没怎么去听内容，只是程翰良一开口，他便觉得心里酸涩，好像有沙砾进到喉咙，硌得慌。

张管家这时问："有没有见到琅玉少爷？"

李琅玉登时直起后背，注意力被牵到一块儿，可是许久过后，并没有等到程翰良的回答。张管家进了车，不知怎的，半天没有发动起来。程翰良掐灭烟头，似是不急，他左右看看，朝转角的方向踱了几步。

李琅玉紧贴石墙，听到动静后手心沁出了汗，这小巷子没人，是条死路，他不自然地往后退了几步，找不到任何遮挡物。

程翰良已经来到了转角的边缘，只要再往前一步，便能看到李琅玉，可他却就此停了下来，似乎只是随意走到这里。张管家好不容易发动车，按了鸣笛，示意可以出发，程翰良也将身子转向车子的方向。

巷子外面响起了脚步声，这是要离开的意思，李琅玉呼吸一紧，悔意登时浮上来，他想迈腿，可两腿仿佛黏在地面上，阻止他前进，这短短几步，此时却如同一条长长的回头路。就在他陷入纠结时，那脚步声突然停了，转角处伸过来一只手，掌心向上，朝着他。

李琅玉愣住了。

秋风刮过树枝，落下几片叶子。程翰良并没有直接现身，只是伸出手，意思不言而喻，他在等，而几秒过后，他等到了——李琅玉握住了他的手，他顺着对面的力量，走到巷子一侧。

"躲这干什么？"这声音一出来，瞬间让李琅玉勾起某种酸楚情绪，说不出话，只睁着那双清水眼望向程翰良。

巷子外面有行人路过，张管家将车往前开了一段距离，正好挡住巷口。程翰良眼角生起一丝安慰的笑意，说："没瘦多少，挺好。"

这声音被风吹得有些飘，稳不住心似的，李琅玉抓着程翰良，以一种固执姿态揭示自己的怯懦，同时对对方心怀期待。程翰良慢慢道："兰兰的事我都知道，我把一切都跟她说了。近来身边有些动荡，你走不久，我派人找过你，得知你在这边，也是日日忧扰。"说到此处，他似是想起什么，原本沉重的面容上浮出些许轻松，"你也是个精怪，从小到大，总让人费心费力。"

李琅玉垂下眼梢，"日日忧扰"让他欢喜，又让他难受，程翰良那句玩笑式的责怪让他当了真，陷入自疚中。在乔家的时候，他一遍遍回看自己与程翰良这段关系，确确实实存有七分真恨意，这也是他十年来的精神依赖，而剩下三分，是他回到北平，重新遇见程翰良后生长出来的自我，有久违的喜悦、痛苦的牵绊，还有舍不得。这一切让他得以完整，从桎梏里获得新的生命，他甚至从未如此确信过自己——他放不下的并非那七分恨意，而是这三分私心。

李琅玉从脖子上解下一根细绳，悬着的是当初程翰良送他的生辰玉佩，他给对方戴上。

程翰良神情触动，眼里的光却一点点暗下去，这大抵便是劫数……张管家再次按响喇叭，聒噪的车鸣听起来残忍。

"好了，琅玉，我得走了。"他把手抽出来，李琅玉翕张嘴唇，眼中尽是执拗。

程翰良拍了拍他肩膀，作了句无声告别，接着是决然的放手。车门关上，一路枯叶扬起，李琅玉愣了一秒，如梦初醒般迈腿去追。

黑色汽车在街上行驶，这成了他眼中唯一可视之物。

街上人不多，路又宽，车子开起来毫不费力，张管家瞥了眼后视镜，面露难色，问："四爷，您看这……要不停下来吧？"

程翰良合上双眼，说："继续开。"

李琅玉跑过一条长街，嘴唇冻得发白，路口拐角此时正拥堵，这让他生起了希望，然而，一辆卖水果的推车突然从右边出来，冷不丁地与他迎面相撞，肋骨处瞬间传来巨大疼痛，他本能弯下腰，隐忍的泪水终于被这痛楚牵引出来。等他抬起头，围拥在一起的人群将前方堵了个密密实实，水果散落一地，人们嘘寒问暖地问他是否要帮忙，可他已经失去了所有希望与力量。

张管家瞧见这幕，于心不忍道："您回头看看他吧。"

程翰良将车窗摇下来，任凭冷意侵入，在半昏半明的傍晚中，点了一根烟，星火在车里明明暗暗。他没有回头，他只问："他哭了吗？"

……

一个月后，李琅玉从乔广林处得知一则消息：程翰良十日前离开北平，再未回来，而这边跟去的人无故失踪。

乔广林将烟斗一扔，说："这是狐狸尾巴露出来了。"

据传，程中将早年确实被乔司令赏识，受了贵人之恩，而如今，两人之间早有隔阂的传闻也不胫而走，平时那都是逢场作戏，还没撕破脸。程翰良这一走，在乔广林眼中便形同踹主的陈平。

与此同时，白静秋一直想找机会与许真茹见面，趁着乔家招工的时候进到宅子里，可两人常常不欢而散，这事许真茹也不敢闹大，就怕被乔广林知道。

而北平城内也不甚太平，一方面是难民涌入，另一方面有钱人离开，据说现在出入有了限令，得接受身份登记，李琅玉找了一位贺怀川介绍给他的朋友，勉强拿到一张通行证，若到了迫不得已的时刻，他希望能让白姨平安离开。

这日他回来，忽然在庭院里瞧见一个熟悉的身影，竟是三姨太连曼，这女人跟个无事人似的，摆弄风情与他打招呼。李琅玉疑惑，她不是应该在程家吗？连曼笑他大惊小怪，提醒道，程翰良当初纳她，本来就是乔司令的意思，现在无非是回"老家"。

李琅玉突然想到一些事，不由心惊，这女人到底知不知道他来程家的目的？连曼见他后知后觉模样，道："程姑爷，与其你在这愁眉苦脸，不如去担心下程小姐。"

李琅玉听她说起程兰，心头闪过不好的预感，忙问："她怎么了？"

"你去看看不就知晓了？"

程公馆里外都被围了一层，除乔司令手下，其他人一概不准出入，里面偶尔传来打砸声和女人哭声，而书房卧室等地几乎被翻了个底朝天。乔广林的意思是，跑得了和尚跑不了庙，程翰良固然找不到人，但程兰还在这，不怕他不回来。

李琅玉一得到消息，直接去会客厅找乔广林，质问他程兰在哪，凭什么要用这事为难她。乔广林受了他劈头盖脸一顿指责，竟然没发脾气，反而让人给他上了杯茶，心平气和说程兰没事，并没把她怎样。然后专门下了条命令，搜查归搜查，不要为难程小姐。

乔广林转回身看他怒气未消的脸，凝视许久，温和道："我就说怎么第一眼看你便有种似曾相识的感觉，原来你是知兰的儿子。"

李琅玉听他念起母亲的名字，惊讶道："你认识她？"

乔广林从口袋里取出一张旧照片，递给李琅玉，是沈知兰年轻时的样子。"你外祖父沈家在北平是大户，我当年一穷二白的时候，在沈家做临时工，是你母亲救济了我。"

李琅玉没想到还有这层联系，顿感意外，但忽然想到十年前那场祸事，又觉得不对："你口口声声说受我母亲的恩，那当年我一家冤屈你没调查，就草草办了，你作何解释！"

乔广林拍拍他的肩，面露遗憾道："我今天本就是打算跟你说这件事的。"他让人带来一个老叟，弓腰驼背，头发半秃。老叟似乎受了刑，"扑通"一声跪在地上。

乔广林示意他开口，老叟颤颤巍巍地讲起当年缘由——他之前是冯尚元家里的仆人，十年前傅平徽来北平，在园子里赚了名声，锋芒太甚，把观众全都招揽过去，冯尚元眼看班子没落，便以交流学习为由与傅平徽往来，在傅家住了一段时间，大概是那时认识的程翰良。后来，北平严查鸦片，冯尚元在傅家藏了赃物与书信，一家子抵死不认被当作互为包庇，就在处决之日当晚，唯有程翰良一人上缴物证，这才让乔司令留他一线生机。

一件件陈年旧事抖出来，李琅玉纵然已猜得出七七八八，依旧觉得"轰然"一声，神情呆滞。以前是假设，现在是从旁观者口中得到确凿证词，明明能够吻合，他却希冀假设是错的。

"那你是否知道，程翰良当年为何突然背叛我父亲？"

老叟一愣，微微抬起眼皮去看乔广林，乔广林及时将李琅玉拉到身边道："这件事确实是我查处不清，让你受了这么多年委屈，也对不起你母亲，当时人赃俱获，消息传得广，民众呼声居高不下，说'坑害国人''卖国贼'云云，我后来知道真相，一直愧疚难安。"

"所以你打算怎样？"李琅玉冷眼观他。

乔广林拍拍他的肩，道："我会让冯尚元承认当年罪状，但只他一人之言还不够，还有程翰良那边，你与程兰结婚不就是为了此事吗，你要的真相大白、为傅家平反我都会帮你，但我也需你替我办件事。"

"什么事？"

"我听连曼说，程翰良待你十分不错。"

李琅玉不语，视线飘到另一边，乔广林从腰间取出配枪，塞到他手上，温言道："这件事你亲自做最合适。"

李琅玉一怔，低头看了眼硬邦邦的枪身，只觉是块吐着猩红火苗的焦炭，灼烧他手心。他扔回给对方，说不会。

乔广林咂咂嘴，笑他谎言拙劣："他不是教过你吗？连曼可告诉我了。"李琅玉不发一言，眉头蹙起，乔广林再循循善诱道："你难道就不想亲手替你家报仇？这是个好机会，你等了十年怎么就轻易放弃？"

李琅玉回头冷声道："你难道不肯承认，这里面有你一份私心？"

"你说得对，但是对你我都有好处。"乔广林眯起眼，见他执拗模样，索性收回"红脸"面具，"最近家里招的工人不好好干活，总觉得另有端倪，欸，你认不认识厨房那位姓白的妇人？"

李琅玉听到这话，心立刻揪成一团脱水的湿布。乔广林知道自己捏着蛇的七寸了，于是慢悠悠比了个噤声动作，接着道："你甭紧张，这也没什么，就让她在厨房里继续干着吧，主要是真茹这孩子不懂事，平日骄纵惯了，她这么点小秘密都藏不住。"他摆出叹惋的样子，将那把枪重新塞回到李琅玉手中，让他五指握住。

李琅玉沉默着，脚下有些不稳，似乎地板在分崩离析，他不再觉得掌心发烫，只觉得握住了一条懒懒的细尾蛇，它现在是安静着，可下一秒，指不定就会突然咬自己一口。

章二十二

程翰良做了一个梦，很长，似乎是许久之前的事情。

那时他从一个小村庄里逃出来，倒在地上，身上还有拳脚痕迹，怀里藏着一把粗制匕首，从铁匠那捡的。然后他隐约听到有人在喊"师父"二字，视线是模糊的，几个人围着他，其中一人给他喂了口水，将他背到屋内。他醒之后，发现是在一个戏班子里，那个救他的人是这里的班主，十分年轻，估摸不到二十，姓傅，叫傅平徽。

第一个发现他的是班主的大徒弟，名唤周怀景，是副可靠的兄长模样，旁边还有两人，一个面相偏阴、喜欢取笑人，另一个性子单纯莽撞，二人依着辈分被称作"叶二""李三"。

傅平徽问他，可有去处，没有的话愿不愿意留下来给他当徒弟。他点头答应，于是拜了师，改了名。这个班子很小，傅平徽那时徒弟也不多，他说："我取名喜欢倒着取，'良辰美景'，你运气好，能取到第一个字。"

傅平徽手把手教他，第二年末便让他上台，八九岁的小孩子，学东西很快，唱腔走步却是少有的稳重，少年老成在他身上体现得淋漓尽致，观众觉得新鲜，唯一不好的是，这孩子年纪轻轻，性子却很冷，不像傅平徽其他徒弟，散场时知道博笑。

李三曾埋怨他端着架子装模作样，不知道给师父多挣点票子，傅平徽倒是无所谓，不同徒弟有不同教法。那年，程翰良首次压台，傅平徽送了一块未琢的白玉作为祝福，意思是"璞玉浑金，深藏大器"。

那几年的日子确实是快活的，像甘蔗里流出来的甜汁，兑了三成白水，荡得心脾清爽。后来，傅平徽决定在北平落脚，整个戏班也渐渐结束了走南闯北的生活，程翰良十八岁回北平，他身材高大，面相俊朗，唯有那与人疏离的性格一点没变，傅平徽瞧在眼里，问他："有没有喜欢过什么？"

他简单地说："跟师父唱戏。"

傅平徽摇摇头，说："你把它当生计，这不是喜欢。"

他们坐在北平的一座山顶上，山脚下面萦绕着白茫茫的雾气，郁郁葱葱的树林和屋宇隐藏在这白色之中，傅平徽问："你看到了什么？"程翰良不解，将这个问题抛回给他。傅平徽的回答是——珍重之物。

"人这辈子需有孤绝之胆、慈悲之心，还得有一生所念。"

程翰良记下这话，那时他心有傲气，人如刀锋冷冽，也无所念，只觉得一生或长或短，唯有师父与同门能让他寻得归处。

梦境进行到这里快速闪过一些画面，时间眨眼而过，最后停在一扇门前，程翰良走进去，看到的是傅平徽的背影，屋里晦暗不明，他喊了声"师父"，对方没回头，接着，外面响起嘈杂的人声，来自四面八方，一口一个"卖国贼""汉奸"，像山洪一样袭来……

他想起了这是哪儿。

几根木梁掉下，屋外蹿起大火，噼里啪啦的崩塌声此起彼伏，他急忙去扶傅平徽，可对方却扣着他手腕，结结实实跪了下来。

程翰良大惊，也屈膝下跪，再次喊了声"师父"，傅平徽此时面容仿佛老了十岁，眼窝里装着憔悴，他问了一个久远的问题——人这一生最重要的是什么？程翰良少时曾回答过——是性命。当初他死里逃生，求的是存活。傅平徽却说，纵然长命百岁，一生颓丧与死无异。如今，这个问题又一次抛到面前，程翰良道："是名义二字。"

傅平徽摇摇头："为名义而死，可有想过生前身后？"他回头看了眼桌上的牌位，悲戚道："我自学艺开始，到来北平落脚，也有三十多年时间，眼看着班子慢慢壮大，一路艰辛，何止是我一人心血。"

"今日这事，外头人人骂我傅家，即便你我皆知个中清白，还是难以自辩。你师娘愿意与我一同赴死，弟子众人也不愿离去，我虽问心无愧，但到底心有不甘。事到如今，唯有两件事无法释怀。一是明画明书，他们年纪尚轻，不该受这罹难；二是我这多年经营却要一夕俱废。"

傅平徽说到这里，火光冲上天空，照亮了半间屋子，他的两鬓白发并不多，却在这横流火焰中反射出悲凉的白色。程翰良跪在他身边，问："师父要我做什么？"

"我们这一行不过是台上风光，大幕一合，几代人薪火传承又有谁能知道？都说子承父业，可是其中太难了，我自己慢慢摸索过来，实在不想明书也遭受这罪。怀景为人稳重，但行事常有顾忌；仁美虽有天赋，然而过于随性；念辰则好凭意气做事，决计不肯求全。所以，翰良，你可以说我自私，但我现在只有你了。

"我知道这事会陷你于不仁不义，但世事必有真相大白一天，师父年纪大了，这污名我是万万不能承认，所以，困难的事你来做。"傅平徽睁着枯竭的双眼望向他，里面落满了黯败，在漆漆黑夜里定格成回忆尽头。

三百六十行，一方唱罢一家登场，几代人都在逆水行舟，但最终不过是回到起点，如同愚公移山一般交给下一代。

那晚枪声不绝，夜空中排满烟雾，好似野兽的利爪划破苍穹中的云朵，傅平徽唱了他人生中最后一段曲——"望家乡，去路遥，想母妻将谁靠？幼妻室今何在？老萱堂恐丧了。劬劳！父母的恩难报，悲号！叹英雄气怎消？叹英雄气怎消……"

程翰良从梦中惊醒，屋内灯闪了一下，一派平静，没有火光，也没有故人，只有窗外的乌鸦偶尔发出两声鸣叫。他走出去，太阳将他的影子拉到远处，时间在这一瞬仿佛被无限延长，有人替他打开车门，已等候多时，他捂着胸前那枚玉佩，听到了一些很久很久之前的声音，从心脏里传出来，仍然炽热。

……

李琅玉在酒店客房里已经坐了两小时，现在是四点三十，他只剩下三十分钟时间，乔广林将那把枪搁在电话座机旁，像一位狱卒监视着他的举动，墙上秒针每走一步，声音在房间里回荡，如同催命的倒计时。他把头埋下去，能清晰感觉到大脑颅内似海水一样冰凉。

电话是在十分钟后响起的，铃声尖锐，像把刺刀，捅在心脏上。李琅玉喉结上下滚动，走到窗边拿起听筒，对面是浑浊的沙哑声，乔广林跟他说："人到了。"李琅玉向对面望去，街的另一侧有一处旧房子，常年没人，而这时候，他看到了程翰良，出现在那里。

李琅玉心里"咯噔"一声，手背皮肤苍白，有隐隐的青筋，乔广林大概猜出他此时模样，说："凡事都有第一次。"

"白姨呢？"李琅玉问，对方拿白静秋拴着他，逼他去跳这"悬崖"。

"在厨房里煲汤，你五点之前办完事，回来还能赶上热乎的。"乔广林留下这狡诈言辞，便挂断了电话，李琅玉一个愣神，忽然觉得这听筒沉重如铁。

十月末已经很冷了，大风削着他的脸，李琅玉手脚冰凉，拨出一串号码。"嘟"了三声，程翰良走到窗边，拉上帘子，侧着身，接通了这个电话，一个"喂"字，声音冷淡。

他其实什么都没准备好，以至于听到这一声"喂"，觉得仿佛有根图钉扎着他喉咙，全身的汗轰地一下冒了出来。李琅玉垂下眼，半天没动静，程翰良也再无发话，几只麻雀停在电线上，"扑哧扑哧"地飞来又飞走。"是我。"过了十秒，他到底还是开了口，只是听着像吞了块石头。

那边依然在沉默，李琅玉屏起呼吸，面容僵硬地盯着对面那翠帘子，他能看见程翰良的身影。不一会儿，话筒里传来打火机的声音，男人点了根烟，吐出一串烟圈，接着极短的叹气声。

"上周我去广州，那边异木棉开了。"程翰良没有半分惊讶，也没有问他为何在这，只是说了这么一句平淡的家常话——"想同你再去看看。"

李琅玉一怔，握着手枪的右手抖了抖，眼窝有些发胀："去那干什么？"

"你上次说，想去银行的对外事务部，正巧那边有几个人能帮上忙，至少以后顺利点。

"荔湾区宝华路有一栋我名义下的房子，接着闹市，挺方便，你去广州后可以住那。

"出门一公里有家卖竹升面，做法跟北方不一样，不知道你吃不吃得惯。

"天气会热些，不过南方水土养人。你住久了就会喜欢上那里。"

……

他将这些琐碎事一一道来，用一种和悦平静的语气，似乎再波澜壮阔的动荡到了他嘴里，都不过是"清风拂山岗"。

闻听这些话，李琅玉心里那团酸涩情绪立马发了皱，他把指甲嵌进手心，想用疼痛去抚平这酸涩，但毫无用处。"我不去广州。"他听见自己这样说道，"我要留在这。就算广州比北平好一千倍一万倍，我也不去。那里没有，没有……"

程翰良拉开帘子，推开玻璃窗，眼珠定在那个瘦弱的年轻人身上。

"你要的我都会给你。这是我欠你的。"

程翰良捏着燃到一半的雪茄，望向远处几只麻雀，蜷缩成一团团芝麻球大小，他平静道："那就按他说的做吧，别等太久，手会生。"

李琅玉掌心一片湿腻，硬邦邦的枪具好像随时都能打滑，可他不在乎这些，他被包围在恐惧下的悲丧之中，怨恨却无力，这些多重复杂情绪折磨着他，需要一颗子弹来破了这烂局。他吸了吸鼻子，说："我打不准。"。

"师父教徒弟往往都会留一手，但这样教不出真功夫。这方面，你父亲对我没保留，我对你也一样。"

这句话掐断了所有退路，让李琅玉无路可退，四点五十五分，指针的速度愈来愈快，"咔、咔、咔"，仿佛有人在强行加快。他苦笑道："去年今日的广州赌石会场，如果我拿的是把有子弹的真枪，便早该杀了你，那时候我一定能杀了你。"

"你今天也可以。"程翰良予他肯定。

李琅玉合上眼，痛苦如车辙一样碾压在眉宇间，一瞬间他想到了许多事，有些模糊，有些清晰，现在悉数撑起了洪流大浪，向他冲来，从六月初七的大红婚宴到阴雨绵绵的广州墓园，从雪中寻白玉到点烛话家常。

他小心翼翼，带着一点毫不起眼的企盼道："我有句真心话，你要不要听？"

程翰良微微动容，许久后掐灭了烟头，却道："算了，给我留念想，但别给我希望。"

李琅玉深吸一口气，用极冷淡的眼眸望向黯败天空，灰蒙蒙的，这不是北平今年最冷的一天，但依然冻死了瓦楞上的一只麻雀。

枪声响了。

他笑得有点疼，对着空无回应的话筒问："这场赌局，我赢了吗？"

章二十三

尸体是连曼处理的,经过再三确认后,子弹打在胸口处,不偏不倚,人的确是死了的。她有个"三姨太"名头,料理这件事便名正言顺,至于程翰良的死因,乔广林那边说会给个体面结果。而这一切,从开始到结束,也不过短短两天,便尘埃落定了。

乔广林信守承诺,程家上下都平安无事,程翰良的死也只告诉了程兰一人,但有个要求,三年内不准办丧事、不准设灵位、不准披麻戴孝。这件事于他而言到底有点难看,传出去会落人口舌。

星期日下午,北平起了雪屑子,一场可预见的大幅降温即将来袭,学生情绪高昂,"城头变幻大王旗"的论调已经大范围铺开。

李琅玉将炭炉搬到屋内,用钩子扒出灰烬,找了根半截木炭点上,约莫一个小时后才觉得稍有暖和。许真茹给他送来新炭,见他一直这么个冷淡模样,便有些气:"这都第七天了,你还丧着脸,搞得我们欠你似的。"

"你对白姨好点,其他事不用管。"

许真茹一听这话,直接将拿来的炭全部扔到他脚下:"你要报仇,司令也帮了你;你要放程家人,司令也兑了诺言,你还有什么不满,连个感激都不会说。"她摸了一圈手上的银镯,心中不自在,觉得自己好心被当驴肝肺,而她计较他的看法,大概始于被拆穿身份的那天,因着儿时一块儿玩的,她对这司令姨太身份一直有些羞赧,想着若是帮他实现夙愿，彼此的计较也能减轻不少。

李琅玉默默捡起地上木炭，一根根添到炉中，动作如同惯性驱使："白姨肺上有疾，你有时间就多去陪陪她，她从来就没放弃过找你，还有，你们的关系乔广林早就知道了，与其对我这张丧脸生闷气，不如关心下身边人。"

这番话说得不冷不淡，但听上去像在赶客，许真茹盯着他背影，蹙了蹙眉，突然拔高音调道："连曼那女人说得没错，你给程家当女婿还当出感情来了，没见过你这种没出息的，傅师公怎么死的都不重要了，反正你现在为那个人都可以泯尽所有恩怨，他是给你下了蛊还是灌了迷魂汤，我看不起你！"

李琅玉握着木炭的手猛地一顿，刹住了所有动作，他缓缓站起身，凝视许真茹，眼中毫无波动，样子冷静到可怕。许是意识到刚刚那话说得不妥，许真茹心里发怵，垂下头来捏了捏手帕，有点不知所措，她讨好道："你别生气，也就连曼那些人喜欢嚼舌根，风言风语，我其实没怎么相信，你……你别生气就行。"

她是真的想收回那些出格言辞，但此时却听到一句——"连曼说得没错。"她惊讶抬头，听李琅玉平静道："我已经不恨他了……"

乔广林派人把李琅玉找来也不知为了何事，男人将几缕烟丝塞进烟袋，猛吸了一口，吐出长长的串儿，李琅玉不喜这味道，直接谈起冯尚元的后续，问他何时能公开交代当年真相。

乔广林摆摆手，说这事不急："你看现在城里城外，大家都在关心这仗到底打还是不打，我呢，有心无力，等过了这坎再说不迟。"

李琅玉已经做好他反悔的心理准备，但仍然怒不可遏，乔广林懒懒笑道："甭气，我跟你说件趣事，保准让你稀奇。"他招了招手，示意李琅玉走近点，说："跟你有关。"

"程兰是程翰良收养的，那你知道他为什么收养她吗？"

"这有何稀奇，那时没家的人那么多，收养一个有什么奇怪。"

乔广林用烟杆敲着桌角，道："可是别人收养的多是五六岁孩子，他为什么要收一个只比他小十岁的？"

李琅玉抿唇不语，不久反问道："为什么？"

"我猜他早就认识程兰，只有熟人才说得通，而且他十年前就跟了我，但是直到五年前我才无意知道他收养一女娃。这说明他想藏。"乔广林眯着眼看他，嘴角有些得意。

李琅玉站在一道光影中，面容那一部分落在黑暗里，看不真切，他从牙缝里挤出一句："所以呢？"但是显得特别牵强。

乔广林又抽了一口烟，悠悠道："人不能太倔，要学会承认你不相信的。你再好好想想，十年前，熟人，还有，我记得程兰似乎大你两岁。"

这话像枪口，瞬间抵上了李琅玉的后背，不到几秒，他便觉得从头到脚都有针在刺自己，后背又冷又发麻，直到走出屋子，阳光刺到他眼睛，视线一时模糊，竟辨不清南北，那种拆骨的疼痛与全身的无力感终于在这大白日下晒了出来，一点点吞没他。乔广林任他离去，既然已经领悟了其中意思，那话不能说得太明，留三分白反倒能慢慢折磨人。

月巧去拿报纸时，见到了站在大门前的李琅玉，好几个月不见，加上最近出了这么多事，她忍不住激动地喊叫起来，李琅玉来找程兰，月巧直接带他进了书房。

屋子里到处盖上一层灰布，防止落尘，家中人人心情低落，即便点了炭火，依然很冷。他见到程兰的一刹那，只觉得心里有千言万语，但嘴上蹦不出一个字，乔广林那句话暗示到这份上，便宣告着事情开始脱离原有轨迹，而这时，程兰选择率先开口："他走之前交代了一切，把所有事都跟我说了。"

李琅玉一怔，半口气来不及咽下，悬在嗓子眼中。

"可是我没有记起来，但我相信他说的。"她追寻着面前人的目光，从那张脸上去找相似处，月巧之前称他们有夫妻相，原来不是玩笑。

李琅玉低头说："是我的错。"他张嘴的时候想换个称呼，但最后还是决定藏于腹中。

"我知晓的时候，确实很长一段时间接受不了，觉得荒唐可悲还可笑，可是现在不了。"程兰抚上他的前额，一直摸到耳朵旁边，有点像那种老先生在给人量骨，"十年前发生了什么我没有印象，但是不好的事忘了也罢，他们说，兄弟姊妹眉骨相似，可是你这比我高许多。眉骨高的人刚直多波折，这十年艰辛本是你我同受，如今你把我的那份一并担了，我之前怪过你，现在不怪了。"

两人关系从熟悉到陌生，再到眼下这份"熟悉"，无论如何，心中各有亏欠，它不能像普通姐弟一样化成家常纠纷，也不能像外人一样耿耿于怀，它只是这么不上不下地横亘在那里，成了墙上脱落下来的一块石灰碎片，也许明天就能重新修葺好，但也许后天，大后天……李琅玉并不知道。

他来之前，一路上准备了许多话想跟程兰说，脑子里闪过无数假想画面，但是都没有用上，程兰不怪他，这是实话，可是也没有更多的了。

"你有空便去菩乾寺那里看看，他给你留了些东西，在素真大师那。"

"好，我记得，你珍重。"

李琅玉走出程家，月巧将他送到街口，天一点点暗下去，他到底没将那声最亲的称呼讲给程兰听。

三日后的大早，天光未明，李琅玉来到菩乾寺，素真大师带着众弟子在念晨经，他便在金堂候了一小时，其间有十几个老妇人特地过来上香听讲经，她们提着篮子，里面装有手工馒头、花卷之类的面食，等到用斋时间，分给众人。

素真大师过来时递给他一个杂粮馒头，他不饿，转而给了旁边敲木鱼的小沙弥。两人去往内殿，素真遣了一弟子从那一排柜子中找出程翰良的百愿匣，李琅玉有印象，上次他陪程兰来时还问过此事。

匣子里是一沓白色信封，做工很好，绘着喜鹊梅兰，却没有写收信人名字。

"程小姐上周来过一次，给她看了，但没带走，说让我替你留着。"

李琅玉有些好奇，迟疑拆开封口，映入眼帘的是熟悉的桀骜字体，确实是程翰良亲笔，纸张泛黄，明显有些年头了。他一行行读下去——

"二十八年，己卯年，辛未月，家中来信，一切安好。今年多事缠身，依然无法回北平，明画已满十八，赠其师娘遗留手镯，作生辰礼。两载过去，寻明书未果，各地战乱丛生，常遇流民，若见十六岁流浪少年，必会多加留意一眼，然而心有怯怯，望是他，怕是他。

"昨日途经上海，降雪，有福建同僚感到新鲜，我笑他未见世面，若来北平，远郊雪有二尺之深，河水可结冰三月，看雪还得到北方。言及此，想到往年冬日家宴，桌上总有两盘鱼，一份清蒸，一份糖醋，我们不喜吃甜，但明书爱吃。

"三十年，来广州，此地好赌，然而奇人颇多。因在赌石中得胜，赢得广州墓园一处位置，师父骨灰无法回北平，只能暂时落于此地。后遇一玉石生意老板，差他雕琢玉佩，明书今年十八，然而此时不知在何处，另打造盛玉木匣，刻上'青晴'二字，表'故人归马踏青晴'之意，望这一切如我所愿。

"小记。南方已入深冬，天气湿冷，同僚抱怨褥子结冰，晚上难以入睡。近一年常在江浙等地行走，去师父故土安徽，待了俩月，民风纯善，路上遇到两个流浪孩童，根骨不错，是上台的好苗子，令手下送至北平安顿，待回来，可教之。

"清明。这几年四地奔走，想到少时与师父师兄弟走南闯北，然而心境不复当初，李三常怨我薄情冷漠，近来反省自己，确实做得不妥，又想到师父生前教诲，心中有憾，如今我已入孤绝之地，不知能否盼到所念之人。世事虽艰难，然希望仍在，需勉励自己，愿故人与我同心，早日归来。

"三十六年，十年有余，故人仍无下落。今日有人邀我听曲，唱的是顾贞观的《金缕曲》，倒不论唱功如何，只是词伤人。说来奇怪，如今北平生活安稳，却觉得明书回来希望渺茫，常常害怕辜负师父临终所托，人生相见如参商，大概真应了那句唱词：我亦飘零久。十年来，深恩负尽，死生师友……"

……

李琅玉一页页往下翻，这样的日记有十几篇，每次不过五六行，越到后面，越觉得手上的纸有千斤重，他竟然差点拿不住。

素真大师说，程中将以往来时，只上香，不求签，说身上戾气太重，怕菩萨不肯赐他好签，但去年年末独独求了一支，可是没解。

"为什么？"

"他说，求不得，放不下，不如无解。"

去年年末，李琅玉已经回来了，他捏紧信封边缘，久久沉默不语，晨钟声从远处传来，沉甸甸的，将半个世纪的衷情敲到了他心里。

辞别寺内众人后，李琅玉沿着小路下山，这时太阳刚刚升到塔顶，差不多是八点，街边早餐铺子卷起帘子营业，小伙计揭开蒸笼屉，白茫茫水汽飘到路中央，挡住了大半视线。

店老板问他要不要来份元宵，说给自家孩子临时做的，多了些凑合卖。李琅玉坐了进去，一刻钟后，伙计端来满满一碗，圆溜溜的软白球儿在清汤中荡着，他咬了一口，微烫，芝麻馅很浓。这碗元宵最后还剩六个，但汤见了底，他一向喜欢吃甜，可今天却觉得这甜味打着圈腻到心里，反而发苦。

伙计将他碗里汤添满，问要不要打包，他已经饱腹，但偏偏跟自己作对似的，强行吃了三个。此时街上吆喝声成群，人们渐渐从家中走出，陆续来到早餐铺子。他们说着笑，不过是谁家婴儿哭了一宿，谁家姑娘结了门亲，一件件市井琐事都是今天最新鲜的事。

可这些新鲜传不到李琅玉耳中，他的脸笼在一团氤氲水汽中，不知道什么时候，眼睛里都是湿漉漉的。

他落了泪。

一个月后，如贺怀川之前所言，天津生起动乱，这无疑给北平带来了压力，普通人走不了，富人则想尽办法从各种渠道寻求出路。李琅玉将那张通行证交给白静秋，让她一周后走，有个朋友会来接她。

白静秋不知道他的打算，问："那你呢？"

李琅玉笑说没事，宽慰她过阵子就去见面。

"那竹月呢，她怎么办？"

通行证只有一张，李琅玉已经尽了最大力量，他估计许真茹那丫头不一定会走，可能跟着乔广林，便没提这事。

而天津一乱，受牵连的便是乔广林，他仍然持着一副阴鸷面孔，但日渐下垂的眼皮昭示着这个掌权者的疲惫。他坐在太师椅上，眼珠子仿佛涂了胶水黏在眼眶里，转动得很艰难，他往地上撒了一把玉米粒，那只家养的赛鸽啄了一口便不再吃。

"可怜的畜生，连北方粮食都不愿吃了。"乔广林朝鸽子唾了口痰，笑着骂它，过了一会儿，忽然没了表情，他低声感叹，"北平待不了了。"

李琅玉问："那要去哪？"

乔广林仰起头，寻思着"去哪"两字，说得很轻："别说北平，大陆都待不了。"

据坊间传，教育界、经济界的部分人士已经带着子女去了柬埔寨、越南这些海外地方。李琅玉估摸乔广林也想走，可身份摆在这里，他处境尴尬。

"你怎么不走？"乔广林哂笑道，表情跟看那只鸽子一样。

"我家在这，跟有些人不一样。"

"小犊子你在暗讽谁，怎么，当个北平人还长优越感了？"乔广林撇撇嘴，以为他假作清高，"人都善于趋利避害，不说别人，你外祖父他也是个嫌贫爱富的。"

这意思是指傅平徽父亲，其实傅平徽家境在皖南一带是不错的，往上数三代是徽商，只不过他自己中途改道学戏。李琅玉明白这"富"，但不知道他说的"贫"是谁。

"你什么意思？"

"没什么。"乔广林将暖手火炉抱在怀里，似乎不打算深挖这个话题，"昨天你不在时，程家有个下人来找你，程兰那丫头好像要离开北平。"

李琅玉一惊，根本没反应过来，上次与程兰见面，她也没提过此事："什么时候走的？"

"今天中午，这会儿火车快开了吧。"

北平车站，一拨又一拨人提着箱子，扛着麻袋拼命挤上车，每节车厢门口被围了个水泄不通，广播员播报了半小时秩序守则，没人在听，列车员是个年轻小伙，口哨吹个不停，根本压不住这场面，最后是列车长带着十几个人，动用武力止住了混乱。

这班车开走后，站台地上一片狼藉，刚刚的喧闹拥挤就像烧开的沸水，从炉子上拿下来后归于平静。程兰拖着行李坐在长椅上，她已经看了五次手表，可门口来的都是一张张陌生面孔。

远处亮了灯，下一班车马上进站。站内只有二十几个人，一个卖水果的阿婆问程兰："姑娘去山东干什么，那边还闹着，现在大家都去南方沿海城市。"

程兰说："离开北平，在哪都一样。"

她除了大学在南京，国内其他地方去得不多，可是身子弱，不代表心也是病的，她想看看北平以外的地方，只是从前没机会。

列车十分钟后停了下来，程兰再次回头望了眼大门，还是没有等到那个身影。她来到座上，从口袋里摸出一张纸，是之前求的签——"看朱成碧，寻仙问佛，错、错、错！"竟然说得分毫不差。

列车员吹响哨子，所有车厢门全部关上，到点了，火车徐徐发动，程兰将那张签撕成碎片，伸出窗外，冷风一下子将它们吹走，就像那些彼此的亏欠，无踪无际。

李琅玉在这时赶了进来，他气喘吁吁，挣开检票人员来到站台，看着火车在自己面前缓缓发动，十几节车厢号码晃眼而过，他迈开腿，奔着前行的方向追去。

"拦住他，拦住他，他没票！"后面有人大声喊道，以为他要逃票上车。

可这些哪里能阻止他，那是他在北平唯一的血亲，可如今也要离开这座城市，不要他了。列车越来越快，让他的希望渐渐消亡，终于，在远方盘旋升起的烟雾中，他悲切地嘶喊出那个久违的称呼——"姐，姐！"可是，就这点毫不起眼的情意，也还是被渐隐的车鸣声卷走了。李琅玉空洞地望着前方，日光晴美，但照不到他。

回到乔家是下午三点，大厅里没有一个人，显得很落寞，他简单吃了几口饭便回到自个屋里，情绪仍然处在懊丧中，趴在书桌上只打算小憩，但醒来时已经到深夜了，房间没开灯，漆黑一片。李琅玉摸索着去找开关，手边忽然触到一件东西，这本是没什么可稀奇的，但重点是它的材料与形状，李琅玉一下子从混沌中清醒，着急地去开灯。

房间通亮，他望着手上的玩意儿，一时发怔忘了呼吸，此刻心里好像有个小人，提着满满一桶水，跌跌撞撞。他眼睛里有些热，手心也在发热，因为全身的力量又回来了。

那只塑编蜻蜓静悄悄落在掌中，仿佛飞了很远的路，终于找到家了。

章二十四

翌日早上，李琅玉直奔后院拉了几个人，问昨天下午有谁去过他房间，人人都说没注意，没瞧见，他不甘心，又回到庭院里，正好撞见连曼，来不及思索脱口道："程翰良在哪？"

连曼拿手帕扫他一脸，用看疯子的眼神看他："你傻了还是中邪了，他不是死了吗，算算日子，都一个多月了。"

李琅玉仍然不肯放弃："他真的死了？"

"那可不，我亲自检查的，早没气了。而且，你自己开的枪，打在哪里你不知道吗？"

这句话让他的猜测开始动摇，但手上的塑编蜻蜓告诉他不该有错，除了程翰良，他想不到还能有谁知道这东西："好，那你告诉我他葬在哪里，九公山，宝云岭，还是太子峪？"

连曼一愣，被他这较真样子给气笑了："我的天，你还想去开棺呀，有本事把全北平的山都刨一遍啊！"她迈开步子，依然是那副悠闲模样，仿佛刚刚捡了个大便宜，免费听了场笑话。

李琅玉站在原地，冬风吹落几片叶子落到头顶，他紧紧握着那只蜻蜓，有种从大梦中醒来的错觉，希望如星火，转瞬即逝，他以为自己抓住了，但似乎没有，孤绝之路，除了这一腔愚勇，也无物可依。他将蜻蜓小心收回兜中，深吸一口气，镇了镇心神，告诉自己，还没有走到尽头，还不算死路。

一个礼拜过去了，乔家波动不断，先是后院厨子伙计纷纷离开，据说是被遣散的，然后有拨不常见的人半夜出入院内，他们从屋里搬走大大小小的箱子，不知去往何处，整个宅子里的人和物都在逐渐减少，乔广林没说盘算，但司马昭之心，路人皆知。

李琅玉提前联系上贺怀川介绍给他的朋友，帮白静秋收拾好路上所需之物，而就在当晚，他上床不久，听到附近有阵阵蛙叫，三声短，一声长，十分规律。李琅玉循着声音走出房门，周围全黑，没看到什么，这时，一颗石子丢了过来，似乎在暗示方向，他来到卧室后面的一处假山下，绕了半圈，被人突然拉至边上。李琅玉一惊，回头发现居然是许久不见的小叶，对方没多解释为何在这，直接带着他从后门出去，两人拐过一条长街，有辆车停在那里。

黑灯瞎火的大街上，天气极冷，小叶亮起两束车灯，将前方道路照出个冷清模样，树影跟皮筋似的扯开几十米长。

"少爷，快上车吧。"

李琅玉没有犹豫，只问："去哪？"

"不用担心，我负责接你，到了地方你就知道了。"

此时距离天亮还有三个小时，车子由北至南，走的都是小道，风声呼啸不断，但车窗紧闭，所有的嘈杂像是关在牢狱里的死囚，再如何可怖也影响不到他。

两排低矮的老式平房隐在晦暗中，偶尔有灯光，色调明暗交错，成了幅油画，它们没有艳色，却是北平历史中的不老梦。李琅玉瞧着窗外有些出神，问小叶，我们多久到。对方的声音听起来有些飘，但是是快活的："少爷，你放心，咱们一直往前走嘞。"

天蒙蒙亮时，车子驶到了郊区，李琅玉注意到几个路标，发觉是出城的方向，他突然有了点猜测，心思凝重起来，问小叶："我们到底要去哪？"

小叶以为他着急，乐呵答道："去广州呀，咱们先到河北，坐个连夜火车，大后天就能到。"

李琅玉登时拽住他的肩膀，让他停车："人呢，他在哪！"他急声问道，发根处传来微微刺痛感，顺着脖子、后背一骨碌落下来。

小叶吓了一跳，连忙紧急刹车，问："哪个人？"

还能有谁？"程翰良！他人呢！"李琅玉几乎是将这句话甩了出去。

"四爷他……不是死了吗？"小叶被他抓着衣领，眼睛不自觉朝右瞟去，话讲到一半，声音都小了下去。

李琅玉见他这装聋作傻样，直接跳到副驾驶位置，去抢他的方向盘："开车回去，现在！"

小叶死也不肯松手，固执道："不行不行，四爷生前都安排好了，一定要我把你送到广州，少爷，你……你就别为难我了。"

"最后问你一遍，回不回！"

"不回！"

李琅玉怒不可遏，狠狠给了对方一拳，然后直接跳下车。他奔回原路，骨子里的鲜血仿佛历经了长长的冬眠，如今重新复苏流遍全身，大风将他额前的碎发吹起，让他焕发出新的精神。他从来没这么庆幸过，幸好，这条路不是死路。

城外，一辆大卡正平稳行驶在偏远小路上，车内共十几人，一位高瘦老先生感叹道："上次来北平，差不多也是这时候，还下着雪呢，这回天气好，可以多走走。"

"还不急，现在寒气刚来，不久出门就困难了，您若想转，最好等到春节之后。"说这话的是个坐在角落里的男人，面容被人群挡着，但是声音微沉，很有韵味，一开口便能抓住人注意力。

老先生笑笑，说："好，到时得叨扰您一阵。"

这个时候，左排传来婴儿啼哭，一位打扮朴实的年轻母亲拍拍孩子的后背，拿出布老虎逗弄它，不一会儿就止住了哭泣。她是车上唯一一位女性，声音听着像南方人，老先生问她："大妹子怎么一个人来北平？"

女人说："我丈夫在北平务工，今年估计回不了家，所以带着孩子来找他。你们呢？"车子这时停在路边，有三个人下车，那个角落里的男人也挪到靠外的一个座位上，抱孩子的母亲这时才瞧清他全貌，衣着不凡，显然不是一般人，但更出众的是长相，俊朗里有一番气概。男人点点头，说："与你一样，也是找人。"

"是妻子吗？"她估摸着以对方相貌而言，应是早早娶亲的。

旁边老先生大声笑起来，说："大妹子你猜错了。"

男人也不由笑了。

李琅玉在半途中搭上一辆车，接近正午到达乔家附近，此时南边天空卷起一团浓烟，从苍穹上方匍匐往下沉，压在树梢和房顶。他下了车，听到乱哄哄的嚷声："起火了！起火了！"然后看见三五个乔家下人扛着行李跑出来。

李琅玉随手抓住一个问怎么回事，那人说仓房里在烧东西，好像有人在里面。他顿时一惊，环顾周围，在混乱人群中没有发现白姨的身影，按理说她应该两个小时前就离开了，李琅玉希望如此，但蓦地生起无名恐慌，于是挨个问跑出来的人，有没有见到她。

最后，他找到一个同在厨房里干活的丫头，她告诉李琅玉，乔司令将那些带不走的堆在仓房里，一把火烧了，他原本打算捎上许姨太，但那白姓妇人突然冒出来，硬是不让许姨太走，后来有人在许姨太的提包里发现一张通行证，乔司令想她早有逃跑打算，便将她们二人一齐关在仓房里。

李琅玉被一口风噎住喉咙，堵死了呼吸。街上是乱糟糟的人声，此刻全部往他耳朵里挤，吵得他脑中一片轰鸣，他浑身的汗在大风里冷了一遭，后背凉飕飕的，仿佛泼了桶冰水。

李琅玉往乔家大门方向跑去，正好撞见乔广林的车子。乔广林注意到他，让几个手下将他拦住，扯动脸上肌肉在笑："原来你在这，我还寻思你怎么不见了，给你个机会，我可以带你走。"

"谁要跟你走！"李琅玉瞪直了眼骂他，"167万人都在这里等停战，你身担重责不振民心，还弃所有人于不顾，你就是个懦夫！"

乔广林毫无愧色："这是看在知兰的分上，要不然我才不会管你，等这仗打起来，你可别后悔。"

"别提我母亲名字，你不配！"

乔广林使了个眼神，让人把他带到跟前："你骂我没用，我不是你们这群北平人，而且我最不喜这座城市。既然你不走，那我就讲个秘密。"他压下声音，俯在对方耳边道，"其实，你爸出事的那天，我就知道他是被冯尚元陷害的。"

哪有什么多年后愧疚难安、于情于理对不住，通通都不过是糊弄人的玩意！

李琅玉浑身一僵，脑中嗡嗡作响，他反应过来后，怒火中烧，拽着乔广林衣领想拉他出来，乔广林似乎乐于见到他这副神情，哈哈大笑，发动车子将他甩在后边。正在这时，宅子内传来一声轰响，是仓房的位置，有四分之一已经塌了。李琅玉顾不上内心愤恨，急忙赶了进去，他看到灰头灰脸的许真茹坐在那里想撬开什么。

许真茹望见他，如同找到救命稻草一样，几乎是又奔又爬地跑过来，满脸泪流地求他："明书哥，明书哥，你快救救我妈，她在里面快撑不住了。"

两人之前被困在起火的屋子里，白静秋护她出去，正好一根房梁木掉下来，白静秋替她挡了，砸在后脑勺上，人现在昏迷不醒。里面火势太凶，还塌了一部分，许真茹也撬不动那些积压物。

正门已经被火海堵住出路，李琅玉急忙顺着倒塌的斜坡来到最上方，他和许真茹两人徒手挖开发烫的石头，下面大火一个劲儿往上蹿，飞溅的石块木屑从四周迸到脸上，终于，一个小小的出口出现了，李琅玉让许真茹在外面等着，然后独自跳了下去。

四米高的距离，幸好下面有张桌子，提供一个临时落脚点。他隔着弥漫黑烟去找人，最后是在柜子旁边发现昏迷的白姨，喊了几声没有反应。李琅玉满身是汗，到处翻找，寻了根麻绳，牢牢捆在她身上。

许真茹的声音隐约从上面传来，而这时，另一半边屋子也开始塌了。他扛着白静秋来到桌上，将绳子的另一端扔向出口，试了十几次，总算扔到了外面，许真茹使劲拽着绳子另一端，他将白静秋一点点往上送，两人共同施力，其间陆续不断的飞沙尘土掉落下来，李琅玉视线几乎都被蒙盖住。费了半个小时，许真茹将白静秋拉了出来，她解开绳子，扔给下方的李琅玉，兴奋喊道："明书哥，你快上来。"

然而，李琅玉已经听不清她在讲什么了，他视线模糊，无法辨物，巨大的噼里啪啦声在周围响起，忽地脚下一沉，桌子两条腿被烧断了，他跌落在地上，但可怕的是，整个屋子在轰然中陷落下去。

一声巨响，世界黑了。

红日渐渐移到西边山顶，比正午时分苍老了不少，北平西河沿大街上，卖炒栗子的小伙骑着小三轮，从一家门前经过，吆喝声像拖长的尾巴穿过大街小巷。路边有位老婆子，她摆了张长桌，新做的大花糕和豌豆黄铺了两排，样式精美，路过的人闻着香味便会顺手买上一两斤。而不远处是所小学，两年前建的，一间教室里飘出钢琴弹奏声，年轻女老师在教孩子们唱李叔同的《送别》——"长亭外，古道边，芳草碧连天……"

这场仗打还是不打，没人知道，但北平老百姓向来拣着热闹过日子。进了茶馆，他们看报，头版新闻每日都是危言耸听，大家拧着眉，不作评论，出了门，碰上老友，说起最近的乱事，无非一个道理：在北平，你职位再大，家中再富，朋友再多，都逃不过俩字——"规矩"，大事小事，都得按规矩办事。

市中心西城警察局看到火情，立刻派了支分队赶到发生地，水炮、铁锯、月斧、竹梯，各式工具轮番上阵，十几个人忙弄一小时总算灭了这场火，半边天空此刻都是灰不拉几的模样。许真茹和白静秋被安置在一旁，来了几个医生，她告诉一位救火人员，里面还有人没出来。

仓房塌了八成，地上是一片烧毁的木梁及瓦砾，堆起来很有点高度，于是周围有声音："这人要在里面，大概没救了吧。"

领头的那位警察让大伙去找铁锹铁铲，十几个人收拾现场到底力量不够，他又出门，号召北平街坊邻居帮忙。于是，看报的知识分子们从茶馆里走出来，骑三轮的小伙将吆喝从"炒栗子咯"换成"清理火场咯"，遛鸟的大爷让老伴儿递来钉耙，饽饽铺旁边原本一群人在围观棋局，现在都说着"走啦走啦"，拿了工具往仓房方向去，街西口搭了个棚子，前段时间来北平的难民便住在这里，里面人贡献出五辆推车和十几个竹篓子，给警察作运送砖瓦用。

天气依然冷，护城河这一带忙活起来，反倒有了热腾腾的生气。北平好热闹，讲规矩，这规矩不是论胜负输赢、子丑寅卯，而是讲礼儿讲面儿，光一个人好可不行，得让大家都好。

白静秋已经恢复了知觉，许真茹从屋里接了两壶热水，提着一桶搪瓷杯，给仓房那边送去，她把水倒在杯子里，人们一一过来取，这时，有个声音在旁边响起："琅玉跟你在一块儿吗？"许真茹回头，看到来人面貌，手一抖，吓得打翻了杯子："你，你……你……"她惊讶到说不出一句完整的话，只觉眼前所见难以置信。

程翰良替她捡起杯子，又问了一遍："他在哪？"许真茹颤颤巍巍地伸出手指，指向对面，程翰良眉头紧锁，带着旁边的老先生赶了过去。

"别人都说，房子塌成这样多半没救了，你可一定得找到他。"许真茹冲他背影喊道。

程翰良转身，顿了两秒，说："我素来不信大多数人，他同我一样，也不信。"

地面上人来人往忙不停歇，从下午两点闹到天色转黑。李琅玉推了推上方那道铁门，还是打不开，他现在是在仓房下面的酒窖里。之前帮乔广林做文录时，他无意发现一张宅子结构图，乔家这地方前身是清朝一摄政王府邸，摄政王好酒，在仓房地下搭了个酒窖，李琅玉曾专门查看过，刚刚起火时，他怕白姨坚持不住，便先将人送出去，屋子即将塌落时，找到铁门入口躲在里面。

清代古人建酒窖时很有一套讲究，防火防潮是基本，四周墙壁是黏土城砖所砌，耐高温。酒窖里面漆黑一片，李琅玉在下边待了很久，没有钟表，没有声音，他既不知现在是什么时间，也不知外面情况如何，铁门上方被废墟压着，只能等人来救。

又是一个穷途末路的境地。

李琅玉找了个可以靠的地方，闻着那浓郁的酒香。他孤零零在这黑暗里，有种错觉——外面光阴似箭，而这里时间凝滞。他想起曾经做过的一个梦，关于阴间，里面空荡荡，父母并没有在那里等他，这让他惶恐沮丧，意味着那些缠绕了十年的执念如同毛笔尖处悬下来的墨，即使透了整张纸，最后的重量依然轻如牛毛，他坚持的一切都靠不住，无法给予他内心平和的力量。而唯一可依靠的是场赌约。

李琅玉从兜里摸出那只塑编蜻蜓，捏在手心里，他睡着了，不久做了个梦——仍然是黑暗中，他摸不清方向，好像走了很长一段路，远方忽然出现一道烛光，有个模糊人影，慢慢靠近他。他不知目的地，便朝光源的位置跑过去，然后看到了程翰良，如同那天晚上一样，托着烛台走到他跟前。烛火十分微弱，似乎轻轻一阵风就能吹灭，李琅玉怕这光没了，便用两只手拢在红烛周围，小心翼翼。这时候，他听到程翰良说了一句话，声音飘到心里："风雨如晦，鸡鸣不已。"他没有过多思考，凭着本能补齐后半句："既见君子，云胡不喜？"

然后，梦醒了。

此时外面接连响起一阵阵敲打声，还有隐约说话声，李琅玉一听，立刻摸着黑来到铁门处，推不开，便用力捶出声响，很快，外面有了回应，他听到有人嚷着："在这里，在这里……"大伙又开始忙活起来，伴随着不小动静，他心跳如雷，精神大振，几乎在门被拉起的同时，他也向外推开。

弥漫许久的烟尘散了大半，一盏盏手提灯将四周照了个通亮，仿佛皓月当空，大玉盘落在人间良宵里。而这良宵，只藏在一人眼中。

李琅玉盯着那张熟悉面孔，忽然觉得，一个世纪的凄风苦雨都在此刻停了下来。他半跪在地上，来不及起身，便先想着捉紧对方的手，与对方相拥，一如去年赌石会场上，也是这般，他在人群欢呼声中，说出那句结果："我赢了。"

程翰良拿出碎成两半的玉佩，道："是，你赌赢了。我运气一直很好，从来不曾输过，所以，我也不会让你输。"

他亲自教的人，怎么会不知道对方所想，开枪的一瞬间，他便明白了。

子弹没有对准心脏，而是射中胸口，恰巧，胸前玉佩又挡了一遭，才没致命。程翰良那时想，为了这么一丁点距离，也为了那孩子的这点私心，他无论如何，都得活下来。

李琅玉接过玉佩，眼中有闪动的光亮："你说的，有些事值得以命相赌。"

他向来相信人定胜天，不喜命途一说，但那天，山穷水尽，他想去赌一回，想留个机会给对方，也给自己。

不久，与程翰良一同前来的那位老先生走到二人身边，带了几个医生。"程中将，人既然找到了，您就放宽心吧，接下来得准备我们的事了。"

李琅玉听他声音耳熟，再一端详，才记起是去年雪夜里来程家的那位。他问程翰良还有什么事，对方说，跟乔司令有关，静等消息。

半个月后，北平城发生了两件大事，一件是新司令上任，据传姓付，而另一件，则牵出了十年前的一桩往事，冯尚元终于在狱中承认当年为谋私名陷害傅家，《和平日报》将此事登在头版，同时附上了前司令乔广林的一份自白，这两件事立刻成为茶馆中的新谈资。

李琅玉问程翰良其中缘由，程翰良道："乔司令要的无非'体面'二字，他抗战时确实立了不少功勋，但如今形势日渐明朗，他也知道自己这方已无势力，开战必败，对他而言便是晚节不保，他想提前离开，却没想象中容易，所以最后和我们妥协了。"

"他现在在哪？"

"在台湾。"

李琅玉蹙着眉，又想起一事："那连曼怎么说亲自检查后，确定你死了？"

程翰良道："她起初确实是乔司令的人，为钱做事，但过得不安生，我后来将她招过来，答应她可以平安离开北平。"

这便说得通了，李琅玉解了疑问，却还有一门心事，程翰良见状了然："兰兰那边我已委托人暗中照料。"

"你知道她走了？"李琅玉忙问，"那日我去找她，她虽说不怪我，但这件事中，我欺她骗她，加诸她身上的伤害又岂如冰雪消融那般容易，甚至到最后面对她时，我实在……实在难以坦然喊一声'姐姐'……"

他想起了之前那个冬日夜晚，程兰问他，我们，不是一家人吗？而今再回头看，伤人最深的恰恰是曾经最亲的人。

程翰良目光深邃，道："你离开那会儿，我曾与兰兰有过一次长谈，将种种过往悉数摊开，也将我这边所有考量顾虑全部讲明，但这事，于她而言到底残忍。师父临终所托之事有二，一是傅家班，二便是你和兰兰。十年恩仇纠缠，北平尚未安定，如若师父师娘还在，必是不想你们身陷过去。"

李琅玉微微张口，脸上尽是黯然，白姨之前劝过多次，但他已经踏上一意孤行之路，他生于北平，长于北平，曾有父母，有胞姐，而如今，唯一血亲也离开了这座与他共生的城市。父母心愿也好，恩人牵挂也罢，他到底是都辜负了。沉默许久后，他轻声问了个问题，小心翼翼，又像自问自答："那天，姐姐是不是哭了，哭了多久，不，她若是哭，定会偷偷躲起来，不想让人看见，她从小就这样，不像我……"

程翰良短叹一声道："告知真相后的第二天清早，兰兰来找我，说了她的决定。过去我一直将她安放在北平，事事尽量为她布置周全，一是担心她身体，二是确实不会照顾女儿家。这也怪我，习惯了一人定夺，忽略了兰兰自己意愿。"

他回忆起当日程兰所言："我和琅玉在北平出生、长大，一直到读书年代，父母离去，对于过去可能就只剩下这座城市留下的羁绊了。程四师兄，谢谢你多年照拂，十年游子在天涯，一夜秋风又忆家，琅玉与我不同，他在外漂泊多年，吃了不少苦，一定很想念这里。这些年里，我也曾无数次想过那段丢失的记忆到底是何种模样，但现在，我无须想了，你让我过了十年安稳日子，拘泥于过去不是积极之态，今后我想尝试一些之前未敢去做的事情，去往北平以外的地方，也许能重新长出新的记忆。"

其实，傅家这对儿女中，儿子看似刚烈，内在却更肖其母，女儿虽多柔弱，但骨子中性格更接近傅平徽。

隔日，李琅玉在《和平日报》登了一则稿，挂在民生版块：我生不辰，逢此百罹，双亲早故，未尽孝德，奈恶因缘，错论恩仇，今宵种种，负尽故人。念旧梦情长、从头算，愿千里明月照婵娟，与姊同忧欢。

几个月后，随着一声爆竹声响，北平和平解放，满城上下一片喜庆，前门大街上热闹非凡。

李琅玉随程翰良回了家，下人们早早将屋子内外收拾了一通，与他去年回来时一模一样。庭院里的玉兰树还在，旁边还新植了一棵，张管家说，等到第二年，就能开花了。

清明过后，程翰良将傅平徽的墓迁回北平，一场雨水将天空洗得湛蓝可人，阳光晴美，一切尘埃落定。与此同时，程公馆重新修缮，宴请四方各地朋友。除了一些程翰良的旧部，还有广州汪富珏老板一家、鼓楼卖毛猴的齐氏父女，以及黄衷老爷子。于秘书长因公务不便，派人送来一幅笔墨，上书"锦绣光中，殿春不老，阅岁长存"十二个字。

大红的爆竹纸铺满整条街，旭日升起，北平市井中说着不同人的热闹。李琅玉站在门口，招呼着前来的宾客，他长身玉立，大方得体，就像那年的北平，一树玉兰开成了人间春色。

程翰良在人群中回望他，想起了很久以前，傅平徽在山顶上问，你看到了什么？

他那时没有回答，只看到白茫茫的雾气，萦绕在北平城中，而今，他看着那个年轻身影，有了答案。

他说，山河璀璨，斯人如玉。

[正文完]

260

番外一

孤子可鸣

春，李琅玉在央大的第四个学期，哲学系请来方东美教授讲课，其中一节是关于洛克的《人类理解论》，里面正好谈到——"直觉认识与解证知识无法遍行于一切观念的全部范围，而感觉比前两种都狭窄"。李琅玉用钢笔在这句下面画出一道横线，又用圆圈标出重点，做好批注。字迹是很浅的蓝色，欧体行书，与黑色印刷体互为映衬。

　　洛克的这句话不难理解，追本溯源，可以说成"局限"问题。

　　李琅玉当时问道，既然知识囿于既有观念，那又如何辨别事实。

　　教授的回答是，无解。判断基于认知，认知的主体是"我"，自始至终都在局限中，事实无法被企及。

　　这个答案让所有人沉默，那时，仍然处于"盲人摸象"的年代。

　　"那就孤子求生。"李琅玉笑了笑道。

　　围棋上有"治孤"一说，意思是深入对方势力作战。虽然事实不可触及，但仍可以不断接近，孤子走入绝境，注定四面受敌，这个境地中，认知观念被拓展，也是打破局限的一种可能。

　　李琅玉声音铿锵有力，他眼睛明亮，黑发茂密，脸上带着年轻的朝气，那年阳光稀少，但对鲜活的生命来说，算不了什么。

　　四年后，李琅玉回到北平，他携身行李不多，充其量几套必备衣物，以及一沓家书。家书是白静秋从上海寄的。

　　他在北平的头两月，托四方关系帮忙打听程家情况，又不远千里将白静秋接回来，给她找了点活儿，办好一切该有的手续。而程兰，是在回来之前便联系好的，但他没有急着去找她，足足拖了三个月。

三个月，是一场破釜沉舟前的挣扎。

回北平，其实是故地重游，李琅玉上次离开时是十四岁，至此已十年。空气里有熟悉的烟火气，他回来，如同丈夫邂逅久别的妻子，是"风雨如晦，鸡鸣不已。既见君子，云胡不喜"？

李琅玉去程公馆那天，春花都在烂漫，万物完成由冬入春的蜕变，包括他自己。他长相周正，眉眼清澈，承的是他母亲模样，如今已足够亮眼。而他最想见的人，跟他一样完成蜕变。李琅玉见到程翰良的一瞬，才感觉到十年的距离，岁月在对方身上留下痕迹，不是在皮囊，是在周身气质。程翰良不再有凌厉桀骜的眼神，反而温情了。

只不过，他们二人曾同门共户，眼下却也相逢不识。

李琅玉同程兰结婚，是在农历六月。他安安分分地住下来，与程翰良偶尔有过几次交流探讨。

"无畏不应一直被推崇，人还是得要怯懦。"程翰良在书房里对他说，桌上的报纸写满了华北溃败一事。

"怯懦打不破壁垒，那是固守自封。"

"固守自封源于人的局限，而怯懦能帮你我认识到这一点。"程翰良笑道，声音温厚。

李琅玉听到"局限"二字，想起四年前的那门哲学课，他已经成了那颗孤子，正在这局限之中。他莞尔，道："我不会怯懦。"

程翰良停顿几秒，不着温度问："这句针对谁？"

真知灼见便该如此，通过一针见血的方式。

这是那年的秋天，程翰良谈及"无畏"与"怯懦"，一个随口而出的问题，第一次给李琅玉带来危机感，枪矛对准了身陷敌营的孤子，他只能将将躲过——"针对我的局限"。

随后，李琅玉陪程翰良赴广州。

广州的夜晚充沛着土腥气，他们在路边看到有人摆下棋局，引来许多人围观。设局的是位六旬老人，解局的则什么人都有，人们见奖赏可观，跃跃欲试。李琅玉学过围棋，也读过一些棋谱，不由流露出兴趣。

程翰良看了会儿，偏头问，你要试试吗？

他有点诧异，但还是道，今晚我们俩都没带钱，输了是要赔的。

程翰良笑笑，忽而对那老人说，让我家少爷会会你。

李琅玉是被他推进去的，没法子，只能硬着头皮上，还必须得赢。死活题的残局，李琅玉孤注一掷，走了招"治孤"，他是临场拆解，老人是套路熟心，你来我往，最终，胜了四分之一子。

赢，到底是件开心事。

李琅玉看着破解的残局，由衷生出满足，他是处在二十四岁的时间点上，年轻、招展，身姿挺秀，像风里的树、空中的雁，像大漠里奔腾的马，无上旺盛、无上明亮。

程翰良拉他到身边，用手指拭掉他额角处的汗，道，你看，这不是赢了吗？

他说得甚是轻松，李琅玉微微不满，紧张出力的是自己，万一输了又该如何。

程翰良半晌盯着他，突然引出一个久远的问题——你不是说你不会怯懦吗？

又是一针见血，只不过，这次他没有了先前的巧舌善辩。

而这个问题，与事实辨别一样，似乎也无解。

从广州回来没多久，北平便进入冬天。那年的冬天，十分漫长，李琅玉孤子难鸣。

人生的局限变得更加庞大，这盘棋成了残局，他如同井底之蛙，困在一口枯井中，只能看到顶上小小的天空，他无法后退，也无法前进。这是很折磨人的。每一根骨头在枯槁，每一块血肉在腐烂，他几乎来到了枯株朽木的尽头。

可是山高路远，他还得走上很长的距离。

这是一个蝉蜕龙变的过程，既有观念被现实鞭笞得尸骨无存，而痛苦已经扎下树根，日渐壮硕，他是被剥削的贫瘠土地，想要出路，然而没有出路。

等到第二年夏，他终于破了一口釜，但也付出了点代价，在他身边的是一直与他有罅隙的程翰良。

程翰良这次没有与他谈"怯懦"，而是就欧阳修的《伶官传序》发出感慨。

他说，你不要怕，我也在这个残局之中。

"智勇多困于所溺，我的局限在于此。"程翰良与他面对面说道，眼中的光亮无比虔诚。

这个暗示再明显不过。

很久之后，李琅玉数次梦到大学那年。方教授说事实不可触及，他在这场残局里终于得到顿悟，孤子求生，求的是彼此都能接受的结果。程翰良的果，亦是他的果。

那天，他从小叶的车上跳下，义无反顾回到北平城内，他说，生于斯，长于斯，有重要的人在这里。而这，便是他未向程翰良交代的局限。

他们的交锋或刀光剑影，或无声无息，或釜底抽薪，或一赌千金，成了一盘"死活题"。

李琅玉孤子深入，发现程翰良也是孤子，彼此都成了对方的局限。

而这一切，即将结束。

翌年春。李琅玉与程翰良回了家，院子里移入一棵新玉兰，次年，两株枝头爬满大片莹白，已是亭亭如盖。

番外二

一场不被期待的婚礼

序幕/委托

李琅玉走出书店没多远，便被人从后面拍了下肩——是个年轻男子，戴着副墨镜，还穿了件特别招摇的格子西装。对方兴奋开口道："校友，没想到在这儿碰到你！"李琅玉有些错愕，迟疑许久未回应，这让男子不由"啧"了声，摘下墨镜："是我，梁文骏。"

梁文骏，这名字可能有些陌生，但李琅玉绝对记得眼前这张神气十足的面孔。他留学回来那日，在船上遇到一位富家少爷，恰好是校友，正是眼前这人。也是因为这位少爷过于招摇，途中两人遭遇地痞抢箱子一劫，后在警察局寻回失物时李琅玉偶然认识了徐桂英，这才引出一连串后续。

如此，这位梁少爷确实是他命途里的"关键人物"。

二人随后去了附近的茶室，聊天中梁文骏看到李琅玉刚买的书——近日热销的《霍桑探案集》，笑说，你喜欢看这种故事?李琅玉称是前不久兴起的爱好，起初随便看看，没想到挺有趣。对方没继续接话，沉默一阵后忽地叹了口气，李琅玉遂问怎么回事。

梁少爷端起茶碗饮了一小口，皱眉道："因为我马上要步入倒霉的人生阶段了。"他亮出左手上的订婚戒指，补充道："我要结婚了。"

"洞房花烛，人生四喜之一，这不是件开心事吗?"李琅玉略觉诧异。

"你是不懂。"梁文骏摆摆手，"像我这样的出身、这样的家庭，就注定无法体会常人的乐趣。"后又意识到什么，急忙解释，"当然，我没有炫耀的意思。"

李琅玉挑眉笑笑，这位少爷还是没变，和以前一样爱显摆。接着，梁文骏把他家里那些恩恩怨怨讲了一通，李琅玉多少听明白了，豪门内斗的老戏，经久不衰，愈演愈烈。

事情大概是这个样子：梁家老爷半年前去世了，留下的家产也早早在遗嘱里划分清楚，虽然诸多家业也分了一些给旁支，但梁文骏是嫡亲的独苗，自然分得不少。可奇怪的是，家产中最可观的一部分，也就是位于城东长街中心的万合饭店，却没有直接留给梁文骏，而是立了个约定——梁文骏成婚之前，饭店一切经营管理由其二叔主掌，期间他协助学习，待婚后生儿育女，这饭店才能正式交还给他。

"你不知道，我妈当时看到这句话后，在家边哭边骂我爸和二叔，说什么大清早亡了，还搁这儿玩摄政王那一套。"梁文骏绘声绘色讲起来，"然后她花了一个月时间帮我谈了一门亲，过年那会儿办了订婚宴，最近还招了个山东籍厨师，专做葱烧海参，一周一顿，这我哪吃得消啊！"

李琅玉忍不住笑了："这可真是天大的'福气'啊……欸对了，你那亲事不满意吗？"

听到这里，梁文骏撑着额头叹气道："对方是叶家，做酒水生意，和我家也是世交关系。我俩小时候虽认识，但从来都是冤家路窄，互相看不顺眼，我说她刁蛮任性大小姐脾气，她嫌我招摇好闲纨绔子做派，也就是长辈们撮合。"

李琅玉没发表评论，但心里暗想：那你俩还真挺般配。

忽地，梁文骏"啊"了一声，惊觉道："差点把事忘了！"他边说边起身，匆匆收拾随身物件："那位大小姐非要拉着所有人搞什么婚礼彩排，搞了两次还不满意，这周日还得再排一次，我那伴郎临时有事，今天还得去找个身高差不多的……"声音突然顿住，梁文骏回头，上上下下打量李琅玉，最终面露喜色道："校友，我觉得你就挺合适。"

"啊?"李琅玉没想到，他只是听了一出豪门恩怨，居然把自己牵涉进去了。梁文骏那番形容已然让他觉得这场彩排必定不是个省心活，况且他今天买了书，计划是周末看完，不想出门，于是面露难色拒绝道："其实我一点都不合适，我结过婚了。"梁文骏愣了一秒，说："那恭喜你呀。"

见推却无作用，李琅玉吸一口气，干脆道："我真不合适，因为……我又离婚了。"这回，梁文骏愣了两秒，说："那恭喜你呀。"

总归，富少爷是个不拘小节的人，他也懒得去管传统婚俗那些禁忌，只想抓到一个现成的人，好去应付家里那位。他双手合十道："你就看在之前我帮你找回箱子、教训流氓的分上，帮我这次忙，拜托拜托。"这确实是个关键人情，李琅玉一时也有些犹豫，对方遂趁机撂下话，周日早七点，还是此地，开大汽车来接你。

就这样，梁文骏的出现如同一场闹剧开端，而这开端也在周六清晨登上了程翰良手中的《和平日报》——

"梁文骏、叶婵结婚启事。兹定四月十二日午前八时，假座本城万合饭店举行结婚仪式，同日展览《巫山神女图》、明青花釉里红壁瓶、德米伊之约定钻戒等藏品，谨备茶点恭请各界惠临观礼。登报留念。"

"我记得梁老先生去世也才不过半年，这么快就办红喜事，看来他家人挺着急啊。"程翰良把这面报纸翻了过去，而一旁的李琅玉正窝在沙发上看他那本新书，漫不经心说："确实。"

"德米伊的约定钻戒在三个月前拍卖到五百万，还真是梁家一贯的风格。"

李琅玉头也未抬，悠悠道："可不是。"

程翰良这时看了他一眼，起身从衣架上取走外套："我明天要去见警察局的吴探长，就不回家吃饭了，你不用等我。"李琅玉机械答道："不错。"待意识到自己说了什么，手中的书已被程翰良抽走。

"你这几天除了吃饭睡觉，就见你捧着它看，有这么好看吗？"

李琅玉撑了个懒腰，站起身道："这可是最近超流行的侦探小说，我办公室同事推荐的，特别精彩。"

程翰良随意翻了几页："现实中破案可不会像书里一样顺利。"

"那是因为缺少了一位优秀的侦探以及助手。"李琅玉俏皮道，"不过这里面的《珠宝盗窃案》只写了一半，下半部分还得等到三个月后才能出版，真是度日如年。"

"看出来了，不然也不会用'确实''可不是''不错'来打发人。"程翰良适时说道。

李琅玉一愣，小心翼翼抬首看他，忽而想通似的狡黠道："程四哥，我可以理解这是计较的意思吗？"

程翰良不答，李琅玉抿嘴笑笑："察言观色是侦探的基本修养，程四哥，你脸上的表情已是默认了。"

"所以？"

李琅玉走到他身侧，为其披上外套："刚刚我确实做得不对，不该敷衍你，以后你说话我一定洗耳恭听，谁让我是一个成熟大度、不善计较的成年人。"

程翰良转过头，眉梢微挑道："你若不说最后一句我本打算就此罢了，但既然这样，那我得好好计较一下。"

"你想怎样？"李琅玉心虚退后一步。

程翰良走近，把书放在他脑袋上，轻声道："你自己推理去吧，大侦探。"说罢便走出了屋子。

这世界上有三样东西令人抓心挠肺——求亲的回复、未解的谜题、断章的故事，而此刻，李琅玉一次碰到俩，这个周末注定无法轻松。

第一幕/意外

第二天早上，李琅玉在约定地点见到了梁文骏，两人一同去往万合饭店。这家饭店创立于三十年前，当时梁氏两兄弟联手，在北方菜系料足味浓的基础上引入淮扬菜的写意变化，很快打下招牌，家里的其余兄弟姐妹之后也慢慢参与进来，数十年间经历过八次大修缮，而"万合"二字则取自"万家合欢"之意。

饭店前庭是典型的中式花园设计，四周边沿处挖出一个环形池塘，养着红金鲤鱼及乌龟，李琅玉发现池塘边摆了几排花泥，梁文骏说是给婚礼玫瑰用的，这会儿花还没到北平。而在通往中庭大门前的主道中央，有一座令人瞩目的竹林假山喷泉，五六只仙鹤雕像伫立在四周，假山脚下是一对手持净瓶的金童玉女。李梁二人路过时，正好赶上喷泉喷涌，两股清水从净瓶里急急流出。梁文骏说，看来我们准点到了。

刚进入饭店中庭，叶家小姐叶婵便没好气地冲梁文骏道："少爷，你可来了，大家都专门等着你这个准新郎呢！"梁文骏也没让自己落着口头上的亏，两人互呛几句，在周围人劝解下才罢休。

李琅玉环顾一圈，发现除了伴娘，女方父母也在场，看样子对女儿的婚礼很重视，梁家这边则是梁夫人以及梁家二叔，虽然是一家人，但气氛就明显不如另一边。梁家二叔五十余岁，李琅玉注意到他右腿不便，一直拄着拐杖。另外，现场还有一中年眼镜男子，戴着白色围巾，穿着正式，长相温厚，大家对其态度也很恭敬。经过介绍，原来他是附

272

近有名的牧师，叫徐一堂。这次婚礼是西式风格，两家人各方面花销不少。

"文骏，你今天带来的这个临时伴郎可比原来那位中看许多，不考虑正式婚礼时换下吗？"发话的是叶婵身旁的年轻短发姑娘，叫孙莹，正是这次的伴娘，一身法式小洋装打扮，还带了把蕾丝刺绣洋伞。

梁文骏不知想到什么，颇为得意道："这是我校友，当然优秀，人家年纪轻轻就已经离……"

趁"婚"字还没吐出来，李琅玉迅速说道："我也是今天恰好有空，婚礼那天得出北平，很遗憾吃不上这次喜酒。"他说完不禁开始怀疑，按这两个冤家的相处模式，要想婚礼顺利进行不出风波似乎有些悬。

随后，叶婵被众人哄了几句，心情很快好起来，她把脚下的鞋换成高跟婚鞋后，彩排也就正式开始了。

一上午时间很快过去，李琅玉看了下表，十二点，却没有松口气，叶婵希望宣誓亲吻时，身后的喷泉刚好喷出水花来，但彩排过程中偏偏晚了十几秒。喷泉是每四小时开启一次，这次错过了，就只能等下午四点那场。众人都有些疲惫，梁家二叔让大家都休息一下，并安排厨房备好点心，下午再开始。

而就在大家准备进到屋内时，一只鹰突然从众人头上掠过，盘旋几周后，在口哨声中落到了门外来人拿的鸟架上。李琅玉仔细看过去，是个不到二十的男子，刚一进门便被梁二叔训道："混账东西，你还带这个畜生来，不知道什么场合吗！"梁夫人此时也翻了个冷眼。

"我这不是来给我哥帮忙吗？"原来，他是梁文骏的堂弟，梁二叔的儿子，梁炎确。男子似乎对这种训骂习以为常，一副毫不在意的模样。

叶婵被那只鹰吓得不轻，梁文骏也有些怒气道："你看现在几点，我们都彩排完了。"

梁炎确嬉皮笑脸地赔了个不是，指着鹰说："小畜生饿了，赶着饭点就来了。"这时他望向叶婵的手指，道："嫂子，你的五百万钻戒不给我们赏个眼看看吗？"

"注意称呼，我现在还不是你的嫂子。"因为听说梁炎确不学无术，平日就爱熬鹰斗鹰，叶婵对他没有半分好感。

"我也一直很好奇到底是什么样子，你都没给我看过。"孙小姐这时也有些期待。叶婵说在楼上，跟其他藏品一起，准备婚礼当天展览。

徐牧师道："之前就在报纸上看到过这枚戒指拍卖的新闻，虽然看过照片，但如果亲眼见一见那就更好了。"

甚至双方长辈都很好奇，其实拍下德米伊的约定钻戒这件事是梁文骏和叶婵两人自行决定的，直到新闻登出来，震惊了两家人，尤其是梁夫人，梁文骏只说要买结婚戒指，但没告知她是要买这么贵的。在出风头这类事上，梁文骏和叶婵可是少有的默契，两人藏着掖着，就准备婚礼当天惊艳全场。

估计是被孙小姐等人捧得有些高兴，叶婵遂同意让大家提前看眼钻戒，于是众人便一起上了二楼。

楼梯一侧墙壁上挂满了油画，除此，李琅玉还看到一个打开的枪盒挂在壁灯下，里面有把猎枪以及麻醉针瓶管，梁文骏说是父亲生前的爱物，上次收拾房子忘了放回去。再往前走，是间藏品室，两个保安守在门前，房门甫一打开，李琅玉便闻到刺鼻的油漆味。

"修缮过程中贵重物件大都安放在这里，前段时间请了漆工重新粉刷墙面家具，味还没散去。"

房间内的东北角落有一大张紫色丝绒布，蒙盖着什么，叶婵走过去，看了梁文骏一眼，对方会意地与她共同掀开。绒布完全落到地面的一刹那，孙小姐等人不由发出惊叹声，目光全部锁定在其中一件藏品上——一颗血红的大钻石，直径约拇指宽，像火山里的红色熔岩，镶嵌在指环上，熠熠生辉。

"真不愧值五百万！"梁炎确忍不住赞叹道。叶家二老面露欣喜之色，梁文骏这个大手笔确实让他们很有面子。徐牧师从怀里掏出放大镜，隔着上锁的玻璃罩仔细观察，道："这用的是夹镶工艺，借金属的张力向内挤压来固定，让钻石看上去像是飘浮的样子。"

李琅玉闻言，好奇道："徐牧师还懂这行？涉猎真广。"

"哪里哪里，主持的婚礼多了，都是听那些富家太太公子说的。"

这时，梁夫人捂着口鼻不住咳嗽起来："我不行了，这里味儿太重了，我实在受不了……"叶家二老也纷纷表示如此，见状，叶婵赶忙打开阳台门，"爸、妈、伯母，你们来这边透透气。"随后，梁二叔和徐牧师也跟了过去。旁边的梁炎确对钻戒以外的藏品则兴致缺缺，便掏出随身携带的鱼罐头，倒在食皿中，给鹰喂食。

李琅玉简单转了转，忽而发现手掌心不知何时蹭到一团红色印记，他见阳台长方桌子上有用餐纸巾，便也走出室内。

藏品室的阳台约二十平，相当于一个小客厅，地面上铺了一层仿真植绒，摆着长桌和椅子，从边沿俯瞰下方，正好看到大半个前庭花园，梁老爷以前常跟生意好友在这办餐会。李琅玉呼吸了几口新鲜空气，随意抬头往上看，发现三楼也有个阳台，只不过面积要小很多。

梁夫人在外面待了一会儿，明显舒缓过来，于是让大家都回去各自休息，下午彩排事情还有得忙，叶婵带着众人离开阳台，最后将落地窗门重新关上。大家走出藏品室，约定下午一点半在中庭见，李琅玉看了眼手表，还有一小时，便就近在藏品室不远处选了个沙发坐下，从这里既可以看到上下楼楼梯，还能看到藏品室门前情况。叶婵这时拉着孙小姐道："上面有钢琴，我准备婚礼上弹《爱之梦》，我先弹给你听听。"于是二人去了三楼。因三楼主要做客房用，其余人紧接着也上去了。

李琅玉坐在沙发上，不一会便听到楼上的钢琴声，是《爱之梦》的第三章，他随手从木架上抽了一张报纸，在看到民生版块时，发现登了一则"北平近日发生多起珠宝失窃案"的新闻，正准备细读下去，楼梯上传来"噔噔噔"的脚步声，梁炎确满脸怒气跑下来，不知何故。李琅玉也没去管，等到他把这面报纸看完，时间已经到了一点，梁文骏叼着香烟走下楼来，在他旁边躺下，说楼上太吵睡不着。

半小时过去，李琅玉听到钢琴声停止，估计叶婵即将下来，遂叫醒梁文骏，来到一楼等候。很快，叶父叶母与梁夫人一起下楼来，之后是梁二叔，然后是孙小姐，李琅玉疑惑为何叶婵没一起下来，孙小姐答："她手包不见了，可能落在藏品室。"

没多久，徐牧师从外面赶来，说着不好意思，让大家多等了，梁夫人笑说没事，刚说完忽地开始咳嗽，梁文骏为母亲倒了杯水才稍好些。而这时，梁炎确带着他的鹰，懒洋洋从前庭走来。就在大家聚在一起，等候彩排的女主人公时，二楼传来惊叫，众人纷纷抬首去看，只见叶婵跑到栏杆处，几乎哭泣地喊道："不见了！不见了！我的钻戒……它不见了！"

与此同时，警察局内。

程翰良将一串宝石项链递到吴探长面前："上个月广州那边在黑市上抓了批二道贩子，搜出大量珠宝，经查源头是北平，吴探长最近可有接到相关案件？"

吴探长拿起项链仔细观察道："这似乎是年前金石交易行里丢失的那串，当时盗窃者留下的是赝品，等到报案已经距离案发时间太久，现场痕迹都被破坏，这事一直也没着落。"

"赝品？"

"对，其实不止这一件，这半年好几起盗窃案都是以赝品换真品，估计同一团伙所为，但到现在都没侦破，我也头疼了好几个月。"

程翰良思忖不语，这时敲门声响起，一个警卫走进来，说又接到珠宝失窃案电话，地点是在万合饭店。

程翰良转头对吴探长道："看来我们现在得走一趟了。"

第二幕/盘问

李琅玉坐在椅子上，双眉紧蹙思索整件事——离开藏品室之前叶婵还确认了一遍，当时戒指还在，而在那之后，两个保安一直守在门前，没有人进去过，从他当时的位置来看，也可以确认这一点，并且，阳台窗门是关闭状态，只能从内打开，那么，这一个小时里，为何戒指会凭空消失？先前已经报了警，为了避免证据被毁掉，他让所有人都聚在中庭，直到警察到来。

不一会儿，吴探长等人来到饭店，"刚刚是谁报的案？"

"是我。"李琅玉道，等他走近，竟然在人群中看到程翰良，而对方也注意到他，两人均怔住。吴探长问程翰良："熟人？"

程翰良点点头，然后将李琅玉带到一旁："你怎么在这儿？"

李琅玉不好说自己是来当伴郎的，便假说查案，后又补了句："侦探的预感。"

程翰良没拆穿，顺其自然接道："那你说说刚才发生了什么？"于是李琅玉便将先前经过描述了一遍。

"密室盗窃啊……"程翰良若有所思道，"一会儿我和吴探长去搜证，你就待在这里。"

"我也想去。"李琅玉急忙道，"这里的细节我比你们了解更多，说不定我还能帮忙。"

"可是你别忘了，如果戒指真的是在一小时内不见，且没有其他新人进入饭店，那么盗窃者一定在你们之间。也就是说——"程翰良好整以暇看着他，故意放缓速度道，"你现在也是嫌疑人之一。"

李琅玉微愣，轻轻瞪向对方："程四哥，你怎么能怀疑我？"

"怎么不能？谁让我是一个心胸狭隘、爱计较的人。"程翰良说完这句，自己也不禁笑了。

李琅玉见状，眼中有了神采："我有不在场证明。这一小时内我一直在旁边的沙发上，那两个保安可以做证。"

程翰良没有质疑，这时，吴探长喊他过去，李琅玉拽住他再次小声恳求，对方耐不住那双清水眼，于是松了口："也可以，那就干回你的老本行吧。"

"什么老本行？"李琅玉跟在身后疑惑道。

"盘问的时候做好笔录，搜证的时候听我吩咐，必要时，可以说点好听的解解闷。"程翰良边走边道，回头喊出那句久违的称呼，"李秘书。"直把李琅玉喊得后背发热，但他也是个不服输的，快步走到男人前面，道："谢谢程中将给我重新上岗的机会。"

而另一边，吴探长已经让警卫对所有人进行搜身，没有发现戒指，除了在叶父梁母身上各搜到一件信封，以及在徐牧师那儿发现一个牙线盒，别无其他。梁母称信封里是私人内容，暂时不便打开。程翰良拿起牙线盒，发现里面有根纯银牙签，道："徐牧师倒是个讲究人。"

"那可不，徐牧师的呢子外套还是名牌货。"梁炎确插了一嘴道。

徐牧师笑着解释："牙齿不好，医生说用纯银的对身体好。"

吴探长问接下来怎么办，要不要先去失窃地点看看，程翰良说不急，先问下每个人的时间线。他扫视众人一圈，忽地将目光停在了伴娘孙小姐身上："就从这位姑娘开始吧，其余人留在大厅不要乱动。"

孙小姐被盯得后背绷直，没想到第一个就是自己，她看了眼叶婵，对方让她不要害怕，李琅玉紧随其后，路上，吴探长因从程翰良那里得知面前这位后生是其秘书兼助手，于是问道："小先生可有过办案经验？"

李琅玉笑说："我三个月内看过五十个案发现场。"

吴探长大吃一惊："可是我没听说北平发生过这么多案子啊……"

李琅玉挑眉道："那是当然，因为我是书上看的。"吴探长张了张嘴，结果只吐出空气，一时说不出话来，他无法理解现在年轻人的思维模式，但相信程中将的决策自有深意。

"十二点半我和叶婵去了三楼的钢琴房，她打算在婚礼上弹《爱之梦》第三章，所以就一直在练琴，我找了本书看，就在同一间屋子。然后一点半时，我俩准备下来，叶婵没找到她的手包，说可能落在藏品室，所以我就一个人下楼了。"

"你当时在看哪本书？"程翰良随意问道。

孙小姐一怔，脊背挺直回想道："我当时在看玛格丽特的《飘》，从书架上拿的。"

"能否谈谈你对这次婚礼的看法？"

"我和叶婵从小就认识，她是我闺中好友，关于她和梁文骏的婚礼，好像两人都有些不乐意，大概是商业联姻的缘故，几个长辈为了生意所以结了这门亲。之前我们在一起时，每回碰到梁文骏，叶婵必要与他吵架，梁文骏有几次说不想娶她，叶婵就挺生气的。"

李琅玉忽而想到一个问题："请问叶小姐的钢琴水平如何？"

"她钢琴很好，我俩一起上琴课时，她是我们班第一。她这人是个完美主义者，学习、马术、高尔夫、跳舞这些她都很拿手，估计也是因此不喜欢梁文骏那种公子哥。"孙小姐说完稍稍缓了一口气，回答这个问题压力相对较小。

程翰良顺着问道："那你怀疑谁？"

对方想了一阵，迟疑道："梁炎确吧……他这人在外面玩得很疯，名声不好。"

程翰良点点头，让警卫送她回中庭，然后叫叶父叶母一起进来。

"我们一直待在三楼客房，一点时，梁太太来找我们谈了点私事，直到到点后，我们三人一起下去的。"

时间线很简单，吴探长便问："什么私事？"

叶父叶母似乎很为难，吴探长拍拍桌子，说交代不清影响公务，于是叶父讲述道："梁家之所以找我们联姻其实是为了万合饭店的归属权，年轻人门当户对挺好，但我们就小婵一个女儿，平日娇养惯了，怕过几年她在那边受委屈，就和梁太太做了个婚前财产约定，成婚后饭店经营所得我们叶家占两成。"

程翰良打开那封信，里面果然是份合同，两家人都盖了手印和章。"那你们在这一小时内有没有发现什么异常？"他问。

叶母回想道："我们在等梁夫人过来时，隔壁房间似乎在吵架，还有什么摔碎的声音。"

叶父这时补充道："听声音好像是梁家他二叔和他儿子。"

"什么时候的事？"

"大概十二点四十五……"

叶家二老想不出怀疑的人，待他们出去后，程翰良叫了梁家二叔，对方说他也一直待在客房里，没有出来，并无其他。

"你和你儿子为何吵架？"程翰良单刀切入。

梁二叔脸色现出些许慌张，但很快镇定："探长先生误会了，没有吵架，只是简单说了些事。"

程翰良盯着他，食指一下一下敲打着桌面，不着温度道："你现在还有时间，待会我们要去搜证，如果查出一些对你不利的东西，到时候再辩解就无用了。"

梁二叔沉默半分钟，最终缓缓道："其实也是家门不幸，我家那混账从小就不爱读书，结交了一群三教九流，若只是玩鹰我也不会太管，但没想到他喜欢上了赌博，欠债都追到家里来，我真是……恨铁不成钢！"

接着被问到与梁老爷、饭店相关的事情，基本情况和外界所知一样，程翰良问他的腿是怎么回事。

"刚开饭店的那几年，我和我大哥惹了些同行，一帮人专门到店里砸场子，右腿是那时被打伤的。"同样，他也没怀疑谁，"可能是落在哪儿了，找找说不定能找到。"

梁二叔离开后，李琅玉道："总感觉有隐瞒。"程翰良不置可否，让人把梁炎确叫进来。

"是，我承认我赌博了，但难道这就是你们怀疑我的理由？"梁炎确歪歪斜斜坐在椅子上，右手抚摸着鹰翼，毫不畏惧，也不紧张。李琅玉发现他指甲边沿沾了些绿色痕迹，而那只鹰在他怀里很乖顺，食皿里没有水和食物，估计吃饱喝足了，故不像上午那般有攻击性。

按照梁炎确的口供，他十二点半和父亲去了客房，发生争吵，然后十二点四十五左右下楼，因为气闷就在一楼茶室休息，直到下午一点十五听到窗外有响声，出去看也没发现什么，可能是风打在窗上，于是就在花园里遛鸟，还碰到了徐牧师，聊了一会儿天，最后发现错过点了，所以来迟了。

对于争吵原因，梁炎确称梁夫人一直对他们家有偏见，他不能让父亲白受委屈："我爸他当初是为了救大伯才把腿给残了，我跟他说，大伯之所以在遗嘱里那样写，就是因为有愧疚，你们两人合力创办饭店，又是亲兄弟，所以这饭店即使真归属我家，也没什么可非议的，但我大伯母那人就天天防着我们，急着操办我哥的婚礼，司马昭之心路人皆知。"

原来还有这一隐情，后来梁炎确又讲了一些其他恩怨，直到快出房门时，他突然回头道："探长先生其实应该好好问问我堂哥，说不定戒指是他自己藏起来的，他可是有开锁的钥匙，而且，他也讨厌结婚。"

而接下来发生了一件稀奇事，梁夫人主动要求提供信息——"探长先生，我有一个特别怀疑的人，你们一定得好好查查他！"

"谁？"

"就他二叔。你们不知道，其实他的腿早就好了，只不过每年这时候都故意谎称旧疾发作，老爷子还在世时，他就三番五次拿这件事说，装模作样撑个拐，还有他儿子，两人一唱一和，不就是想图老爷子财产。"

程翰良与李琅玉互相对视一眼，倒还真是一条意外信息。梁夫人的时间线和叶家二老的口供一致无差，都不用提问，自己就全叨唠出来。李琅玉之前就听梁文骏说起过他母亲，是个上斗公婆、下斗小姜，一人就能唱出大戏的厉害女人。

说起叶家，梁夫人也有不满："起初他们还想要四成，简直狮子大张口，我们梁家是需要人帮忙，但还不至于任人抢劫。"然后说到梁文骏，又气又无奈，"我怎么生了这么个爱花钱的儿子，五百万欤，说买就买，还不提前跟我讲。之前就催他结婚，硬是不肯，他爸为什么立那个约定，还不是因为他迟迟定不下人生大事，没来得及给他抱孙子……"

梁夫人说到激动处，嗓子跟着咳嗽起来，喝了几口水才缓道："我这老毛病估计也好不了，一到春天，一闻到刺激气味，就咳得停不下来。"她还想继续说点家里的陈年旧事，程翰良及时打断了她："放心夫人，我们一定会帮忙找回戒指，先让徐牧师进来吧。"

梁夫人走后，程翰良侧头望向李琅玉，道："手写酸了？"之前他见对方边写边揉胳膊，估计累着了。

"手酸是其次，主要是心酸。"李琅玉叹口气，"我都没工资。"

吴探长一听，略觉诧异："中将，还是应该给人点钱的。"见有人帮衬，李琅玉心中生出胜利感。

程翰良想，看来以后得少发点善心，这小子越发会得寸进尺了。

徐牧师进来后，讲起这一小时内的事情，也很简单，他一直待在庭院里做祷告冥想，后来偶遇梁炎确，两人聊了会儿养生之类的话题，便无什么新鲜事了。

"具体是在庭院的哪里？"

"池塘那边，看看鲤鱼、乌龟，赏赏花。"

"徐牧师每次彩排都在吗？"

"对，第一次是在教堂，这两次都是在饭店。"

"中午可有注意到什么异常？"

"没有。"

程翰良沉默注视了他半晌，忽而说："辛苦了徐牧师，你先回去吧。"

到目前为止，没有被审问的人中，只剩下梁文骏、叶婵这两位最相关的当事人，经过商量，程翰良让吴探长另安排一房间，准备将这对新人分开同时审问。叶婵这边是程翰良和李琅玉，梁文骏那边是吴探长。

叶婵看了眼墙上时钟，苦着脸道："我和孙莹一直在琴房，我在练习《爱之梦》的第三章，她当时从书架上拿了本玛格丽特的《飘》，彼此都可以做证，一点半时我没找到我的手包，就想去藏品室看看，所以孙莹先下楼，结果我去了藏品室，就发现我的钻戒不见了。"

梁文骏则干脆说道："前十五分钟在听我妈唠叨，后来在房里抽了会儿烟，一点时下楼在沙发睡觉，琅玉可以做证。"

问到开锁钥匙，两人都各有一把。

"关于这次联姻，你自己是什么想法？"

叶婵撇嘴道："还能怎样？"

梁文骏摊手道："就这样咯。"

"既然不乐意，为什么要买价值五百万的钻戒？"

叶婵道："因为我喜欢。钻戒是钻戒，婚姻是婚姻，就算嫁给最糟糕的人，我也要最好的钻戒，这才配得上结婚时的我。"

梁文骏道："因为我有钱。虽然五百万钻戒不能保证一个圆满的婚姻，但至少能哄好一个婚礼前的女人。"

"我们对每个人都问了一遍怀疑对象，梁文骏（叶婵）说怀疑是你，因为拥有钥匙的人才最可能拿到戒指。"程翰良和吴探长抛出一个诱饵。

"他这么说？"叶婵顿时愣住，眉宇间流露出的情绪与其说是不可思议，不如说是失落。

"这不可能！"梁文骏摆正上半身，脸庞上也浮现出诧异之色。

"那你觉得会不会是他（她）偷了，然后栽赃给你，毕竟谁都知道你俩其实不愿结婚？"

结果，两人在沉默半晌后，缓缓给了一句回复——"不是他（她）。"

时间来到下午两点半，李琅玉将所有人的口供整理到一起，吴探长发出感叹："这一大家子可真够累人的。"

程翰良翻看记录，问道："你们是什么看法？"

吴探长想了想："我觉得梁炎确父子可能性比较大，又是伪装腿疾、又是赌债，而且还有饭店归属这个因素。"

李琅玉给出自己看法："从动机上来讲，可以排除叶家二老和梁太太，他们是希望促成这场婚礼的人，否则有损利益。但我暂时没有觉得谁最可疑，只是比较在意梁文骏和叶婵的最后一句话，'不是他（她）'，两人说这句话时给我感觉有些微妙。"他记得叶婵当时看上去低落，但语气似乎很坚定；而梁文骏那边，根据吴探长的反馈，他别开了视线。或许，这对新人的关系不一定就如外人看上去那般。

程翰良这时说道："如果单从供词来看，这些人中已经有人提前串供了。"

"串供？"吴探长惊讶道，只见程翰良抽出其中两份，分别是孙小姐和叶婵，说："你们先看下孙小姐的第二句。"

第二句是关于书的名字，吴探长看了许久，没有琢磨出有什么奇怪的，而程翰良突然问道："吴探长今早吃了什么？"他仔细想了想，答道："豆花、鸡蛋……还有油条、灌饼。怎么了？"

"我知道了，是重复！"李琅玉瞬间明白，"一般人在回想既成事实时，由于脑海中的印象，会倾向直接说出答案，但孙小姐说的是'我当时在看玛格丽特的《飘》'，她重复了我们的提问句子，而不是直接说出'《飘》'，甚至她还补充了书的位置。在那种紧张情况下，应激反应很难做出这种回答，除非她当时处在记忆背诵模式。"

吴探长在脑内模拟了一下，发现还真是这么一回事。程翰良指了指叶婵那份供词说："这段时间线描述我当时听完觉得有些不对劲。"

"细节没对上？"吴探长问道。

程翰良摇摇头，说："视角问题。每个人在讲自己的时间线时，都是以第一视角'我'为中心，但叶小姐的描述感觉不像，她添加了不必要的孙小姐从书架取书这段，还额外解释了孙小姐先她下楼的缘故。这种全局叙述更像第三视角，她恰恰是把细节抓得过多了，估计她在脑海中已经排演很多遍了。"

"另外，孙小姐最后提出梁炎确可疑这一点也非常不明智。"程翰良补充道，"她第一个接受盘问，不会有任何人先质疑她，按理来说是一个比较安全的境地，所以她这一主动是很有攻击性的行为，我猜，她在这次盗窃案中应该逃不了干系。"

一通分析结束，吴探长不由拍手叫好，拉着程翰良讨论更多细节，而李琅玉看着程翰良的身影，一时竟有些恍惚。

他知道这人心思缜密、做事滴水不漏，但这种感觉真切地逼近到眼前时，反而有些凌厉得可怕。他想起了过去那段日子，在自己故作聪明地掩饰撒谎时，其实于程翰良看来，可能就如同寒风里摇曳蛛网上的蜘蛛罢了。

而如今，这层网早已被戳破，可蜘蛛竟然没死。李琅玉生出一丝自嘲。

许是他盯得太久，程翰良也不由回过头来，吴探长已先离开了屋子。李琅玉看他走近，被问怎么了，于是笑说："想到了一些蠢事，挺难为情的。"然后把梁文骏和叶婵的供词放在一起，忽然问道："一个人明知另一个人撒谎，为什么不戳穿还要包庇呢？"

屋顶四角挂着琉璃灯，即使在白天，灯芯仍然是点燃的，程翰良望着那些交映璀璨的灯笼，缓缓道："或者恻隐之心，或者玩弄人心，再或者，一些不敢说出口的私心吧……"

第三幕/搜证

程翰良与李琅玉出来时，中庭大厅发生一些骚动。叶婵止不住哭道："不结了！如果钻戒找不到，我就不结婚了！"叶父叶母忙安慰她："放心放心，闺女，一定能找到的，不结婚这话可别乱说。"

梁夫人也有些着急，上前道："小婵，你冷静一下，咱们新闻也登出去了，请帖也发了，婚礼两周后就开始，这哪能说不结就不结啊……"

叶婵站起身，冲着众人道："就是因为登报了，我才不想结。那天大家都会奔着戒指来，如果我没有戴上它，那我就成了全北平富小姐圈的笑话了。"

"怎么会呢……"梁太太好言劝道，同时递予梁文骏一个眼神，让他赶紧来哄人，而梁文骏神色复杂地看着眼前这闹哄哄的局面，径直转身离开。

叶婵看了眼落地钟，委屈道："两点四十五了。"

程翰良走过去道："叶小姐，我保证，今天日落之前一定能让你见到钻戒。"叶婵和众人惊讶地看向他，听其继续道："前提是需要大家配合安排，安静地待在这里。"

程翰良等人打算先去藏品室看看，就在上楼时，李琅玉发现徐牧师衣服后领沾了些碎叶片片，于是好心替他掸走，徐牧师与他道了谢。

来到藏品室，只见当初那个放戒指的玻璃匣子是锁着的，李琅玉仔细看了下锁芯，是铜制，程翰良让吴探长带人检查下是否有撬锁的痕迹，然后在室内环步一圈，走到了阳台。

推开门窗，程翰良检查地面，发现一小截极细的透明尼龙绳，混在植绒地毯中。李琅玉道："这会不会是伪造密室的手法？"他找来另一根尼龙绳，在顶端系了个环扣，套在里面的门把手上，然后留出另一端在外面。李琅玉将门关上，程翰良站在阳台一侧，拽住绳子末端，连带着门把手向下压，"咔嚓"声响，门开了。

程翰良环顾四周，道："如果从外面进来，最大可能就是从三楼的小阳台跳到这里。"

李琅玉询问门外的保安后，得知楼上阳台是公共区，并且两个阳台相隔两米八，人如果直接跳下也不现实，但如果是跳到桌子上呢？长方桌子约八十公分高，恰好正对楼上阳台边沿，这样倒有可能。但另一问题是，犯案人如何离开现场？眼下似乎只有两条路，一条是回到三楼阳台，另一条则是踩到一楼斜下方的窗台上，但看距离至少得身高一百七十五厘米的人才能做到。

程翰良这时把李琅玉叫过来，指着地毯上几个凹陷处道："这些椅子被明显移动过。"李琅玉估量了下椅子高度，都是六十厘米，若加上椅背，有一米二。此时，三把椅子歪歪斜斜散落在桌子附近，李琅玉记得中午从阳台上离开时，椅子是被摆好的状态，他抬头向上看，忽而有了灵光——三把椅子被挪到桌面上，拼成一个二级小台阶，再加上桌子高度，可以提升到两米，那么剩下的八十厘米对于一个正常的成年人而言，完全可以抬腿上去。

"这么看，只有三楼的人才有作案机会。"李琅玉道，他大概猜出犯案人是谁，但缺少一个关键性证据。

"不急，既然连那截尼龙绳都来不及处理，说明作案者当时紧张得很，肯定还会有其他证据。"似心领神会般，程翰良如此说道。

两人从藏品室出来后，吴探长走过来，说刚刚看了下一楼梁炎确所待的茶室，没有异常之处，程翰良与他交代了几件事，李琅玉则看到梁文骏独自站在楼梯口抽烟，脸色郁郁，便上前安慰了几句。对方苦笑一声："我刚刚在想，这会不会是冥冥中的惩罚，只因我没有履行当年的承诺。"

李琅玉不解，于是梁文骏继续道："差不多是初小三年级的事——那天是叶婵生日，因为我们两家生意上往来较多，所以生日宴会就定在这里，除了大人，当时的一些同期小孩也送了礼物。我原先也准备了一个，但出了点意外，时间没赶上。"

"那后来呢？"

"说实话，我觉得自己空着手也挺说不过去的，如果不给一个补偿，估计她年年生日时都会提起这件事。所以我就跟她打了个赌——"梁文骏把目光投向前庭的喷泉，"金童玉女的两个净瓶其实有同一个入口，在三楼水房的喷泉管道开关那里，我放了枚硬币，跟她说，如果到点后，硬币随着水流从玉女的净瓶里出来，就算你赢，我接下来一年内都不会和你吵架，事事让着你；但如果从金童那里出来，我只能保证在今天与你和平共处。"

"所以叶小姐最后赢了？"李琅玉道。

梁文骏吸了一口烟，笑道："她当然会赢，因为那段时间连接金童净瓶的管道出了点问题，工匠师傅还没修好。"

李琅玉也笑了，说："你居然也办了一件像模像样的正经事。"

梁文骏扬起眉梢，似乎也觉得这不是自己的做事风格，但忽然一顿，他掐灭了烟头，露出许多遗憾："不过，我并没有履行完约定，因为那学期结束后，我就转学了……"

休息了一会儿后，李琅玉随程翰良来到三楼，梁夫人和叶家二老的房间基本没有什么可疑的，梁文骏那儿则是找到一些烟蒂，而在梁二叔的屋子里，垃圾篓中有摔碎的茶碗片，还有一张揉皱的纸团。李琅玉打开后，发现是赌场的抵押，梁炎确居然欠了一百多万。

随后，二人来到琴房，不出意料在书架上看到那本《飘》，旁边地面上摆着一双鞋，李琅玉认出是叶婵早上换下的那双。钢琴上放了一本琴谱，正好摊开的是《爱之梦》第三章，李琅玉拿起翻看，发现叶婵做了很多记号，譬如何处力度减弱、何处加强增加戏剧性等，同样，其他曲子也是如此。他回头看程翰良，对方正拿着一捆黑色搬运带，是在抽屉里找到的，上面附着一根长头发。经保安告知，搬运带是将钢琴吊到三楼时使用的。

二人回到走廊，重新梳理了下当前线索，此时已经下午三点半，李琅玉靠在窗前，春日暖风挟着柳絮自远处飘来，羽毛似的挠在脸上，惹出恼人情绪。几只麻雀喳喳飞过，这让他不由想起"鸟过留声，人过留踪"，但眼下仍然有一个问题未被解决——关键证据在哪？他一边思忖一边踱步朝前，忽然被程翰良拉住："裤子沾了东西你怎么都没注意？"李琅玉低头看去，还真是，他正准备掸走，程翰良却蓦地阻止，细细看了一会儿，两人几乎是同时反应过来，然后回到其中一间屋子，捡起一物对比，发现果然如此。

李琅玉长舒一口气，道："今天这出戏总算是快到尾声了。"

第四幕/真相

接到吴探长指令后，众人重新围坐在一起，几个警卫也守在饭店各个出口。叶婵问孙小姐，有些心急道："现在几点了？"孙小姐刚想回答，程翰良正好从楼上下来，率先开口道："三点三十五，不急，叶小姐，离日落还有两个小时。"

他来到大厅中央，吴探长也搬了把椅子随大家坐下，然后只听程翰良发话道："关于这次钻戒失窃，我们已经找到作案人了。"

众人哗然，梁夫人抢先站起来，急忙问："是谁偷的?"程翰良目光从每个人脸上扫过，继续道："并且，作案人不止一个。"

这回，大家震惊得说不出话了，面面相觑，脸上皆是惊疑之色。梁夫人颓唐地坐下去，失了魂般道："居然还是多人作案，我们家，这是遭了哪门子殃哟……"

这时，李琅玉提着两个袋子从二楼下来，递给程翰良一个"已准备好"的眼神，于是程翰良说道："其实，这次失窃案中的密室是作案人通过某种手法伪造的，并且通过帮凶让自己有了不在场证明。"他拿出尼龙绳，解释了作案人如何从关闭的阳台进入屋子，然后利用桌椅到达三楼的过程。

"也就是说，作案人必须曾经去过三楼。"

梁夫人说："可是除了徐牧师和文骏的校友，大家都去过三楼。"而吴探长也发问道："我有个不明白的地方，从三楼到二楼，最后又回到三楼，这个过程我懂，但是桌上的椅子怎么处理？我记得我们去看现场时，椅子是立在地上的，一个人手臂再长，也无法从三楼阳台够到椅子还安稳地把它放下来。"

"这正是我接下来要说的一点。"程翰良道，"作案人其实借助了一种工具来增加臂长，这个工具在八十厘米到一米之间，一端呈钩状。"

就在大家思索之际，梁夫人以最快的速度再次站起来，指着梁二叔道："我就知道是你！大家都看看他手上那根拐，还有，他的腿其实没毛病，一直是伪装的！"

"你胡说！你血口喷人！"梁二叔登时怒气上头，梁炎确抱着鹰上前对峙道："大伯母，我知道你视我家为眼中钉，但也犯不着这么诬陷人！探长先生都还没发话呢，你就上赶着要定我们罪？"言辞讥讽，似乎下一秒就要放鹰来咬人。

眼看两边愈演愈烈，程翰良适时开口道："梁夫人，您确实冤枉人了。"对方不可置信回头，只听他继续讲下去："其实除了拐杖，这里还有一样东西也符合条件。"

程翰良侧过身来，目光忽然定在一人身上，缓缓道："你说呢，孙小姐？你那把伞现在可没机会藏了。"

一帮人大惊，纷纷看向孙小姐，而孙小姐紧抓着伞柄，脸色煞白道："我，我，我没有……"

"是，你没有，你只是帮凶，因为策划这起失窃案，并且作案的是你身旁的叶婵小姐。"

如平地惊雷般，大家不可置信转向叶婵，叶家二老更是惊慌道："探长先生，您是不是搞错了，小婵为什么要偷自己的钻戒啊？"

梁夫人也已经咋舌得说不出什么，倒是梁炎确幸灾乐祸道："大水冲了龙王庙啊……"

叶婵沉默几秒，抬首道："我和孙莹一直都在琴房，只因为一把

292

伞，您就认为我们互相包庇，未免太草率了，您有证据吗？"

程翰良道："中午在楼上弹琴的人并不是你，而是孙小姐。在盘问环节，孙小姐告诉我们你俩在一个琴班上课，因此是她代替你演奏，而你利用这个时间去了阳台。"

"我们俩是会弹琴，但是如何证明她代替了我？"

李琅玉接着道："你的琴谱上做了大量记号，孙小姐说你是个完美主义者，但今天中午的琴声技法一般，甚至在很多渐弱加强处都没有注意。"

叶婵轻笑一声："你居然能听懂？上午彩排我心情不好，偶尔随意一弹。"

程翰良从李琅玉手中接过透明袋装的搬运带："我们在琴房的抽屉里发现了这个，这里有一根长头发，而孙小姐是短发，所以是你落下的。你从三楼跳到二楼阳台桌上时，担心发出过大声响，因此用搬运带做了缓冲，甚至为了让椅子平稳落在地上，你将它绑住伞身，进一步延长长度。"

叶婵皱着眉头辩解道："一根头发能说明什么？探长先生是男士可能不了解，我们姑娘家每天掉几根头发如同家常便饭，指不定是哪天开抽屉时落下的。"

李琅玉回想到一点："中午我们在藏品室中，你是走在最后关上阳台门的，因此你最有机会设下那个伪造密室的机关。"

叶婵伶牙俐齿回道："并不一定是最后那个人才有机会，任何人都可以，毕竟探长先生提供的那根尼龙绳又细又近乎透明，不是谁都能立马看清，我关门时反正没注意到。到目前为止，你们所说的一切都是推测，根本不足以成为证据。"

程翰良似是早料到她有说辞，不着痕迹道："现在的叶小姐与先前那个哭闹要性子的叶小姐倒是判若两人。"

叶婵没有回应，只是不服气地别过脸。程翰良示意李琅玉一眼，道："我们当然找到了关键证据。"

只见李琅玉从袋中抽出一块地毯，正是二楼藏品室阳台所用的那种。他对梁夫人道："不好意思太太，我们需要做个实验，所以割了一小部分。"梁夫人已经身心疲惫，五百万的钻戒都丢了，也没心思在乎这么一块毯子。

程翰良解释道："这种地毯的材质是仿真植绒，上面这些又尖又短的草状物是用胶水粘上去的，因此，当鞋子尤其是皮鞋踩上去时，都会有些许粘在鞋底上。"他请吴探长起身，试着从毯子上走过去，然后去看鞋底，果然如此，而中午去过阳台的那几位也看了下自己的鞋底，与吴探长情况一样。

李琅玉对叶婵道："可以看下你的鞋子吗，叶小姐？"

"当然。"叶婵右腿搭在左膝上，微微抬起，"你不是看见了吗，我跟大家一起去的阳台。"

"那你确定之后没有再去吗？"

"确定。"

李琅玉笑了，说："可是我想看的并不是你这双高跟鞋。"他从袋子中取出叶婵那双换下来的平跟鞋，扬了扬道："是这双。你能告诉我为什么这双鞋的鞋底也沾有植绒？"

叶婵立时怔住，瞳孔中闪出惊慌神色，全身像被胶水粘住一般，僵在了椅子上。和刚刚的巧舌善辩不同，她没有作出回应，她哑口无言。在座的人都明白了，叶母着急道："闺女，这是怎么回事啊？"

"要完成这一系列事情，叶小姐当然不能穿高跟鞋。"几乎是切中要害，她现在如同一张五颜六色的染布，怎么漂都漂不清。

梁二叔这时问道："那钻戒呢，现在在哪里？"

众人再次将目光看向叶婵，她始终不愿说话，眼角却渐渐泛了红。李琅玉大概知道她会把戒指藏在哪里，但他没有开口，这件事与揭露真相不同，是另一种性质，让当事人自己说出来或许好点。

孙小姐为难地看着她，小声道："三点五十九了。"

叶婵闭上眼深吸一口气，无神地看向前庭："快到点了。"她对李琅玉道："能否帮我看看，它是从玉女的瓶子里出来，还是从金童的瓶子里出来？"

李琅玉会意，正准备朝喷泉走去，梁文骏突然开口道："都不会。"他摊开手掌心，在众人惊诧的目光中露出那枚失踪的戒指，"它在我这里。"

落地钟发出一声笨重的嗡响，与此同时，四五道水流从庭院假山周围喷射而出，净瓶内逐渐淌出涓涓细流。正是四点整。

叶婵缓缓起身，不可置信地望向梁文骏，梁夫人差点没站稳脚跟，而梁炎确则发出玩世不恭的笑声："大伯母家可真精彩……"

"刚刚我去三楼提前找到了它。"梁文骏无所谓说道。

"你是什么时候知道的？"叶婵问。

"只能说我和你太熟了。"梁文骏挤出一个难看的笑容，"你这人虽然脾气不好，但也只是在鸡毛蒜皮的小事上，真要是出了什么紧急事，你跟我一样，都是极度好面子的人，只会慌在心里，当众耍性子这种有损面子的蠢事，我不信你做得出来。"

两人沉默注视几秒后，梁文骏转身对双方长辈道："妈，叶叔叔，叶阿姨，虽然戒指找到了，但这次婚礼我们还是取消吧。"

叶父叶母大惊，梁夫人将他拽到一旁，背对着梁二叔道："文骏，你在发什么昏，你这婚不能不结啊！"

梁文骏撒开手无奈道："妈，你不要天天提防二叔，都是一家人为什么要搞成这样？"他心里烦闷，声音也不自觉提高，大家纷纷看过来，梁夫人很委屈地看向自己儿子。

"我知道，不就是因为咱们家这饭店吗？二叔在经营管理上比我更有经验，我也打算好好跟在二叔身边学学，至于结婚——"他看了眼叶婵，语气转凉道，"能不能尊重下别人，讲究个你情我愿，人家不喜欢的事情就不要再逼迫了。"

闻听此话，李琅玉暗想：这该不是误会了吧……

叶家父母走上前道："文骏，你别生气，我们回去好好劝劝小婵，她一定愿意的。"

"爸、妈，够了！"叶婵脸上微红，也是气极，"你们在乎的到底是我，还是金钱生意。人家不愿意娶你们女儿，何必强赖上去，这场婚礼不过是对方的权宜之计，即使不是叶家，张家王家的姑娘也可以。"

"谁说可以！"梁文骏登时怒道，他压抑了快半个下午，此时也有些真正的脾气，"是你费尽心思策划这一出，你要是不想结婚，开口说便行，就算我家人再坚持，我也能推掉。"

"不想结婚的人难道不是你吗？是你说不愿娶我的！"叶婵瞪着他，她生性要强，硬生生不肯让眼泪落下。

"你也没给我好脸色过。"梁文骏反驳道，"我如果不愿意，为什么要花五百万买你想要的钻戒，就算平时我大手大脚，但你以为五百万是大风刮来的，想花便花吗！"

"你每次见我都吵架，总说自己是被迫才与我定亲。既然如此，那就遂你的愿。我知道爸妈和伯母那儿铁定不会同意，本打算借这次事件取消婚礼，等到时间再久点，两边意愿淡了，再将戒指还给你，到时你也可以顺理成章地退出了这场亲事。"叶婵声音渐渐转弱，"我不喜欢被勉强，也不想看你被迫做不喜欢的事。"

"是，你说得对，我确实是被迫。"梁文骏收住声音，几秒后呼出一口气，他道，"但未尝没有自愿。"

这话一出，气氛有些微妙的变化，叶家二老和梁夫人看着这一幕，瞅瞅两人，也不知该不该上前劝和，坐在附近的梁炎确则忍不住翻了个白眼。

李琅玉适时对梁文骏道："叶小姐之所以把戒指藏在喷泉中，也是因为这个地方对她而言有特殊的意义。"以及，德米伊的约定钻戒，叶婵当初坚持要买可能也有这名字的缘故。

恰好，也不知是谁首先出来打了圆场，这陷入僵局的一出戏竟然又柳暗花明了。李琅玉想到盘问时两人的供词，虽然"囚徒困境"基本无解，但人世间的"痴男怨女"却是比之更为复杂的困局。

他回退一步，看到程翰良已离开人群中心，也是，剩下的事情就交给吴探长，但不知为何，他并没有感觉到那种雾散云消的明朗，反而觉得疑点如夏日的蚊虫声，时隐时现。他朝程翰良的位置走去，对方仍然在看供词。

"结束了？"程翰良问道。

"看样子是的。"李琅玉手撑下巴，望向正在做笔录的吴探长，"但隐约间又好像少了点什么？"

"说说。"

李琅玉讲了几个有些牵强的地方，程翰良听完，将手中供词给他，道："作案人不止一个。"他以为对方说的是孙小姐和叶婵，于是道："是啊，不止一……"忽然，声音停住，李琅玉迅速扫过其中一份供词，终于意识到那种奇怪的感觉源自哪里。

而与此同时，吴探长那边也突发状况，叶婵指着那枚戴在左手无名指上却稍大一圈的戒指道："这是假的！这不是我当初买回来的那个。"话音刚落，一名警卫快步从楼上赶下来："探长，我们发现二楼匣子上的锁有被撬开痕迹。"

"这不应该，我是用钥匙开的锁。"叶婵道。众人急忙围住吴探长，这让他一团乱的脑子里更加理不出思路。程翰良将那枚假戒指置于光下看了一会儿，对吴探长道："这个做工是否眼熟？"

吴探长接过来仔细查看，发现局部细节跟金石交易行的那串仿制项链，以及北平近日失窃案中的珠宝赝品极为相似。"这竟然是同一起案子？"

"想来在叶小姐进入藏品室之前，真正的戒指已经被调包了。"

"那作案人到底是谁啊？还在这里吗？"

程翰良看了眼手表，说："稍等几分钟，我家助手回来后，他会给大家一个交代。"吴探长这时才发现，那位年轻后生不知什么时候已经消失了。

五点，李琅玉从庭院方向走进来，悄悄附在程翰良耳边说了几句话，对方露出一个会意笑容。他喝了几口水平息呼吸，众人齐齐赶过来问他发现了什么，真正的戒指究竟在哪里。

李琅玉环顾一圈，道："先问一个问题，大家记不记得中午从藏品室出来时一共有多少人？"

几个人在脑海中回想了一会儿，又现场清点人数："十人呀，咱们一开始不就是十人？"

"那我还有一个问题。"李琅玉暂未回应，而是把目光投向叶母，"叶夫人，你还记得当时出来后，除了叶老先生，谁还站在你身边？"

叶夫人仔细想了想，似乎无果，于是皱着眉道："我年纪大了，哪想得起来这些？"

"那我问一个年轻的。"李琅玉这时转向孙小姐，将类似的问题抛给她，"除了叶小姐，谁当时在你身旁？"

孙小姐回想了几秒，最后甚至怀疑道："除了叶婵，当时我身边真的还有人吗？"

李琅玉无奈叹口气道："事实上，出门那会儿，我就在叶夫人和孙小姐之间，可是你们谁都不记得我。"

"我怎么没印象？"孙小姐奇怪道。

"在参加聚会时，我们一般会亲近自己所熟悉的人，但对周围的陌生人并不关心，所以很多时候，我们虽然是在群体活动中，其实并未真正融入，仍然局限在亲密关系里。既然如此，大家现在还确定当时出来的是十个人吗？"

众人看向彼此，一时犹疑，只听李琅玉道："在所有密室案中，除了机关伪造密室，还有另外一种破解手法，那就是作案人一直都在密室中。我们十个人，其实不知不觉中形成了两两结伴组——叶老先生和叶夫人是夫妻，孙小姐和叶小姐是闺密，文骏和梁太太是母子，梁二叔和梁炎确是父子，但是，除了我之外，还有一人也落单了。"他停顿至此，目光看向一人，其余人随他一起看过去——

"徐牧师！"众人惊讶道，也是这一瞬间，大家突然反应过来，似乎从下午开始，徐牧师明明还在饭店，却像透明人一样没有引起注意。

徐牧师神情一滞，不自然道："小探长，你这可真是冤枉我啊，我从未听说过因为落单就被怀疑成犯人的啊……"

"不仅仅是如此。"李琅玉道，"之前我就奇怪，叶小姐第一次作案想必十分紧张小心，而三楼和二楼阳台都能看到庭院池塘，如果你在那里，叶小姐一定能看见，并且不敢行动。"

"是的，我当时特别留意了下周围，是确定没有人的。"叶婵补充道。

徐牧师忙道："我也不是一直在池塘那边，中途还四处逛了逛，所以没被看到。"

"我先说下作案手法，在我们中午离开屋子时，徐牧师可能趁机躲在门后窗帘里，然后用那根纯银牙签撬开锁，以假钻戒换了真钻戒。但这时，他听到阳台上有动静，于是藏在了红色书桌下，等到叶小姐走后，他从阳台踩到一楼窗台离开。关于这一点，我们看过现场后认为需要身高至少一百七十五厘米的人才能办到。"

"可是这里满足身高条件的不止我一人。"

"确实，但是一点半你从庭院回来时，梁太太和你说过话后突然咳嗽起来。"李琅玉道，"梁太太对油漆气味敏感，你这一身呢子外套和羊毛围巾，在屋子里待了那么久想必吸了不少味儿吧……"

"你这说得也是牵强，我现在身上可没油漆味。"徐牧师道。

也是，过了这么长时间，现在应该散了。于是李琅玉道："但有一个地方可能你自己都没注意，藏品室的书桌刚粉刷不久，颜色特别容易蹭到衣物上，我下午帮你掸走叶子时发现你后领围巾上沾了一点红色，应该是你蹲在书桌下面时染到的。"

徐牧师不自觉去摸后面，却被吴探长和几个警卫抢先控制住，围巾取下后，果然发现了红色痕迹。

吴探长道："你就是这几个月北平珠宝赝品案的犯人，叶小姐的钻戒你藏哪了？！"

徐牧师仍然不放弃辩解："探长，我真是被冤枉的，我跟这些真的一点关系都没有，围巾上的红色许是中午在屋子里不小心沾上的，你们不能凭推测诬陷人啊……"

李琅玉这时从他怀里拿走那根纯银牙签，道："我起先就觉得疑虑，这牙签是用来剔牙的，更应该注重保养，为什么上面还会有这么多氧化变黑的痕迹。当然，你可以说你没留意，但我还有办法能证明——徐牧师，用牙签撬锁应该花了不少时间吧，恰好二楼匣子锁的锁芯是铜的。"

"这能说明什么？"

"金属在摩擦时多少会有留存，只要把你这根牙签拿到医院实验室，用浓硫酸检验下，就能证明这上面含铜[1]。如果你只是用它来剔牙，到时看你如何解释？"

徐牧师目瞪口呆地看着李琅玉，做不出任何辩驳。他穿得斯文体面，但此时就像那枚假钻戒，在灯光下现出劣质的光泽。吴探长和警卫逼问后终于得到实情："在池塘旁边的花泥里。"

李琅玉想果然如此。几个警卫出门去寻找，他却说道："不用找了，那里是找不到的。"

"为什么？"吴探长诧异道，甚至徐牧师也不明所以。

李琅玉看了一眼不远处的程翰良，然后面向众人道："因为这个案

[1] 铜与浓硫酸在加热条件下，可生成硫酸铜，溶于水呈蓝色，此法常用来检验是否含铜。

子可以用八个字概括——'螳螂捕蝉，黄雀在后。'"

就在大家费解之际，李琅玉抓住梁炎确的手腕道："戒指在你这吧，梁少爷。"

"你在胡说什么，这怎么又扯到我身上了！"梁炎确露出莫名其妙的神情，想挣脱手，但李琅玉却不放，其实如果他空出那只抱鹰的手，就可以做到。

李琅玉看着他的手指道："你指甲上的绿色就是池塘边的绿色花泥吧，你在接受盘问时也说了谎，那时你听到窗外响声发现了徐牧师，然后看到他把戒指藏在庭院里，等徐牧师进屋后，你又偷偷将它找了出来，一直携带着。"

"这都是你的想象，探长已经对每个人搜了身，没有发现钻戒，我也一直在这里，根本没机会藏。"梁炎确坚决不承认道。

"吴探长之所以没搜到，是因为它确实不在人的身上。"

梁炎确神情微动，只听李琅玉有力地说道："因为它在你这只鹰的嘴里。"

"你为了不让鹰开口啄食，清掉了食皿中的食物和水，又为了防止它发出叫声，这一下午都将它抱在怀里，驯鸟的人都知道，只需按住腹下三寸便能让其停止鸣叫。"

听到这里，现场的每个人都感到不可思议，梁炎确面红耳赤，正在僵持之际，吴探长使了个眼色，几名警卫纷纷上前想抓住那只鹰，却因为梁炎确的抵抗发生混乱。结果那只鹰从人群中挣脱出来，在屋子里横冲直撞，撞坏两幅画、四个花瓶与一个灯具，屋子瞬间暗了大半。

孙小姐和梁夫人等人吓得捂住脑袋蹲在地上，梁文骏急忙对梁炎确道："你快让那畜生停下来！"

梁炎确被人反扣手腕，压在桌上："你当我傻吗！你们抓不到它，也就没有物证，定不了我的罪。"

眼看着那只鹰越飞越高，即将要飞到屋顶最高处时，一行人慌了，因为那里开了个天窗。

"不好，它要飞出去了，我的戒指！"叶婵急急喊道。

就在这千钧一发之际，一声枪响，打破了这嘈杂的一切，原本闹哄哄的喊叫声也默契地戛然而止。几乎是同时，一道黑影直直下坠，"啪嗒"一声，那只鹰掉在了地上，血色宝石钻戒顺势从其口中而出。人们静默几秒，缓过神后循声回望，看见的是程翰良，他手中拿着一把枪，正是先前挂在楼梯墙壁上的那把麻醉猎枪。

太阳渐渐向西沉去，只在山顶留出一抹红晕，经过这一日折腾，万合饭店终于迎来平静。吴探长处理好一切后让警卫将徐牧师押上车，他活动了下筋骨，也是满身疲惫，心想以后这种涉及一大家子的案件还是少来点为好……而梁炎确则是在其父亲的恳求下，最终决定交由家族内部处置。

梁叶两家向程翰良等人道了谢，将其送到饭店门前。梁文骏这时突然在李琅玉身旁叹道："估计警察局那帮人也就是做点面子功夫，指不定过几天就把人随便放了……"

李琅玉不知他为何冒出这想法，道："这可不能，那赝品案是大案子，背后可能不止徐牧师一人。"

梁文骏拍拍他的肩膀道："你还记得当初抢我们箱子的那个地痞流氓吗？"说的是徐桂英的儿子"李生"，李琅玉自然记得，但旧事重提让他不由有些忐忑，于是试探问："怎么了？"

梁文骏忽然来了情绪："你知道吗，我当初是想让那个小混混被关上至少一年，结果有天我去警察局，你猜怎么着，他居然被人提前保释出来了！关键那帮警卫还不肯告诉我对方是谁。这可气死我了，好歹我也是花了真金白银的，我一定要把那个人找出来，我倒要看看是哪个浑蛋居然比我还有排场……"

他天生嗓门大，李琅玉几乎是瞬间捂住了对方嘴巴，他小心地看了眼程翰良那边，幸好他是在和吴探长谈话，于是松了一口气道："你千万别整这些乱七八糟的幺蛾子了，还是安安心心地结婚吧。"

吴探长为程翰良专门准备了一辆车，让人负责送他们回去。临上车时，吴探长突然叫住李琅玉，说道："其实我今天还是有个不明白的地方，你怎么就猜到戒指一定在鹰的嘴里，虽然你当时解释了，但并不能说服我。"

吴探长在工作上也算是非常较真了，李琅玉想了想，冲他笑道："因为契诃夫说过，如果第一幕墙上有把枪，那么最后一幕时一定会响。[2]"

"啊？就这？"吴探长觉得，他跟这位年轻人的思维永远存在一条鸿沟。李琅玉点点头，表示就是如此。

"可是这也太戏剧化了。"

李琅玉弯起好看的眉眼，对他道："现实生活往往甚于虚构。如果你经历了更为戏剧性的人生，再看今日发生的一切，便也不足为奇了。"

吴探长细细品味这句话，但还没来得及琢磨出意思，李琅玉便已经上车了。

车内。

李琅玉打了个哈欠，程翰良在一旁问道："李秘书，今天满意了？"

听到这个称呼，李琅玉假装不满回道："程中将没满意之前，我这个干了一天活也没工资的秘书怎么能先满意？"

程翰良饶有兴致看向他，示意他去看看手提包。李琅玉好奇地打开拉链，发现一大沓纸装订在一起，上面印满了密密麻麻的文字。

"这是什么？"李琅玉有些纳闷，于是细细读下去，但第一行还没

---

2 契诃夫的原话是：如果一支上了膛的枪不会开火，就不能把它放在台上。

读完他就明白了——这分明是他昨天看的《珠宝盗窃案》小说的下半部分，他又惊又喜，张着嘴居然半天说不出话，仿佛患上了失语症。直到一分钟后，他才怯怯地又藏不住喜悦地看向程翰良："程四哥，你怎么弄到这个的，不是要三个月后才出版吗？"

"出版社有我认识的几个熟人。"程翰良简单道。

李琅玉才不相信只是"几个熟人"，但这实在是让他喜出望外。

"李秘书现在满意了？"程翰良再次问道。

李琅玉忍住开心的笑意，慢慢挪到对方身边，悄悄道："程四哥，你是天上派来的神仙吗？"

程翰良笑着道："怎么突然会说话了？"

"因为我得尽职尽责，收了工资就得干好工作。"李琅玉一本正经道，"盘问的时候做好笔录，搜证的时候听你吩咐——这两样我都做了，但还有一样——必要时说点好听的给你解解闷。"

闻言，程翰良也不由低声笑起来。日落时的夕光洒进车内，使它像披了一层薄薄的金色纱衣，时间在此刻变得绵长。程翰良看向远处山顶，云彩横过天际，氤氲着大片紫红色，他复又转头，对面前人缓缓道："那你多说点，我想听。"

心有所念，循以方寸。

无惧死、无惧生，纵行于孤绝，
亦有可归之乡。

图书在版编目（CIP）数据

入赘 / 酒吞北海著. — 武汉 : 长江出版社,
2022.12
ISBN 978-7-5492-8330-9

Ⅰ.①入… Ⅱ.①酒… Ⅲ.①长篇小说—中国—当代
Ⅳ.①I247.5

中国版本图书馆CIP数据核字(2022)第080208号

入赘 / 酒吞北海 著

出　　版	长江出版社
	（武汉市解放大道1863号 邮政编码：430010）
策　　划	力潮文创–白鲸工作室
市场发行	长江出版社发行部
网　　址	http://www.cjpress.com.cn
责任编辑	陈　辉
特约编辑	唐　婷
封面设计	Finnn
封面绘制	山鬼　Finnn
插图绘制	客小北　Finnn　A4
赠品设计	Finnn　Semerl
印　　刷	北京盛通印刷股份有限公司
版　　次	2022年12月第1版
印　　次	2022年12月第1次印刷
开　　本	880mm×1230mm　1/32
印　　张	10
字　　数	238千字
书　　号	ISBN 978-7-5492-8330-9
定　　价	48.00元